CW00865369

Der gesamte Erlö
Initiativen un

Über dieses Buch:

Ein Flüstern aus fernem Lande. Plötzlich war es da: Corona - das Virus, das die Welt ins Stocken brachte. Uns aber hat es inspiriert, Geschichten zu schreiben.

Sind unbekannte Krankheiten und damit verbundene Krisen neu? Nein. Wird es die letzte gewesen sein? Die Zukunft wird es zeigen.

Mit dieser Problematik beschäftigen sich unsere Erzählungen auf ernste, aber auch humorvolle Weise. Die Hauptfiguren kämpfen in unterschiedlichsten Szenarien um das Überleben von sich selbst und anderen: Vampire, die Menschen hamstern, um ihren Blutdurst zu stillen, eine Gestaltwandlerin mit Helferwunsch, ein Hamster mitten in der Coronakrise, eine Rolle Klopapier mit Starallüren, Agenten im Afrika des 20. Jahrhunderts und vieles mehr.

Lasst euch mit unseren Geschichten und Gedichten die Zeit versüßen. Bleibt gesund und passt auf euch auf.

Mitwirkende:

Patrick Kaltwasser, Luna Day, Adrian R. Stiller, Tea Loewe, Tanja Haas und Marissa Barks

Achtung, dieses Buch kann
Spuren von Corona enthalten
Die Content-Warnung[1]
findest du auf Seite 356

Infiziert
Wir gehen viral

Hrsg.:
Patrick Kaltwasser
& Luna Day

Anthologie
»Virengeschichten«

Infiziert – Wir gehen viral
1. Taschenbuch-Auflage 2020
© Alle Rechte vorbehalten.
Hrsg.: Patrick Kaltwasser & Luna Day

Erschienen im Selbstverlag
Herausgeber:
Patrick Kaltwasser, Kaiser-Friedrich-Str. 45, 75172 Pforzheim
Luna Day, Schißlerstr. 4, 86154 Augsburg
Umschlaggestaltung und -illustration: deincoverdesign.de
Hamster-Illustration: Tanja Haas
Lektorat/ Buchsatz: Tea Loewe
Korrektur: Tenja Tales, Patrick Kaltwasser
© 2020
Herstellung und Verlag: BoD –
Books on Demand, Norderstedt

ISBN: 9783751999878

Inhaltsverzeichnis

Vorwort   7

Danksagung   11

Sieben Silben für's Gesäß   *P. Kaltwasser*   13

Bärenblut   *Luna Day*   15

Variola mutatio   *Tea Loewe*   67

Hamster-Boy   *P. Kaltwasser*   93

Die Seuche von Huntsville   *Marissa Barks*   137

Das Virus   *Adrian R. Stiller*   187

Bluthamstern   *Tanja Haas*   189

Von Heute auf Morgen anders   *Luna Day*   245

Hinter dem Zaun   *Adrian R. Stiller*   289

Lopas Aufstieg   *Tea Loewe*   341

Hamsterware   357

*Wir widmen dieses Buch
allen Betroffenen
dieser Krise*

Vorwort

Luna Day & Patrick Kaltwasser

Die Strahlen der Sonne wanderten wie jeden Tag über den Planeten Erde, sie verabschiedeten sich, der Abend brach herein. Die zweite Januarwoche hatte gerade begonnen. Familie Schmid saß vor dem Fernseher und lauschte dem Sprecher der 20 Uhr Nachrichten.

»Pah!«, rief der Vater aus. »Wieder mal so 'ne Hetze. Die WHO muss immer übertreiben. Was gehen uns die Chinesen an?«

Seine Frau nickte nur zustimmend. Als der Wettermann auf dem Bildschirm erschien, schalteten sie um. Doch Familie Schmid konnte nicht ahnen, dass es weitaus schlimmer kommen würde.

Ein paar Tage später stellte Florian seine selbst gemachte Lasagne auf den Tisch, als im Fernsehen über Covid-19 berichtet wurde. Die neue Krankheit, die auf die Lunge schlage. »Das wird der gleiche Mist sein, wie Vogelgrippe und so. Jedes Jahr was Neues und alle rasten aus«, meinte er und schaltete ab. Diese Gedanken hatte nicht nur er.

Am 25. Januar schaltete Jasmin ihren PC an, während ihr Freund sich die Nachrichten auf ARD ansehen wollte. »Seit wann interessierst du dich dafür?«, fragte sie erstaunt.

»Ich will etwas über das Coronavirus erfahren.«

»Ach, das ist doch so weit weg und mein Vater meinte, dass es so was wie BSE ist. Die Pharmakonzerne wollen nur Geld verdienen.«

Beide stockten, als gesagt wurde, dass dieses Virus in Europa angekommen war.

Nur drei Tage später bekam der erste Deutsche zu hören: »Sie haben sich mit Corona infiziert.« Die Schlagzeilen überschlugen sich. Plötzlich war Corona in aller Munde.

Immer weiter schritt das Virus voran. Wir hatten inzwischen schon fast Mitte Februar und die WHO bezeichnete Covid-19 als ›Feind der Menschheit‹.

Noch immer gab es Menschen, die über das Thema lachten und es als gar nicht so schlimm abtaten.

Im Robert-Koch-Institut wurde darüber geredet, ob man die Warnstufe erhöhen sollte. Anfang März gaben sie es bekannt.

Eltern holten am Freitag, den 13. März ihre Schulkinder ab und erfuhren, dass die Schule erst einmal ausfallen würde. Lag es am Unglückstag? Möglich, zumindest war es der Auftakt zu weiteren Maßnahmen.

Schon am Montag darauf wurden Geschäfte geschlossen, die nicht zum relevanten Sektor zählten.

Corona-Partys bei den einen und Angst bei den anderen waren die Reaktionen darauf und spalteten die Gesellschaft.

Doch dann trat am Mittwoch die Bundeskanzlerin Angela Merkel vor die Kameras. Ihre Rede blieb noch immer von einigen unbeachtet. So kam es, dass am 22. März das Kontaktverbot ausgesprochen wurde.

Während eine Handvoll Mitmenschen sich immer noch nicht daran hielt, fingen andere an nachzudenken und notbedürftigen Menschen zu helfen. Der Zusammenhalt im künstlerischen Bereich erreichte überraschende Ausmaße. Ganze Online-Messen und zahlreiche Live-Streams verlagerten die Darbietungsmöglichkeiten in der Musik- und Buchbranche ins Internet.

Solidarität war das Wort der Stunde. Leider reichte auch das den meisten Künstlern kaum zum Leben.

Ende März saß der Autor Patrick Kaltwasser in einem Haus in Pforzheim und kam auf die Idee, für euch eine Anthologie über dieses Thema zu schreiben. Innerhalb kürzester Zeit sammelte er treue Mitschreiber und Mitschreiberinnen um sich.

Geschichten über Viren und Bakterien sowie damit verbundene Krisenzeiten, die wir für euch erschaffen haben, sollen euch ablenken und zum Mitfiebern einladen.

Sicher könntet ihr sagen: »Wir haben genug von dem Virus und wollen davon nichts mehr lesen«, aber unsere Geschichten und Gedichte sind mehr.

Lasst euch von uns die Zeit versüßen. Bleibt gesund und passt auf euch auf.

Danksagung

Wir, das sind *Patrick Kaltwasser* und *Luna Day*, bedanken uns vielmals bei *Tanja Haas* und *Marissa Barks* für die schönen Geschichten, die sie für die Anthologie geschrieben haben.

Ein besonderer Dank geht an *Tea Loewe*, die nicht nur etwas zum Lesen beigesteuert hat, sondern auch bei Lektorat, Korrektur und Buchsatz für uns aktiv war.

Auch ein großes Dankeschön an *Tenja Tales,* die in unseren Geschichten auf Suche ging, um auch dem letzten Fehler auf die Schliche zu kommen.

Ebenfalls wollen wir uns bei *Adrian R. Stiller* bedanken, für seine tolle Geschichte, die Chance eine eigene Anthologie zu schreiben und für sein Engagement, uns mit Rat und Tat zur Seite zu stehen.

Danke für die tolle Zusammenarbeit, alle Ideen, Gedanken und die Motivation, durch die es uns möglich war, diese wunderbare Anthologie zusammenzustellen.

Sieben Silben fürs Gesäß

von Patrick Kaltwasser

Will dich auf Händen tragen.
Schmiegst dich zart an meine Haut,
Weich küssen deine Lagen,
Hauchzart und so leicht geraut.
O mein Toilettenpapier.

Du flauschige Legende,
All Tag ein Wiedersehen,
Bis zur Jahrtausendwende.
Lass dich nie wieder gehen.
O mein Toilettenpapier.

Bist der Retter in der Not,
Und im Herz der gold'ne Pfeil.
Du bist mein Elftes Gebot.
Wie ein Kuss aufs Hinterteil.
O mein Toilettenpapier.

Spendest Sicherheit und Schutz.
Der Badschrank ist voll von dir.
Bist das Gegenteil von Schmutz.
Du, plus mein Ego, ist gleich Wir,
O mein Toilettenpapier.

Bärenblut

von Luna Day

Ich öffne meine Lider, die Sonnenstrahlen kitzeln meine Nase. Ich fühle, dass es noch nicht ganz April ist, doch der Frühling kommt immer früher.

Brummend strecke ich meine Beine aus und rolle aus dem Bett. Meine Pfoten berühren den Boden, er ist ausgekühlt. Mein Fell zieht sich zurück, wie ein Hund schüttele ich es ab. Meine Knochen verformen sich. Durch die nackten Sohlen spüre ich die stechende Kälte noch deutlicher. »Viel zu früh«, murmele ich und stehe auf. Diesen Insider versteht nicht jeder.

Ich schleppe mich ins Bad. Das kalte Wasser spritze ich mir ins Gesicht. Mein Spiegel verrät nichts von dem, was gerade mit mir passiert ist. Die Verwandlung von einer Bärin in eine Frau beherrsche ich inzwischen in Sekunden, selbst nach dem Aufwachen.

Meine schwarzen Haare kämme ich nach hinten und binde sie zu einem Pferdeschwanz zusammen. Über den Winter sind sie ein ganzes Stück länger geworden. Wie jeden Frühling frage ich mich, ob ich sie wachsen lassen soll, da sie mir fast bis zum Po gehen. Doch wie ich mich kenne, werde ich noch diese Woche den Friseur aufsuchen.

Ich beende meine Morgenrunde und schlüpfe in einen Jogginganzug. Als ich für einen Kaffee in

15

die Küche gehen will, bemerke ich, dass der Stapel an Post weitaus kleiner ist als die letzten Jahre.

Ein ungutes Bauchgefühl macht sich in mir breit. Aufträge, Briefe mit Rechnungen, die vom Konto abgezogen werden, und Zeitschriften müssten einen größeren Stapel ergeben, als dieser hier es tut. Meine Nachbarin, die Einzige, die über mich Bescheid weiß, holt meine Post aus dem Briefkasten und wirft sie dann in den Schlitz an meiner Tür. Dass nur so wenig hier liegt, heißt daher nichts Gutes.

Nach dem Frühstück werde ich zu ihr gehen und nach dem Rechten sehen. Ich hole Aufbackbrötchen aus dem Gefrierfach und Marmelade aus dem Schrank. Der Backofen strahlt eine gemütliche Wärme ab. Die Kaffeemaschine brodelt und lässt den Duft der Bohnen durch die Küche schweben.

Ich stelle mich an das Fenster und sehe hinaus. Ein seltsames Bild erstreckt sich die Straße entlang. Sicher wohne ich nicht im Zentrum der Stadt, dennoch sind hier normalerweise immer Menschen unterwegs. Doch selbst der Kindergarten am Ende der Straße scheint geschlossen zu sein.

Ich zucke mit den Schultern. Das hat auch alles Zeit, bis ich mein Frühstück gegessen habe. Mit einer Tasse Kaffee und einem warmen Brötchen mache ich es mir auf dem Sofa gemütlich. Trotzdem lässt sich der Gedanke irgendwie nicht verdrängen. Zumindest die Nachbarkinder müssten doch draußen sein. Oder sie sind einfach bei ihren

Freunden, denn oben höre ich sie gerade auch nicht. Irgendwie bereue ich es, mir noch kein neues Smartphone geholt zu haben. Doch kurz vor dem Winterschlaf hielt ich es für unnötig.

Eine gute Stunde später klopfe ich bei der Nachbarin. Sie macht nicht auf.

»Gut, dann gehe ich erst mal joggen«, nehme ich mir vor.

Als ich die Haustür öffne, bekomme ich erneut das Gefühl, dass hier etwas nicht stimmt. Ich nehme den Weg zum Park.

Tatsächlich hat der Kindergarten zu, die Vorhänge sind geschlossen. Haben wir vielleicht schon Ostern? Ich bleibe stehen und mustere die Fassade. Sonst ist nichts Ungewöhnliches zu erkennen.

Ich schüttele meinen Kopf. Vermutlich bin ich einfach noch zu müde. Langsam laufe ich weiter. Doch das seltsame Bild bleibt. Keine Jugendlichen, die sonst hier Alkohol trinken oder Fußball spielen.

Restlos verwirrt bin ich, als ich an dem großen Platz ankomme, auf dem um diese Zeit eigentlich ein Rummel sein müsste. Aber hier ist nichts. Auf dem Rückweg bemerke ich ein Schild am Spielplatz. »Verboten«, steht in dicken Lettern darauf. Was ist hier los? Normalerweise würde ich weiter geradeaus laufen, aber ich nehme einen Umweg zum Kiosk.

»Hey Bella«, ruft der alte Besitzer, der gerade aus dem Haus kommt. Sein Gesicht ist von Kummer gezeichnet, auch wenn er lächelt. Sein blondes Haar schimmert fettig in der Frühlingssonne, so kenne ich ihn nicht.

»Hey Joe, ich bräuchte eine Zeitung.« Ich wende mich zu seinem Geschäft, das Licht ist aus.

»Ich kann dir meine geben. Ich darf nicht aufmachen, leider. Schon doof.« Er lächelt mich an, doch es ist nicht echt, es erreicht nicht seine grauen Augen. »Geht es dir eigentlich gut? Bist dieses Jahr früh zu Hause. Wo warst du denn?«

»Ja, danke der Nachfrage, mir geht es gut. Kennst mich doch, hier und da, ich habe nie ein festes Ziel vor Augen, wenn ich losfahre.«

»Das ist gut. Würde ich auch gerne mal machen. Ich hole schnell die Zeitung.«

»Danke«, sage ich, frage mich aber, was zum Donner hier los ist.

Er eilt ins Haus und kommt ein paar Minuten später wieder. »Hier.«

»Es tut mir leid«, meine ich und nicke zum Laden.

»Ja, aber das wird schon, die Gesundheit geht halt gerade vor.«

»Wie geht es deiner Familie?«, frage ich und umgehe das Thema.

Hoffentlich geben mir die Schlagzeilen Aufschluss über das, was er gerade meint.

»Gut, denke ich.«

»Sie hat es also durchgezogen?«, will ich wissen.

Er nickt betrübt.

Bevor ich in den Winterschlaf gegangen bin, gab es immer öfter Streit zwischen ihnen. Ich habe gehofft, dass sie sich wieder zusammenraufen. Er tut mir leid. Aber helfen kann ich da auch nicht mehr und ich bin zu neugierig, was es für Schlagzeilen gibt. Ich bedanke mich nochmals und winke zum Abschied.

Umgehend eile ich nach Hause und blättere durch die Zeitungen. Sie kennen nur ein Thema: ein Virus. Sehr ansteckend und schon fast eine halbe Million Menschen ist daran gestorben. Berühren verboten, Isolation, Geschäfte sind geschlossen. Immer mehr schlechte Nachrichten bekomme ich zu lesen.

Ich springe auf und hämmere kurz darauf gegen die Tür meiner Nachbarin. Ich muss wissen, wie es ihr geht. Wenn sie nicht mehr ist, habe ich niemanden, mit dem ich mein Geheimnis teilen kann. Ich vertraue ihr wie sonst keinem Menschen.

»Schon wach?«, fragt sie, als sie die Tür öffnet. Sie sieht frisch aus, gesund und etwas älter. Ihre blonde Dauerwelle sitzt und die grauen Augen sehen mich freundlich an.

»Ich habe es gerade erfahren! Wie geht es dir? Kann ich dir helfen, Elisabeth?«

»Langsam, ich bin nicht mehr die Jüngste.« Sie blickt die Treppe hinauf und hinunter. »Komm rein, bevor dich jemand sieht.« Ich nicke und schlüpfe in die Wohnung. Leise schließe ich die Tür. »Wenn dich jemand fragt, du warst nicht bei mir. Ich habe mich durch die Tür unterhalten.«

»Kannst du mir bitte sagen, was passiert ist?«

»Es ging alles recht schnell. In Russland gab es die ersten Erkrankungen, es breitete sich rasend schnell aus.« Ich folge ihr in die Küche, während sie weiterspricht: »Es ist ein mutierter Ableger der Tollwut. Soviel ich weiß, ist eine Person von einem tollwütigen Wolf gebissen worden. Der Mann hat es überlebt, aber in ihm soll das Virus dann mutiert sein.« Sie stellt den Wasserkocher an, ich hole zwei Tassen aus dem Küchenschrank heraus und sie hängt Teebeutel hinein.

»Darum hast du meine Post nicht mehr geholt. Ich habe mir Sorgen gemacht.«

Sie winkt ab und schüttet das Wasser ein. »Mein Stiefsohn ist doch erst Anfang des Jahres hier ins Haus gezogen, und als das alles anfing, hat er mich umgehend hier eingesperrt.«

Sicher hat sie mir erzählt, dass er herkommen wollte, doch ich dachte erst jetzt im Frühsommer. »Eingesperrt? Das kann er doch nicht machen!«

Elisabeth zuckt mit den Schultern. »Er möchte, dass ich mich penibel an die Ausgangssperre halte. Er ist eben ein Wortklauber.«

»Dann muss ich ihm wohl danken. Trotzdem finde ich es nicht gut, dass er das tut.«

»Ach, das wird schon. Ich sitze das aus. Nur du musst halt aufpassen, dass sie dich nicht erwischen.

Man braucht eine Genehmigung, um draußen zu sein. Die Polizei fährt ab und an hier vorbei.«

»Vorhin im Park war nichts.«

»Pass einfach auf. Hast ja ein gutes Näschen«, sagt sie schmunzelnd und tippt darauf.

Ich stelle die Tassen auf das Tablett und folge ihr ins Wohnzimmer. Wir setzen uns auf die Kaiserlounge. Wie alles hier bei ihr ist es etwas altbacken, selbst von dem Röhrenfernseher will sie sich nicht trennen. »Ich habe gelesen, dass dieses Virus sehr ansteckend ist.«

Nickend seufzt sie und streift ihren Seidenrock glatt. »Sie wissen nicht mal, wie es übertragen wird. Manche behaupten über Speichel, andere wiederum sagen durch die Luft und durch Gegenstände. Laut Alexander reicht Schwitzen schon.«

»So schlimm?«

»Ja leider.« Sie zeigt zur Decke. »Monika ist mit ihren Kindern seit über einem Monat da oben drin.«

»Aber ihre Arbeit?«

»Wir dürfen nicht hinaus. Arbeit und zum Arzt beziehungsweise Krankenhaus, mehr ist nicht erlaubt. Alles, was nicht lebenswichtig ist, wurde verboten. Lebensmittel muss man bestellen. Ständig fahren jetzt LKW auf der Straße umher und sie kommen in Seuchenkleidung und liefern es dir. Die kennst du doch aus dem Fernsehen.«

Langsam nicke ich. »Und wie lange wollen die das durchziehen?«

»Bis ein Heilmittel oder ein Impfstoff gefunden wurde.«

»Aber das kann Monate dauern, wenn nicht sogar Jahre.«

»Ja sie testen sehr viel.« Sie reicht mir eine Tasse mit dampfendem Tee. »Und sonst, wie war dein Winterschlaf?«

Ich lache kurz, mir ist klar, dass sie nur reden will, weil sie sich einsam fühlt und furchtbar neugierig ist. »Gut. Weiß Alexander, was ich bin, oder hat er auch … du weißt schon?«

»Du meinst das dritte Auge?«

Ich nicke.

»Nein«, antwortet Elisabeth und lächelt. »Er ist doch der Sohn von Klaus.«

Ich bin erleichtert. Damals, als ich hier ins Haus gezogen bin und sie mir gleich an den Kopf geknallt hat, dass ich eine Bestie sei, bin ich schockiert gewesen. Meine Aura, so sagte sie, zeige es ihr. Dann erzählte sie mir, dass sie einer alten Linie von Druiden entstamme und sie ein drittes Auge besitze. Ich habe ihre Stirn angestarrt. Worauf sie schallend lachte und mich eben zum Tee eingeladen hat.

Um ehrlich zu sein, ist das befreiend gewesen.

Ich bin viel gereist, habe einiges gesehen, aber nie zuvor jemanden getroffen, der so ist wie ich, oder wie sie. Vermutlich schweigen sie alle, so wie ich auch. Als Kind ging ich locker damit um. Machte mir einen Spaß daraus, mich auch mal für

Freunde zu verwandeln. Die Eltern taten es als kindliche Fantasie ab, als sie davon erzählten. Meine schimpften mit mir. Ich verstand nie, warum sie das taten. Doch als ich in die Pubertät kam, merkte ich, dass es für meine angeblichen Freunde doch nicht so toll war. Sie nahmen Abstand und erzählten Lügen. Darum zog ich sofort nach meinem Abschluss in die Welt, doch nirgends hat es sich wie zu Hause angefühlt. Sicherlich liegt es auch an der Angst, dass die Menschen um mich erkennen, was ich bin.

»Wie geht es den anderen im Haus?«, will ich wissen.

»Monika trifft es wie gesagt am schlimmsten.«

Das kann ich gut verstehen. Die alleinerziehende Mutter wohnt mit ihren Zwillingen direkt über mir. Die beiden Jungs sind so schon ständig unter Strom, dass sie jetzt noch mehr zu tun hat, ist klar.

»Alexander«, erzählt Elisabeth weiter, »ist ja den ganzen Tag in der Klinik. Die WG ...« Sie zieht sehr viel Luft ein und atmet dann genauso ewig aus. »Wir haben die Polizei rufen müssen und das nicht nur einmal. Partys haben sie gefeiert, mit Fremden.«

»Ja, Hausordnung ist eh ein Fremdwort für sie.« Die WG, die davor diese Wohnung gemietet hatte, vermisse ich ehrlich. Das waren vernünftige Erwachsene. Diese jetzt ist doch eher ... speziell.

☙ ☙ ☙

Am späten Nachmittag gehe ich wieder in meine Wohnung und fange an, nach Aufträgen zu sehen. Zum Glück kann ich selbst bestimmen, wo ich als Mediengestalterin arbeite. Ich brauche einfach nur meinen Laptop. Im Post-Stapel finde ich dieses Mal nichts Interessantes. Dafür sind zwei E-Mails mit Anfragen eingegangen. Dadurch habe ich wenigstens etwas zu tun, das mich von all dem ablenkt. Kurz nach meinem Winterschlaf ist die Auftragslage etwas schleppend. Manchmal muss ich an mein Erbe gehen. Doch im Laufe des Jahres verdiene ich so gut, dass es für die Fixkosten im Winterschlaf reicht.

Abends sitze ich vor der Haustür. Ich würde gerne joggen gehen, aber ich kann mich nicht motivieren.

Ein Auto fährt auf den Parkplatz. Als das Licht im Innenraum angeht, erkenne ich dunkle, kurze Haare. Der Motor schweigt und ein großer Mann steigt aus. Der schlaksige Riese kommt auf mich zu, er riecht nach Krankenhaus und Rauch.

»Verschwinden Sie«, mault er mich an.

Ich lehne mich zurück und mustere ihn. »Warum sollte ich?«

»Weil ich die Polizei rufe, wenn Sie das nicht tun. Denn erstens, kenne ich Sie nicht, somit wohnen Sie nicht hier, und zweitens ist es verboten worden.«

»Ich kenne Sie auch nicht und ich wohne bereits fünf Jahre hier.«

»Sicher.« Er stemmt die Hände an seine Hüfte.

Denkt er etwa, so kann er mich als Frau einschüchtern?

Er baut sich vor mir auf und blafft: »Ich kenne jeden hier im Haus!«

Ich stelle mich ebenfalls hin. »Dann sind Sie Alexander?«

Er runzelt die Stirn. »Ja?« Es klingt mehr wie eine langgezogene Frage als eine Antwort.

»Isabell Bach.«

Meine Antwort treibt ihm Denkerfurchen in die Stirn. Ich ignoriere es.

»Die meisten nennen mich Bella.«

»Oh.« Er kratzt sich am Genick. »Mama hat gesagt, Sie kommen erst in ein paar Wochen wieder. Um ehrlich zu sein, habe ich nicht damit gerechnet, dass Sie durchgelassen werden.«

Ich ziehe eine Augenbraue hoch. »Ich komme immer durch.« Dann fällt mir ein, warum er das denkt und seufze. »Ich bin gesund, daher ist es kein Problem.«

»Mich würde schon interessieren, wie Sie das geschafft haben. Es ist Flugverbot, Pkw dürfen nicht auf der Autobahn fahren und die Grenzen sind dicht.«

»Zerbrechen Sie sich Ihren Kopf nicht darüber.« Mit dem Hintern drücke ich die Tür auf. »Ich bin da, der Rest kann Ihnen egal sein.« Ich wende mich ab und nehme die paar Stufen zu meiner Wohnung.

Elisabeth steht an der Tür und schmunzelt.

»Schlaf gut«, sage ich zu ihr und gehe hinein.

☣ ☣ ☣

Noch ist es dunkel, als ich wieder aus der Haustür trete und mich strecke. Jemand räuspert sich hinter mir. Qualm zieht in meine Nase. »Guten Morgen, Alexander«, sage ich.

»Ausgangssperre!«

»Was für ein Korinthenkacker«, seufze ich und laufe los.

»Das habe ich gehört«, ruft er mir hinterher.

»Erlaubnis«, lüge ich.

Ich stecke meine Kopfhörer in die Ohren und lasse mich nicht beirren. Sollten sie mich erwischen, gibt es eine Geldstrafe. Ist mir lieber, als wenn man entdeckt, was ich bin. Dazu kommt: Egal was kam, ich war noch nie krank. Ich war in Krisengebieten, Seuchen und Krankheiten bestimmten das Geschehen um mich herum, aber ich habe mich nie angesteckt. Vielleicht ist es dieses Mal anders, da es ein Ableger der Tollwut ist. Doch ohne die Bewegung nach meinem Winterschlaf werde ich aggressiv und das ist schlimmer. Ich kann Menschen töten, dann bin ich verantwortlich für deren Tod. Doch stecke ich mich an, ist es allein meine Schuld, wenn ich daran sterbe.

☣ ☣ ☣

Als ich zurückkomme, steht ein Sprinter vor unserer Tür. Ein Mann in einem komplett weißen Anzug trägt einen Karton ins Haus. Vor der Tür von Elisabeth stellt er ihn ab, dreht sich zu mir und zuckt erschrocken zusammen. »Entschuldigung, ich habe Sie nicht gesehen.«

Wie denn auch durch dieses komische Ding? »Denken Sie, die alte Dame kann das alles allein tragen?«, frage ich ihn.

Ich hasse diese Anzüge, sie lassen kaum Sicht auf die Augen. Mimik adieu.

»Das ist nicht mein Problem.«

Ich rolle mit den Augen und gebe ein »Arsch!« dazu. Mit ein paar Schritten bin ich an der Tür und klopfe. Was der Mann macht, ist mir relativ egal.

»Guten Morgen«, trällert Elisabeth. Da hat jemand gute Laune.

»Soll ich dir das reintragen?«

Sie sieht auf die Kartons. »Alexander wollte das heute Abend machen, aber so wäre es schon jetzt verräumt. Wenn du so nett bist?«

Ich nicke und greife zwei Kartons. Meine Muskeln spannen sich unter dem Gewicht. Reflexartig verstärke ich sie und gebe eine Portion Bärenstärke dazu.

»Schon vorteilhaft, wenn man so stark ist«, gibt Elisabeth schmunzelnd von sich.

»Oh ja, ich mache jetzt auf Träger«, steige ich in den Scherz ein. Ich stelle die Kartons in der Küche ab. »Sind die alle für dich?«

Sie fängt an, Verpackungen von Knödeln sowie Reisbeutel auszuräumen und in ihre Schränke einzusortieren. »Nur die, auf denen mein Name steht. Manchmal sammeln sie und manchmal bringen sie es einzeln.«

Ich nicke und hole die nächsten. Schnell ist alles da, wo es hingehört, und die Pappe zusammengefaltet. Mit einem Tee sitzen wir dann im Wohnzimmer.

»Ich wollte mich entschuldigen.«

Ich verschlucke mich. »Wofür?«

Sie klopft auf meinen Rücken. »Alexander.«

»Äh«, ich räuspere mich, »wenn, dann muss er sich entschuldigen und nicht du.«

»Na ja, er will mich eben beschützen.«

»Verständlich.«

»Er ist extra hierhergezogen und dann kam diese Misere.«

Schon vom ersten Tag an hat sie mir von Alexander erzählt. Nie habe ich ihn gesehen, manchmal glaubte ich sogar, sie erfindet ihn. Aber sie sagte dann immer, dass es nicht so leicht sei, als Arzt in Afrika einfach hin- und herzufliegen. Ihr Mann schüttelte immer den Kopf, wenn sie von seinem Sohn sprach. Kurz vor meiner Winterschlafphase ist ihr Mann Klaus von uns gegangen. Die Beerdigung habe ich schon nicht mehr mitbekommen. Was mich daran erinnert, dass ich noch nicht an seinem Grab gewesen bin, um mich zu verabschieden. »Also ist Alexander nicht entspannter, wie erhofft«, meine ich.

Sie lacht. »Das siehst du richtig.« Sie führt die Tasse an ihre Lippen. »Aber ich bin trotzdem froh, dass er hier ist.«

Ich nicke. »Ich sollte langsam rüber, ein neuer Auftrag wartet auf mich.«

»Schon?«

»Ja, ich habe doch meist welche im E-Mail-Fach, wenn ich wach werde.«

»Ja, ich dachte nur …« Sie stellt ihre Tasse hin. »Normalerweise, wenn du wach wirst, essen wir zusammen.«

»Es ist zurzeit eine andere Situation.«

»Ich habe aber alles da.«

Wie kann ich dieser Frau denn widerstehen und Nein sagen? »Okay, morgen ist auch noch ein Tag.«

☣ ☣ ☣

Zusammen mit ihr zu kochen hat mir schon immer Spaß gemacht, sie erzählt dann meist von ihrem Leben. Heute kennt sie aber nur ein Thema: Alexander.

Ich kann verstehen, dass sie ihn liebt wie einen richtigen Sohn, aber warum sie mir deswegen ein Ohr damit abkaut, ist mir ein Rätsel. Zu allem

Überfluss kommt er, kurz bevor wir essen wollen. Sein Blick sagt, dass er mich am liebsten verprügeln und aus der Wohnung werfen würde. Der sonst sanfte, hellblaue Ton, ist eisig auf mich gerichtet. Ich frage mich nur, wieso? Weil ich mich nicht von ihm einschüchtern lasse oder weil ich hier bin? Vermutlich beides.

»Guten Tag, Alexander«, sage ich und stelle die Teller auf den Tisch.

Er setzt sich und kratzt dabei den Stuhl über das Laminat. »Was ist an diesem Tag bitte gut?«

Oh, Knurren, das kann ich auch, dann schaut er aber definitiv anders. »Ach, ich weiß nicht, was für mich schlimm ist. Ich lebe, bin gesund und kann gleich etwas Leckeres essen. Das ist doch etwas Gutes.«

Er verschränkt seine Arme. »Findest du zehn Tote innerhalb der letzten Stunde also gut?«

»Ich habe von mir geredet, nicht von den anderen, oder von dir.« Ich setze mich. »Also unterstelle mir nicht, dass mir die anderen egal sind, nur weil ich etwas Positives für mich sehe.«

»Das nennt man Egoismus!«

»Und dich nennt man dann wohl Arschismus.«

»Kinder«, seufzt Elisabeth und stellt den Topf mit Bohnen auf den Tisch. »Könnt ihr euch bitte vertragen? Wenigstens heute.«

»Sie missachtet Regeln! Selbst wenn sie eine Genehmigung so schnell bekommen hat, saß sie gestern auf der Treppe, und das gehört nicht zur

Arbeit oder ärztlichen Versorgung! Was ist, wenn sie sich draußen ansteckt und dann dich?«

»Ich werde nie krank!«, gebe ich von mir.

»Klar! Wonder Woman oder was?«

»Und du der Joker?«

»Die gehören nicht zusammen.«

»Aber er denkt auch, er ist witzig.«

»Kinder, bitte«, mahnt Elisabeth.

Ich stehe wieder auf. »Ich hole mal den Rest.« Seufzend stimmt Elisabeth mir zu und folgt mir.

»Er ist normalerweise nicht so«, flüstert sie.

»Ja, verstehe schon, diese Zeit.«

Ich würde lieber sagen, dass ich das nicht glauben kann, aber dafür mag ich Elisabeth eben zu sehr. Ihre Traumvorstellung vom wunderbaren Stiefsohn will ich nicht zunichtemachen. Ich nehme den Teller mit dem Braten und die Knödel, sie das Besteck und wir gehen gemeinsam zum Tisch zurück. Er sitzt immer noch da wie ein Stinkstiefel.

»Alexander, schneidest du bitte das Fleisch?«, fragt Elisabeth ihn.

»Klar, Mama.« Trotz seiner Wut auf mich schneidet er das Fleisch gleichmäßig und zügig. Eines legt er seiner Mutter hin und eines mir. Da kommen ja doch so etwas wie Manieren durch.

Ich ziehe den Duft ein.

»Anglais«, seufze ich. Der Punkt, an dem es noch rosé ist, aber schon durch. Sicher mag ich blutiger lieber, doch so ist es für einen Abend mit Menschen perfekt.

»So mögt ihr beide es am liebsten«, meint Elisabeth lächelnd und prostet uns ihr Weinglas zu.

Etwas vor sich hin brummend nimmt Alexander Platz. »Danke«, sagt er und fängt an zu essen.

Das mit den Manieren nehme ich zurück. Dafür richte ich das Wort an Elisabeth. »Das hast du wieder toll hinbekommen. Guten Appetit.«

»Schleimerin«, frotzelt Alexander leise. Ich versuche, den aufkommenden Ärger zu ignorieren.

☣ ☣ ☣

Bis ich gehe, ist die Unterhaltung eher mäßig, eigentlich höre ich meist von Elisabeth, was wir angeblich so gemeinsam haben.

Ich kann da, ehrlich gesagt, nur die Augen rollen. Mit der Ausrede, dass ich joggen will, verabschiede ich mich. Schnell bin ich umgezogen und laufe los.

Als ich bei dem kleinen Kiosk vorbeikomme, sitzt Joe vor der Tür. Er nickt mir freundlich zu. Seine Traurigkeit kann er aber nicht verstecken. Sehe ich das wirklich zu positiv?

Sicherlich gibt es einige, denen es schlechter geht als mir, aber ich bin doch auch nicht Mutter Theresa.

Ich bleibe stehen und gehe zu ihm. »Wie geht es dir?«

»Es kann immer besser gehen. Ich bin gesund, das ist doch gerade das Wichtigste, oder nicht?«

»Aber dein Ruin ist doch keine Lösung«, sage ich. Da kommt mir eine Idee. »Weißt du was? Ich gehe doch morgens joggen. Ruf deine Stammkunden an und ich bringe ihnen die Zeitungen.«

»Nein, ich kann dich nicht bezahlen.«

»Das regeln wir dann.« Ich stupse ihn an. »Also was sagst du?«

»Was ist, wenn du dich meinetwegen ansteckst? Eine Genehmigung brauchst du auch.«

Ich winke ab. »Ich war noch nie krank. Meine ganze Klasse hatte die Masern und ich saß wirklich zwei Wochen alleine da.« Ich halte ihm die Hand hin. »Also?«

»Ich denke darüber nach.«

»Dann bis morgen früh«, sage ich und zwinkere ihm zu. Er lacht, als ich weiterlaufe.

☣ ☣ ☣

An der Haustür sitzt Alexander. Qualm steigt von seiner Zigarette in den Abendhimmel.

»Rauchen ist nicht gesund.« Hat er nicht vorhin geschimpft, dass ich gestern auf der Treppe saß?

»Rausgehen in so einer Zeit auch nicht, davon abgesehen, dass es verboten ist, und trotzdem tust du es.«

Ich setze mich neben ihn. »Wie ich vorhin schon sagte, ich war noch nie krank, und wenn ich wirklich nur zu Hause bleiben muss, werde ich aggressiv, das will keiner erleben.«

»Klar, ein wildes Tier lauert in dir«, höhnt er.

Ich sehe zu ihm. »Ich bin keine Schmusekatze, falls du das denkst.«

»Nein, das bist du wirklich nicht.« Er wirft den Stummel zielsicher in den Gully vor unserer Tür. »Jeden Tag sehe ich Menschen, die daran sterben. Nur weil sie oder ihre Mitmenschen so unvernünftig sind und hinausgehen.« Er lehnt sich an die Tür. »Dieses Virus verändert sich und ist tödlich innerhalb von nicht einmal achtundsiebzig Stunden. Kannst du nicht verstehen, dass ich den einzigen Menschen, den ich auf dieser Welt noch habe, nicht in Gefahr sehen will?«

»Meinetwegen ist sie nicht in Gefahr. Du hingegen behandelst diese Menschen, vielleicht bringst du es mit.«

»Ja, die Gefahr besteht natürlich. Trotz Schutzkleidung kann ich mich anstecken.« Er wendet sich den Sternen zu. »Aber du bist leichtsinnig.«

Eine Gruppe Jugendlicher kommt auf uns zu. Ich gucke zu Mr Korinthenkacker und ziehe die Augenbrauen hoch. Hoffentlich sagt mein Blick, was ich denke, nämlich: »*Siehste, nicht nur ich gehe raus.*«

Ein paar von den Jungs tragen Bierkästen. So wie sie nach Alkohol riechen, sind das nicht die ersten. »Wir wollen da durch.« Zumindest sprechen kann der eine noch.

Alexander stöhnt auf.

Ich erhebe mich. »Haut ab«, knurre ich.

»Bekloppt? Wir wollen zu unseren Freunden.«

»Wenn ihr nicht freiwillig geht, werde ich die Polizei rufen.« Ich baue mich auf, klassisches Bärenverhalten. »Und solltet ihr meinen, einfach später wiederzukommen, bekommt ihr mit mir Stress.«

»Du kleine Maus«, höhnt der Jugendliche, der vor mir steht, und lacht. Dann ändert sich sein Blick, wird ernst und ich sehe ihn ausholen.

Bevor ich reagieren kann, hält Alexander ihn blitzschnell auf. »Ich kann dir deinen Arm brechen!«

»Das tut weh«, gibt der Jungspund von sich.

»Sieh zu, dass du und deine asozialen Arschlöcher verschwinden.«

Verwundert über seine Aussprache und das Fauchen in der Stimme sehe ich zu ihm.

Er lässt den Jugendlichen los, der jammernd davonrennt. Sein Blick wandert zu mir. »Was?«

»Das hätte ich nicht von dir gedacht.«

»Manchmal vergesse ich eben auch mal meine gute Kinderstube.«

Er beugt sich zu mir. »Aber erzähl es meiner Mama nicht.«

»Okay«, gebe ich schmunzelnd von mir und gehe in Richtung Tür. »Ich wünsche dir eine gute Nacht, ich muss noch was tun.«

»Dir auch«, ruft er mir zu, als ich das Hochparterre erreicht habe.

Er kann also nett sein, wenn er will.

Mal sehen, wie lange er es schafft, bis ich ihn innerlich wieder verfluche. Ich hebe kurz meine Schultern und blicke zu ihm. Seine Mundwinkel ziehen sich nach oben, dann öffne ich meine Wohnung und betrete sie.

Ich verstehe diesen Mann einfach nicht. Seine Gesten verwirren mich. Mal ist er wirklich niedlich und dann ein mies gelaunter Stinkstiefel. Ich schüttele meinen Kopf. Diese Geste sollte mir egal sein.

☣ ☣ ☣

Arbeiten wird nichts, mein Kopf bekommt keinen klaren Gedanken hin. Die Filme im Fernsehen lassen auch zu wünschen übrig.

Ich versuche es mit einem heißen Bad. Ich lege mich hinein und drehe das Wasser auf. Je weiter es steigt, desto mehr hüllt mich die Wärme ein. Ich fühle förmlich, wie ich darin versinke. Doch sobald das Wasser aus ist, vernehme ich ein Wimmern. Meine Nachbarin von oben sitzt weinend in ihrem Bad. Sie reißt mich aus meiner Entspannung. Das ertrage ich nicht.

Ich gehe zu einer schnellen Bärenwäsche über und schlüpfe in etwas Bequemes. Kurz danach klopfe ich an ihre Tür.

»Ich habe dich weinen gehört«, überfalle ich sie, sobald ein Spalt offen ist und ihre dunkelbraune Wuschelmähne zum Vorschein kommt. Die Rötung unter ihren dunkelbraunen Augen sieht man trotz des dunklen Teints.

»Es ist alles gut.«

»Monika, ein Schlosshund ist gegen dich echt harmlos. Ich habe dich gehört, als wenn du neben mir gestanden hättest. Darum lüge jemand anderen an, aber nicht mich.«

»Es …« Sie wischt über ihre Lider, blickt dann zur Tür von Alexander. »Komm rein.«

Chaos herrscht hier schon auf dem Flur zum Wohnzimmer. Auch ein Blick in die Küche zeigt mir, dass sie überfordert ist. Bevor ich mich setzen kann, räumt sie einen Wäschekorb beiseite. »Du brauchst Hilfe, das ist dir klar, oder?«

Sie nickt. »Das Home-Office und meine zwei Wirbelwinde zu beschäftigen, geht mir an die Substanz.«

Als Wirbelwinde würde ich diese beiden Jungs nicht bezeichnen, eher Godzilla im Doppelpack. Dieses Nicht-Hinausgehen ist für manche Menschen fast genauso schlimm wie für mich. Dazu gehören die beiden auf jeden Fall.

Sie sind eigentlich immer draußen, spielen im Hof Fußball oder ich sehe sie mit dem Fahrrad wegfahren zum Training oder zu Freunden. Es ist klar, dass sie hier ihre Energie nicht loslassen können.

»Würde es dir guttun, wenn du mal richtig ausschlafen kannst?«

»Ich …«

»Komm mir nicht mit deiner Arbeit, ob du halbherzig dran gehst, oder es einen Tag ruht und du dann wieder Energie hast, ist vollkommen egal. Oder schreib krank hinein. Es ist egal. So machst du dich jedenfalls kaputt und was dann?«

»Aber ich kann doch nicht dich die ganze Arbeit machen lassen.«

»Ich habe es dir angeboten, also doch, kannst du. Ich kenne deine Jungs und das schaffe ich schon.«

»Mal sehen, was die beiden dazu sagen.«

»Leg dich erst mal hin und schlaf etwas, das versuche ich jetzt auch.« Ich erhebe mich.

»Danke, Bella.«

Ich nicke und verlasse ihre Wohnung. Erst will ich nach oben gehen und den Studenten mal wieder meine Meinung geigen, aber bei denen ist alles verloren. Darum gehe ich dann doch nach unten.

Die Tür von Elisabeth ist auf. Sie streckt ihren Kopf heraus. »Geht es ihr besser?«

»Ich habe vorgeschlagen, einen Tag Babysitter zu spielen, sie hat etwas Ruhe nötig.«

»So, wie ich dich kenne, wirst du nichts durchgehen lassen«, sagt sie zwinkernd.

Lachend sperre ich bei mir auf. »Schlaf gut.«

»Du auch.« Sie lacht kurz und geht dann auch hinein.

Kopfschüttelnd schließe ich die Tür.

Es ist noch dunkel, als ich meine erste Runde beginne. Immer wieder hebe ich meine Nase, ob ich etwas anderes, als den Stadtmuff wahrnehme. Auch, wenn ich nicht krank werde und schuld bin, falls doch, will ich nicht unbedingt mein Geld für Strafen ausgeben.

»Du schläfst nicht viel, oder?«, höre ich, als ich wieder heimkomme. Locker lehnt Alexander an das Geländer.

Irgendwie schon sexy. Sofort schüttele ich diesen Gedanken wieder ab.

»Warum?«

»Na, wenn man bedenkt, dass du bis um zwei wach warst und jetzt schon wieder herumrennst und das um fünf Uhr morgens.« Sein Blick geht auf die Uhr. »Halb sechs, um genau zu sein.«

»Warum musst du eigentlich immer alles Positive zerstören?«, will ich fragen, aber sage dann lieber: »Der frühe Bär hat mehr vom Honig.«

Er lacht. »Solange der Bär die Bienen nicht weckt.«

Ich winke ab. »Hast du auch mal frei?«

»Normal ja, aber ich bin freiwillig in der Klinik, damit ich helfen kann, diesem Scheiß endlich entgegenzuwirken.« Er nimmt die Stufen nach unten und steht jetzt vor mir. »Pass bitte auf.«

»Keine Angst, ich werde Elisabeth nicht anstecken.«

»Niemand ist immun, NIEMAND!« Er geht an mir vorbei.

»Alexander?«

»Ja?«, sagt er und blickt über die Schulter.

»Da es ja eher spontan war, dass ich jetzt schon hier bin. Braucht ihr vielleicht jemanden, der euch zur Hand geht? Ich habe einige Kurse belegt und war manchmal mit *Ärzte ohne Grenzen* unterwegs. Ich bin keine Medizinerin, aber vielleicht hilft es euch, wenn jemand mit ihnen redet, sie zu euch bringt.«

Er dreht sich zu mir. »Du warst mit den Ärzten ohne Grenzen unterwegs?«

»Vor sieben Jahren habe ich Doktor Loren Kress ein halbes Jahr begleitet.«

»Du ...« Er lächelt kurz. »Okay, ich frage nach.«

»Was hast du gerade sagen wollen?«

»Du hast dich kaum verändert.« Sieh da, wenn er lacht, bekommt er ein Grübchen. »Ich habe Doktor Kress kennengelernt. Sie hat immer von einer Isabell geschwärmt, sogar ein Bild hatte sie im Zelt.«

»Oh Gott, erinnere mich nicht daran.« Mit gerade einundzwanzig macht man Sachen, über die man später den Kopf schüttelt. In genau so einer Situation entstand dieses Bild. Ich habe immer darauf geachtet, keine Spuren zu hinterlassen. Bilder oder gar Filme über mich wollte ich nie. Doch da bin ich betrunken gewesen.

»Wir können nachher darüber reden, ich muss los.«

»Okay.«

Er zwinkert mir zu.

Nein, nicht mir, hinter mir lacht Elisabeth.

Ich drehe mich zu ihr. »Was wird hier gespielt?« Die Tür hinter mir fällt ins Schloss.

»Dir auch einen guten Morgen, Bella.«

»Bekomme ich eine Antwort?«

»Ich habe euch nur gehört und habe hinausgesehen.«

Seufzend nehme ich die Treppe zu unserer Etage. »Rein zufällig, und du warst mucksmäuschenstill.« Ich beuge mich zu ihr und flüstere: »Du weißt, was ich bin, daher lass es bitte. Wir sind Nachbarn und ich muss mich mit ihm verstehen.«

»Ich habe nichts gesagt.« Sie nickt in die Wohnung, dass ich ihr folgen soll.

Oh Gott, eines Tages drehe ich dieser alten Frau den Kopf um. »Es ist hier schon gefährlich genug. Wenn auffällt, was ich ab November spätestens Dezember tue und herauskommt, was ich bin, bin ich geliefert. Wie soll ich das in einer Beziehung, die du anscheinend anleierst, verheimlichen?«, frage ich sie, als ich die Türe schließe.

»Ich mache nichts. Das tut ihr von ganz allein.«

»Herr Gott, Elisabeth«, stöhne ich auf. Ich wische mir über das Gesicht.

Sie lacht, ich verstehe sie nicht. »Nichts wird so heiß gegessen, wie es gekocht wird.«

»Erspar mir deine Kalendersprüche. Ich bin ein Tier, eine gefährliche Bestie. Was ist, wenn ich mich in der Nacht verwandle. Ich muss mich nur drehen und schon ist er platt«, zische ich.

Sie rollt mit den Augen. »Alexander kann sich wehren, glaube mir.«

»Du willst das einfach nicht verstehen, oder?«

Sie nimmt meine Hand. »Bella, alles passiert aus einem Grund.«

Ich brumme und wende mich ab.

Als Jugendliche dachte ich auch, das wäre kein Problem, bis ich dann den Jungen verletzte, weil ich mich verwandelt habe. Sicherlich habe ich mich jetzt mehr unter Kontrolle, was aber nicht heißt, dass nie etwas passieren kann. Schon meine Mutter sagte, gehe immer auf Vorsicht.

»Bis später.«

Elisabeth seufzt. »Stur wie Esel seid ihr beide.«

Diskussion unnötig. Ich verlasse die Wohnung und mache mich an meine Arbeit. Sobald ich von oben Gepolter höre, gehe ich eine Etage höher. Zwei zottelige Köpfe öffnen mir die Tür.

»Hallo Bella«, rufen sie aus.

»Mitkommen!«, befehle ich.

Wir gehen in den Keller. Jonas und David sehen mich verwundert an. »Also, da ihr beiden eurer Mutter gerade das Leben nicht leichter macht und dies eine wirklich beschissene Situation ist, habe ich mir überlegt, dass wir hier für euch eine Art Sportplatz einrichten.«

»Wirklich?«, will David wissen.

»Ob mein Abteil leer ist oder ihr hier tobt, ist mir egal.« Ich hebe die Hand. »Aber dafür müsst ihr etwas tun.« Sie nicken eifrig, wenn die wüssten.

Mit den beiden im Schlepptau marschiere ich wieder hoch. »Eure Aufgabe für heute«, ich hebe auffordernd den Finger, »räumt eure Zimmer und die Küche auf.«

»Aber …«, kommt wie aus einem Mund von ihnen.

»Kein Aber! Ihr wollt euren Spaß und eure Mutter hat etwas Erholung verdient.«

»Nur heute?«, fragt Jonas.

»Nein, jeden Tag. Bevor ich euch den Schlüssel aushändige, will ich, dass ihr etwas für eure Mutter getan habt.«

Sie sehen sich an, stumm diskutieren sie es mit Gesten aus, die ich nicht mal ansatzweise verstehe. Sie blicken zu mir. »Abgemacht!«

Ich wuschele den beiden durch das Haar. »Dann los, aber leise!«

Während sie in ihr Zimmer rasen, nehme ich das Wohnzimmer in Angriff. Teller, Tassen und Schüsseln wandern in die Spüle. Wäsche, die auf dem Boden liegt, ins Bad, Wolldecken werden gefaltet und Fenster zum Lüften aufgerissen. In der Küche höre ich schon das Wasser und Geklapper.

»Was ist denn hier los?«, vernehme ich Monika verschlafen vor ihrer Schlafzimmertür. Mich wundert es, dass sie bei dem Lärm erst jetzt wach geworden ist. Ich will nicht wissen, wie lange sie gestern an ihrer Arbeit gesessen hat.

»Eine Abmachung«, sage ich und gehe zu ihr in den Flur. »Ich nehme die beiden gleich mit, wenn sie die Küche fertig haben. Das Wohnzimmer habe ich etwas aufgeräumt, ich hoffe, das war in Ordnung.«

Sie fällt mir um den Hals. »Danke.«

Umarmung, Hilfe! Schon seltsam, was Menschen tun, wenn sie glücklich sind. »Gerne, schlaf noch etwas oder gönne dir ein heißes Bad.« Nachdem ich mich befreit habe, schaue ich, ob ich den Jungs helfen kann.

☣ ☣ ☣

Wir suchen in dem gemeinsamen Kellerabschnitt nach alten Möbeln, Holz und allem, das wir gebrauchen können, damit sie sich austoben können.

»Ich soll euch helfen«, kommt hinter mir von Alexander.

»Huch, schon aus?«, gebe ich überrascht von mir.

»War mir gerade etwas viel.«

»So viele Tote?«, frage ich leise. Er nickt nur.

»Ähm ja, also wir wollen einen kleinen Sportplatz bauen. Du kannst gerne helfen.«

»Sport?«

»Die Jungs brauchen Auslastung.«

»Jungs eben.« Er hebt den Finger. »Da hab ich doch etwas.« Er wendet sich ab. Jonas rennt sofort hinterher.

Kurz darauf hört man ihn juchzen. Er kommt mit Hanteln wieder.

»Wie cool!«, ruft David aus und rennt nun auch davon.

»Hey, vorsichtig«, schallt Alexanders Stimme zu mir. Als ich um die Ecke sehe, bekomme ich mit, wie er mit den Jungs eine Bank trägt. Ich runzle meine Stirn. »Eine Zeit lang«, erklärt er, »habe ich viel trainiert, weil ich dachte, dass mir das hilft.«

»Ich habe nicht gefragt«, sage ich. Vielleicht kann ich mich hier dann auch mal auspowern. Aber ob das so guttut wie Joggen, weiß ich nicht. Damals haben mir Situps und so zu Hause Sportzeug nicht viel geholfen.

Sie stellen die Bank in mein Abteil. Die Jungs rennen wieder los.

Ich mustere Alexander. »Warum gibst du das ab? Das sind Kinder, also kleine Godzillas.«

Er lacht auf. »Dürfen sie. Bei mir steht es eh nur herum.« Er nickt zum Flur. »Na komm, da steht noch mehr herum.«

☣ ☣ ☣

Am Abend sind wir vier geschafft.

»Ich gehe schnell duschen«, sagt Alexander, als wir seine Wohnung betreten.

Ich nicke und bestaune die Masken, die den Flur zum Wohnzimmer säumen. Ein paar kenne ich noch, aber die meisten sagen mir nichts. Das Wohnzimmer gleicht eher einem geräumigen Büro mit einem Sofa und einem kleinen Fernsehschrank.

Mehrere Pinnwände und Whiteboards sind aufgestellt. Zeitungsberichte, Notizen und Ausdrucke mit Formeln sind dort zu sehen. »Was ist das?«, frage ich ihn, als er ins Zimmer kommt.

»RKI und RKT.«

»Bitte was?«

Er lacht und stellt sich neben mich. »Tollwut und seine Mutation.« Seine Heiterkeit ist weggewischt.

»Bist du auch Wissenschaftler?«

»Nein, wenn, dann bin ich eher ein Hobby-Biologe.« Sein Blick huscht über das Angepinnte.

»Warum ist diese Tafel so leer?«, frage ich und zeige darauf.

»Das sind die wenigen Fälle, in denen die Mutation an einem Tier untersucht wurde. Der erste Wolf, der den Menschen biss und bei dem es sich dann veränderte.« Er geht an mir vorbei. »Dieser Hund hier soll die Anzeichen gehabt haben. Der Besitzer hat ihn angezündet.«

»Was für ein Penner!«, knurre ich.

»Ja, diese Katze hier …« Er blickt zu mir. »Sie hat es in sich, zeigte alle Anzeichen, aber bevor man sie untersuchen konnte, war sie weg. Aus dem zwölften Stock, auf einmal verschwunden. Vollkommen verrückt.«

Ich weiß, wie das geht. Sie war vermutlich wie ich. Mir ist klar, dass ich nicht die Einzige bin, dass da draußen andere Menschen sind, die sich verwandeln können. Sie leben versteckt, einsam

und allein, wie ich. »Verrückt ist ein gutes Stichwort. Deine Mutter versucht anscheinend, uns zu
verkuppeln.«

»Mama weiß, dass ich keine Frau in meinem
Leben gebrauchen kann.«

»Von mir auch, also Mann … ach, du weißt
schon.«

»Verstanden.« Grinst er.

»Es wäre also echt lieb, wenn du mit ihr reden
könntest.«

Er gibt einen resignierten Ton von sich. »Da ist
alles verloren.«

»Dann hast du es schon versucht?« Er nickt und
ich füge eine Frage hinzu: »Was sollte diese Geste
heute Morgen?«

Ein leichtes Schmunzeln kommt auf seine Lippen. »Irritiert wegen des Zwinkerns?«

»Etwas.«

Er wendet sich wieder an das Board vor uns.
Seine Augen drücken eine Ernsthaftigkeit aus, die
wie aus dem Nichts auftaucht. »Keine Angst, Bella,
es hat nichts mit dir zu tun.« Die Kälte in seiner
Stimme ist noch verwirrender.

»Ich werde jetzt joggen gehen«, sage ich schnell,
um aus der Situation fliehen zu können.

»Viel Spaß.« Männer sind einfach nur rätselhaft
und dieser definitiv mehr als alle anderen.

Draußen gebe ich mehr Tempo und stoppe nach
der Runde beim Kiosk-Besitzer. Er steht in seinem
Laden und schwingt den Putzlappen.

»Hallo Bella«, ruft er mir zu, als ich die Tür öffne.

»Erstens: Entschuldige, ich war heute Morgen zu spät, dann musste ich arbeiten und babysitten. Aber jetzt bin ich hier. Also was sagst du, haben wir einen Deal?«

»Ich kann das nicht annehmen, Bella, aber es ist wirklich lieb, dass du es mir angeboten hast.«

»Wie kann ich dir sonst helfen?«

»Du machst doch so Internet-Sachen.«

Ich nicke, habe aber keine Ahnung, worauf er aus ist.

Er kratzt sich am Kopf. »Ich habe eine Genehmigung beantragt, mit dem Fahrrad und Schutzkleidung selber zu liefern.«

»Und was soll ich tun?«

»Werbung, Homepage und alles, was damit zu tun hat. Ich kann das doch nicht. Du bist die Mediengestalterin.«

Da hat er recht.

»Hast du die Bescheinigung schon?«

»Gerade den Anruf bekommen, dass morgen früh jemand kommt und mir alles vorbeibringt.«

»Okay, dann werde ich mich dransetzen und dir morgen Entwürfe präsentieren, damit wir es spätestens am Nachmittag hochladen können.«

»Danke.«

Oh nein, nicht noch eine Umarmung. Ausweichen fehlgeschlagen.

»Schon okay.«

Ich sollte mir merken, den Menschen nicht mehr zu helfen, oder ihnen zukünftig schnellstmöglich meine Hand zu reichen. Würde mir hoffentlich dieses Umarmen ersparen.

Gemeinsam gehen wir durch, was er auf seiner Seite haben will und wie die Flyer aussehen sollen. Die verteile ich natürlich später selbst und da lasse ich ihn auch kein Veto einlegen.

☣ ☣ ☣

Geschafft komme ich kurz nach Mitternacht zu Hause an. Trotz kühlenden Windes ist mir dank meiner Bärengene nicht kalt.

Alexander sitzt vor der Tür. Das Licht der Außenbeleuchtung lässt ihn geheimnisvoll und sexy wirken.

»Gute Nacht«, sage ich im Vorbeigehen.

»Du brauchst wirklich etwas mehr Schlaf.«

»Mir geht es gut, mir reichen die Stunden, die ich habe.«

Warum auch, in gut sieben Monaten schlafe ich nur noch.

Er rutscht zur Seite. »Ich habe übrigens versucht, noch mal mit Mama zu reden. Sie meinte darauf, wir seien sture Esel und dass du schon weißt, was du tust.«

»Ach ja?«

»Ja.« Er nickt zu dem Platz, den er freigemacht hat.

»Ich bin fertig und muss noch arbeiten.«

Grummelnd steht er auf. »Dann eben im Stehen.«

Keine Ahnung, warum, aber ich bekomme bei diesem Kommentar eine ganz andere Bedeutung in meinen Kopf und fange an zu lachen.

Er runzelt die Stirn. »Ich übergehe dieses Gegacker mal. Weil du mich ja heute Morgen gefragt hast wegen der Aushilfe in der Klinik. Hast du irgendeinen Nachweis?«

»Sicher.«

»Gut, dann komm bitte morgen zum Klinikum und bring es mit.«

»Und das hättest du mir nicht vorhin sagen können?«

»Nein, da ich gerade erst den Anruf bekommen habe.«

Ich nicke und wende mich ab.

Seine Stimme bohrt sich in meinen Rücken. »Warum tust du das eigentlich alles?«

»Bin ich dir jetzt Rechenschaft schuldig?«

»Nein, es wundert mich nur.«

Ich schaue ihn über meine Schulter hinweg an. »Es geht in dein Hirn vielleicht nicht hinein, aber es gibt Menschen, die helfen einander.«

Er mustert mich, dann seufzt er und geht an mir vorbei. »Morgen Vormittag und sei bitte nicht so arrogant, darauf steht der Chefarzt nicht.«

»Ach, sprichst du jetzt schon von dir in der dritten Person?«

»Schön wäre es«, sagt er, »also das mit dem Chefarzt, nicht das … Ach, du weißt schon.«

Ich nicke und sperre bei mir auf. Gerade, als ich eintreten will, summt die Tür und ein Haufen Jugendlicher kommt herein. Die Alkoholwolke, die sie mitbringen, sticht mir in die Nase. »Die lernen es einfach nicht!«, brumme ich.

»Geh du hoch, ich regle das«, befiehlt Alexander.

Ich bejahe stumm und nehme zwei Treppen auf einmal in die zweite Etage. Wie ein Wildtier klopfe ich gegen die Tür.

»Oh, komm schon, Bella«, mault der Student, der sie öffnet, mich an.

Ich habe aufgegeben, mir die Namen zu merken, da ständig welche ausziehen und neue wieder ein. Diesen habe ich aber noch kennengelernt, bevor ich in den Winterschlaf ging.

»So etwas ist verboten, das wisst ihr auch. Von mir aus geht zu ihnen, aber hier im Haus wird keine Party gefeiert. Es gibt Menschen, die brauchen auch mal Ruhe. Monika, sie muss arbeiten, sie kann es sich nicht leisten, krank zu werden. Werdet ihr dann für die Zwillinge da sein? Oder denkt ihr vielleicht mal an Alexander, der sich für die Gesundheit aller abrackert?«

»Es ist doch nur eine kleine Party.«

Ich verringere den Abstand. »Wenn ich das noch mal erlebe, lernt ihr mich anders kennen und das wollt ihr nicht!« Ein Knurren entfährt mir.

»Schon gut.«

»Will ich auch hoffen.« Ich wende mich ab und gehe nach unten.

Alexander lehnt an seinem Türrahmen.

»Gute Nacht«, murmele ich im Vorbeigehen.

»Schlaf gut«, sagt er leise, als ich die erste Stufe zum Erdgeschoss nehme.

»Du auch.« Mehr will ich nicht sagen, im Grunde will ich gerade einfach nur meine Ruhe.

☣ ☣ ☣

Wie lange ich an der Homepage und dem Flugblatt gesessen habe, weiß ich nicht. Als ich das letzte Mal auf Speichern klicke, sagt mir die Sonne schon guten Morgen. Schnell gehe ich duschen. Ich greife zu meinem Laptop und mache mich auf den Weg zum Kiosk.

Der Besitzer Joe ist hellauf begeistert. Zu meinem Glück. Ich zeige ihm, wie er die Seite erreichen und die Bestellungen ansehen kann. Die Druckerei beauftrage ich sofort. »Okay, die Flyer kommen heute Abend. Bei meiner Joggingrunde hole ich welche ab und verteile sie. Den Rest machen wir dann morgen.«

»Ich bin dir so dankbar.«

»Alles gut, aber ich muss jetzt los.« Ich winke ihm zum Abschied, hole schnell meine Akten und fahre dann mit dem Fahrrad zur Klinik.

Weit komme ich nicht.

Vor der Eingangstür des Krankenhauses ist ein Mann, der auf allen vieren kniet und hustet. Jeder geht beiseite, niemand hilft.

»Ruft einen Arzt«, schreie ich die Gaffer an. »Versuchen Sie, ruhig zu atmen, Hilfe kommt.«

»Bella«, höre ich, aber die Männerstimme kann ich durch den Anzug nicht erkennen. »Geh da weg«, brüllt er mich wütend an und zieht mich von dem Mann auf dem Boden weg.

Erst jetzt erkenne ich Alexanders blaue Augen und seine strenge Musterung.

»Komm mit.« Widerworte lässt er nicht dulden. Ein zweiter Arzt kniet bei dem Kranken. »Er kam zu spät«, meint Alexander. Er zerrt mich durch die Gänge, grummelt unverständliche Worte. Schließlich schubst er mich in einen kleinen Raum. »Bist du von allen guten Geistern verlassen?«

»Ich …« Mir fällt nichts ein. Dass er mich so anbrüllt, ist verletzend. Ich wollte dem Mann doch nur helfen. Einfach nur dastehen und zusehen konnte ich noch nie.

»Komm mir nicht mit diesem Scheiß, verdammt noch mal. Es gibt hierbei kein immun!« Er greift nach meinen Oberarmen, brüllt mich weiter an, aber ich sehe nur die geröteten Augen. Hat er wirklich solche Angst um mich?

Ich lege meine Arme um ihn. »Es wird gut.«

Durch seinen Anzug spüre ich, wie stark sein Herz klopft. »Ich muss dir Blut abnehmen und dich in Quarantäne verlegen.«

»Nein, das kannst du nicht«, gebe ich panisch von mir. Kameras und Personen, die mich beobachten, kann ich nicht gebrauchen.

»Es ist zu deiner Sicherheit.«

»Nein, bitte. Du kannst alles verlangen, aber nicht eingesperrt zu sein«, flehe ich.

»Du kannst andere anstecken, mir bleibt nichts anderes übrig.«

Jetzt weine ich. Ich habe immer gesagt, ich habe diesen Mutter-Theresa-Komplex nicht, aber jetzt hat er mich in das schlimmste Szenario gebracht, das ich mir all die Zeit vorstellen konnte. »Ich kann das nicht, bitte tu mir das nicht an.«

Fluchend wendet er sich ab. »Du bringst mich in eine beschissene Situation.« Er atmet tief durch. »Ich nehme dir Blut ab und überlege mir etwas.«

»Ich kann nicht«, wimmere ich.

Er schiebt mich zum Sessel und lässt mich hinsetzen. »Warte hier bitte.«

Ich nicke. Die Tür fällt ins Schloss und ich bin allein. Das macht mir nichts aus, nur, dass der Raum hier ziemlich klein ist, gefällt mir nicht. Doch besser kurze Zeit, als dauerhaft eingesperrt zu sein.

Aus Langeweile sehe ich mir die Bücher an. Irgendwie muss ich mich ablenken, lange halte ich dieses Eingekerkertsein nicht aus. Die Unruhe in mir wird größer. Ich kann nur hoffen, dass ich mich nicht getäuscht habe und ich wirklich immun bin.

☣ ☣ ☣

Als er wiederkommt, kniet er sich zu mir und
schiebt mein Shirt nach oben. Sein Blick geht auf
meine Armbeuge. Ich merke schon, wie seine Finger zittern.

»Alexander.«

Er hebt sein Kinn. »Ich glaube, ich kann das gerade nicht.«

Ich nehme seine Hände.

Durch die Handschuhe spüre ich, wie sein Blut
rast. »Doch, das kannst du. Ich vertraue dir.« Wenn
ich von mir ausgehe, weiß ich schon, warum ich es
nicht könnte. Im aufgeregten Zustand bin ich als
Bär grobmotorisch. Vielleicht ist das bei ihm als
Mensch auch so?

Er schließt seine Lider und atmet tief durch. Ich
beobachte ihn genau. Kurz lächelt er mich an, dann
bindet er meinen Arm ab und fühlt nach der Vene.

Ich schenke ihm einen aufmunternden Blick
»Und jetzt noch mal ruhig atmen.«

»Danke«, sagt er leise, atmet noch einmal tief
und sticht zu. Die Phiole füllt sich mit meinem
Blut. »Ich lasse einen Schnelltest machen.«

»Das heißt?«

»Eine halbe Stunde, geht das?«

»Klar.« Muss ich ja. Ich weiß jetzt schon, dass
mir diese dreißig Minuten vorkommen werden wie
eine Ewigkeit. Vorhin waren es ja nur ein paar

Minuten und da bin ich schon innerlich am Durchdrehen gewesen.

Er beugt sich nach vorn, meine Stirn und seine sind nur durch das Plastik getrennt. »Tu das nie wieder.«

Ich sage jetzt lieber nicht, was ich immer antworte, dann würde er vermutlich ausflippen und darauf habe ich, ehrlich gesagt, keine Lust. »Du lässt mich dann gehen?«

»Aber bitte nicht zu Elisabeth.«

»Ich bin gespannt, wie sie darauf reagiert.«

Er lacht. »Ja, sie ist ein Sturkopf.« Tief atmet er durch. »Okay, dann lasse ich schnell testen.«

Ich stimme zu, auch wenn mir immer noch unwohl dabei ist.

Ohne ein weiteres Wort verlässt er das Ärztezimmer.

Ich reibe mein Genick. Auch, wenn ich weiß, dass ich im Grunde nichts zu befürchten habe, macht es mir Angst. Was ist, wenn er doch recht hat und es dieses Mal keine Immunität gibt? Die Zeit vergeht und ich beginne, hin- und herzulaufen. Gähnend langsam bewegt sich der Zeiger an der Wanduhr. Meine Nervosität steigert sich ins Unerträgliche. Nichts in diesem Raum trägt dazu bei, dass ich mich noch länger ablenken kann.

Als die Tür aufgeht und Alexander mich anlächelt, bin ich erleichtert. »Es hat etwas gedauert.«

»Etwas«, gebe ich sarkastisch von mir.

Er schließt die Tür und nimmt seinen Helm ab.

»Ja, ich habe aus Versehen dein Blut verschüttet und dadurch hat es etwas gedauert. Aber du bist kerngesund.«

»Sag ich doch.«

Er setzt sich auf den Schreibtisch. »Pass aber bitte auf und …«

»Nimm Abstand von Elisabeth«, ergänze ich.

»Verstanden. Und sei nicht zu hilfsbereit, das kann zurzeit wirklich schädlich sein.«

»Du machst dir Sorgen um mich?«, ziehe ich ihn auf. Irgendwie berührt es mich.

»Mama würde mir eine reinhauen, wenn nicht.«

»Sicher.«

»Okay, ich muss dir noch mal etwas abnehmen, dann kannst du gehen.«

»Warum noch mal?«

»Langzeittest, manchmal, in sehr seltenen Fällen greift das Virus erst nach ein bis zwei Tagen an. Ich will einfach auf Nummer sicher gehen.«

Er führt an meinem zweiten Arm die gleiche Prozedur wie vorhin durch, nur mit weniger Zittern. Sein Duft ist gerade verführerisch animalisch. Meine Nasenflügel saugen ihn ein. Ich verbiete es mir, aber es gelingt nicht ganz.

Als er fertig ist, führt er mich in seinem Komplettanzug zum Ausgang. »Nimm ein Taxi, ich bringe dir dein Fahrrad mit.«

Seufzend nehme ich an. Als wir den Raum verlassen, liegt seine Hand auf meiner Hüfte. Einerseits will ich nicht daran denken, sondern einfach nur erleichtert sein. Abschütteln kann ich aber auch nicht, dass mir diese Geste gefällt. Ich fühle mich wie ein kleines Kind, als er mich sogar bis an das quietschgelbe Auto bringt und mir die Tür aufhält.

»Bis heute Abend«, sage ich und steige ein.

»Okay.« Er macht sie zu.

Ich blicke zu ihm, er bleibt dort stehen, bis wir um die Ecke gebogen sind. Es ist so gefährlich, was sich gerade abspielt. Ich darf mich nicht verlieben und doch mag ich unsere kleinen Zankereien, oder wie er sich bewegt oder eben riecht. Törichte Gedanken.

☣ ☣ ☣

Die Zwillinge warten schon hibbelig vor meiner Wohnung.

Ich gebe ihnen den Schlüssel und sie rasen nach unten.

»Und?«, fragt Elisabeth.

»Ich bin gesund.«

Sie legt ihren Kopf schief und runzelt die Stirn. »Warum sagst du das?«

»Ich dachte, Alexander hat dich angerufen.«

Sie wird blass. »Warum sollte er?«

»Ich wollte einem Mann helfen, er war anscheinend infiziert und er …«

»Aber dir geht es gut«, sagt sie und will mich anfassen.

Ich weiche zurück. »Ja, aber …«

»Egal, was mein Sohn gesagt hat, er hat nicht recht.«

»Er hatte Angst, es war wirklich knapp.«

Sie kommt mir wieder näher. »Du bist nicht wie die Menschen. Du magst das Gen haben, aber eben auch das des Bären, darum bist du stärker.«

»Noch nie hatte jemand so Angst wie er.«

»Ach, daher weht der Wind also«, gibt sie grinsend von sich. »Wenn du die Menschen an dich heranlässt, haben sie Angst um dich. Für einen Moment hatte ich es auch.« Sie drückt meinen Arm. »Trau dir mehr zu.«

»Was ist, wenn er recht hat? Wenn ich es selber nicht bekomme, aber dich jetzt damit anstecke.«

»Quatsch.«

»Hat dein drittes Auge sich auch mal getäuscht?«

»Nie.« Jetzt tätschelt sie die Stelle. »Um ehrlich zu sein, dachte ich es für eine kurze Zeit, aber mein Instinkt und die Sicht haben sich nicht getäuscht.«

»Wobei?«

»Bei dir und Alexander«, sagt sie breit grinsend.

Ich schüttele den Kopf. »Ich kann das nicht, das weißt du auch.«

»Ihr beiden«, sie winkt ab, »das wird schon.«

Er ist manchmal schon süß, sein Geruch heute war auch verlockend, aber die Gefahr ist einfach zu groß. Ich seufze. »Ich bin fertig, wir sehen uns.« Damit gehe ich in meine Wohnung.

Der Gedankenfloh springt immer wieder in mein Bewusstsein. Eine Art Vertrautheit hat sich bei uns eingeschlichen. Manchmal will ich das sogar. Oder? Nein! Ich darf das nicht wollen!

Am Spätnachmittag ruft mich der Kiosk-Besitzer an und beendet vorerst meine Grübelei. Ich ziehe mich zum Joggen um. Zwei Stapel der Flyer gibt er mir in die Hand, die ich in meinen Rucksack lege und loslaufe.

Jedem, den ich sehe, gebe ich einen der Zettel, auch wenn es gerade mal eine Handvoll ist. Den Rest verteile ich in Briefkästen.

Alexander sitzt auf der Treppe, steht sofort auf und kommt auf mich zu. »Wie geht es dir?«

»Gut, ich habe keine Zeit.«

Er nickt nur und ich lasse ihn stehen.

»Nein, nicht umdrehen, einfach weitergehen, er ist ein Mensch, du bringst ihn in Gefahr«, befehle ich mir selbst. Ich sperre meinen Keller ab und gehe wieder nach oben in meine Wohnung.

So habe ich mir mein Leben nicht vorgestellt. Ich fühle mich nicht mehr frei. Alles dreht sich in meinem Kopf und das um zwei Dinge. Dieses Virus und die Menschen, die mich umgeben. Nein, um einen Menschen.

Nicht einmal Arbeiten lenkt mich ab. Ständig habe ich vor Augen, wie seine Augen ausgesehen haben, und auch sein Geruch kommt mir wieder in Erinnerung.

Es klingelt Sturm an meiner Tür.

Verwundert öffne ich sie und blicke in Alexanders ernstes Gesicht. »Was ist los?« Sofort verkrampft sich mein Magen. »Ist etwas mit Elisabeth?«

»Ich habe dir gestern Blut abgenommen.«

»Ich weiß«, sage ich leise. Stimmt etwas nicht, bin ich doch infiziert? Ich schlucke den Kloß hinunter.

Er macht einen Schritt auf mich zu.

Ich gehe rückwärts und starre ihn an. Gerade macht er mir Angst.

»Ich habe dir gesagt, dass ich es verschüttet habe.«

Die Tür knallt ins Schloss.

Ich nicke. Ich muss die Nerven bewahren, nicht dass ich mich verwandle. »Hast du gesagt.« Inzwischen bin ich im Wohnzimmer an die Wand gepresst und er kommt immer näher.

Seine Hand geht an meinem Hals vorbei und stemmt sich an das Mauerwerk. »Es ist auf einem Objektträger gelandet. Das Blut darauf war von einem Infizierten.«

»Und?«, flüstere ich.

»Es ist neutralisiert!«

Ich blinzele. »Bitte was?«

»Dreimal haben wir es überprüft. Wir dachten, er ist geheilt.«

»Alexander, bitte, was willst du?«

»Er ist heute Nacht verstorben«, redet er weiter,

ohne auf mich einzugehen. Sein Blick bohrt sich in meine Augen. »Ich habe einige Tests gemacht, erst um sicherzugehen, dass du nicht doch infiziert bist, aber du bist gesund.«

Ich schließe meine Lider. »Sag doch endlich, warum du hier bist.«

»Ich verstehe es nicht, aber du bist das Heilmittel.«

»Bitte was?«

Ich begreife die Welt nicht mehr.

»Bella, was bist du?«

Mein Herz schlägt mir bis zum Hals. Was hat er gesagt? Nicht wer bist du, nein, was bist du! Wie viel weiß er über mich?

»Wie meinst du das?«, gebe ich leise von mir.

»Ich habe etwas entdeckt und jetzt will ich wissen, ob es stimmt.«

Der Bär in mir wird langsam wütend und unruhig, immer schwerer kann ich es unterdrücken. Ich will mich vorbeidrücken, aber seine andere Hand ist an meiner Hüfte.

»Lass mich gehen! Du weißt nicht, was du gerade anstellst.«

»Ich bin mir dessen sehr wohl bewusst.«

Meine Hände balle ich zu Fäusten. »Ich will dir nicht wehtun«, sage ich leise, aber eindringlich und wende meinen Blick ab.

Sein Finger führt er an meinem Kiefer entlang bis zum Kinn und hebt es an. »Soll ich es sagen oder erzählst du es mir freiwillig?«

»Ich habe nichts zu sagen.«

»Dann zeige es mir«, meint er und geht von mir weg.

Er weiß, was ich bin, da bin ich mir mehr als sicher. Jetzt stellt sich die Frage: Soll ich mich weiterhin dumm stellen oder tun, was er gerne hätte?

Mein Blick geht zu Boden. »Ich bin eine Bärin«, gestehe ich dann, um ihn nicht in Gefahr zu bringen.

Er lacht auf und geht sich durch die Haare. »Jetzt ergibt alles einen Sinn.«

Für mich immer noch nicht. »Ach wirklich?«

Er nickt.

Verstört sehe ich zu, wie er sein Shirt auszieht. »Was wird das?« Meine Stimme ist so schrill, dass es selbst mir in den Ohren weh tut.

Lachend schiebt er nun Jeans samt Boxershorts die Beine hinunter. Mein Gesicht glüht, als ich mich abwende. Aber nicht lange starre ich zur Wand, denn der vertraute Geruch von Fell kommt mir in die Nase. Langsam drehe ich mich um. »Du …« Mehr bekomme ich nicht heraus. Der Bär vor mir nickt und verformt sich langsam wieder zu dem Mann, den ich kenne.

»Ergibt es jetzt einen Sinn?«

»Nein«, gebe ich von mir und fixiere seine nackten Füße.

»Deine DNA, besser gesagt unsere ist ein Doppelgen.«

Ich runzele meine Stirn, sage aber nichts.

Er zieht sich an. »Mir ist nicht bewusst gewesen, dass ich nie krank war. Es gab doch immer welche, die gesund blieben. Ich dachte immer, ich hatte Glück. Nie hätte ich geahnt, dass ich immun bin. Schon gar nicht, dass unser Blut in diesem Fall sogar das Heilmittel sein könnte.« Er nimmt meine Hand.

»Weiß es noch jemand?«, frage ich leise. In meinem Kopf packe ich bereits die Koffer und erweitere meinen Fluchtplan.

»Ein Kollege, er ist wie Mama. Wir können ihm vertrauen.« Seine Hände sind schwitzig, als sie über meinen Hals zu meinem Genick gleiten. »Mir hätte es klar sein sollen.« Seine Daumen streichen über meine Wangen.

Meine Stimmbänder sind wie gelähmt, kein Ton kommt heraus.

»So still kenne ich dich gar nicht«, zieht er mich schmunzelnd auf.

Bevor ich mich fassen kann, um ihm zu antworten, küsst er mich. Das erste Mal nach Jahren, dass sich einer diesen Schritt traut, oder eher, dass ich es zulasse. Dann wird mir bewusst, was er meint: Elisabeth, darum hat sie gewollt, dass wir uns näherkommen.

☣ ☣ ☣

Mir ist nicht klar gewesen, wie viel Medizin man aus einem Liter Blut gewinnen kann, oder besser gesagt das Plasma. Freiwillige haben sich schnell gefunden. Es hat trotzdem noch knapp ein Jahr gedauert, bis die Welt sich wieder gedreht hat und alles seinen normalen Gang lief.

Aber für mich ist der Winter das Schönste gewesen. Seit ich achtzehn bin und damit eine erwachsene Bärin habe ich keinen Schnee mehr gesehen. Alexander hat mir gezeigt, wie ich meinen Körper dazu bringen kann, in der kalten Jahreszeit nachts zu schlafen, länger als im Sommer, nur um ein paar Stunden. Aber eben auch wach zu sein. Die Medizin ist manchmal doch hilfreicher, als ich gedacht habe.

☣ ☣ ☣

Damals als ich aufgewacht bin, hätte ich nicht annähernd vermutet, dass sich mein Leben so auf den Kopf stellt. Ändern will ich das Neue aber nicht. Eine Zukunft ohne meinen Brummbären kann ich mir nicht mehr vorstellen.

Ich bin **Luna Day** - eine verheiratete Mutter und Autorin mit Herz und Seele.

Mein Leben findet im Augsburger Land statt. Nach einigen Experimenten im Raum Deutschland zog es mich doch immer wieder zurück in meine Heimatstadt. Dort lebe ich mit meinen beiden Kindern und meinem Ehemann.

Durch Harry Potter und Role-Play-Games in Foren fing ich an, kleine und größere Geschichten, die ich im Kopf hatte, niederzuschreiben. Schon als Kind hatte ich eine große Phantasie. Aber erst vor ein paar Jahren wurde aus einem Zeitvertreib meine Leidenschaft. So habe ich schon einige Texte zusammengetragen.

Momentan bin ich mit meinem ersten großen Projekt auf Verlagssuche. Aber ich drehe keine Däumchen. Einige Kleintexte konnte ich schon erfolgreich in Anthologien unterbringen.

Weitere Informationen zu mir findet ihr unter:

www.lunadayautorin.com

Variola mutatio

von Tea Loewe

Ellas Finger lagen auf der meterdicken Glasscheibe des Habitats. Sie folgten dem schwarzen Schriftzug, der auf der Außenseite in das Glas graviert war. Unerreichbar für ihre Berührung. Doch ihre Augen erkannten die Worte.

Gehege 23: Leben um das Jahr 1800. Typische Farmhütte und deren Bewohner zur Gründungszeit der USA, stand dort in eleganten Buchstaben geschrieben. Darüber hinweg starrte ein *Emendati* Ella in ihrer bäuerlichen Kleidung an.

Krampfhaft versuchte die Zwanzigjährige, sich zu erinnern, ob sie das Gesicht dieses *Verbesserten* schon einmal gesehen hatte.

Nein, definitiv nicht. Was wollte er? Sonst schauten sie stets nur kurz und liefen dann zum nächsten Habitat.

Mit überkreuzten Beinen, den Kopf auf eine Hand gestützt, saß der Emendati auf einem weißen Quader. Er sah Ella unverhohlen an, ohne den Blick auch nur einmal abzuwenden oder gar zu blinzeln. Gleich einem exzentrischen Kunstwerk standen seine stechend grünen Augen im Kontrast zu seinem hellen Hauttyp und den raspelkurzen blonden Haaren.

»Jede ihrer Zellen enthält winzige, intelligente Roboter auf biologischer Basis«, pflegte ihre Urgroßmutter, als sie noch lebte, bei jeder Gelegenheit zu erklären. »Angesteuert werden sie von einer App namens *Cell Lab 2.0.* Sie ist auf einen Chip programmiert, der in den Unterarm eingesetzt wird.«

Eine Gänsehaut zog sich über Ellas verschmutzte Arme. Diese verbesserten Menschen mit ihren symmetrischen Gesichtern, der makellosen Haut und den perfekten Körpermaßen waren ihr gespenstisch.

Auch der Rest aus den Erklärungen hallte nun in ihren Ohren: »Eine bahnbrechende Technologie, die ursprünglich Frauen half, ihr jeweiliges Wunschkind künstlich zu entwerfen. Vom Unterarm aus überwacht und steuert die App alle Zellen des Organismus. Schon lange vor den Radak-Kriegen verlängerte sie dadurch den Reichen das Leben.«

Leider hatte Ella stets nur einen Bruchteil verstanden. Die Geschichten von Dingen, welche die alte Frau *Technologie* nannte, überstiegen trotz regelmäßiger Lehreinheiten schlichtweg ihre Vorstellungskraft. Sie empfand es schon als surreal, wenn sich die Kostklappe hinter ihrem Heim täglich wie von Geisterhand öffnete und wieder schloss.

Plötzlich stieß jemand hinter Ella die Tür des Farmhauses auf und kam ins Freie gerannt.

Das roch nach Ärger. Einer spontanen Eingebung folgend, signalisierte sie dem Emendati, er solle lieber verschwinden. Weshalb eigentlich? Im Grunde konnte er ihr doch egal sein. War es die Art, wie er sie ansah? Oder das sanfte Kribbeln in ihrer Magengegend, welches das Grün seiner Augen in ihr hinterließ?

»Hau ab, du synthetisches Monstrum«, blaffte der Farmherr durch die Front des Habitats nach draußen.

Als ob der junge Mann auf der anderen Seite ihn hören könnte.

»Nun verzieh dich endlich!«, brüllte ihr Stiefvater noch einmal. Sein trainierter Stiernacken war bereits hervorgetreten und die Halsschlagader pochte wild, während er mit der Faust die Scheibe bearbeitete. Da der Emendati außerhalb des Geheges noch immer nicht reagierte, wandte sich der Hausherr schließlich Ella zu. »Und du komm rein, aber dalli!«

Während Ella zurück zur Hütte eilte, bemühte sie sich, das faszinierende Gesicht des Fremden wieder aus ihrem Hirn zu bekommen. Leider wollte es beim besten Willen nicht gelingen.

☣ ☣ ☣

Kaum hatte sie das Innere betreten, donnerte schon Justus' Stimme durch das Haus. »Den restlichen Nachmittag bleiben wir drin, bevor sich dieser *Verbesserte* an uns satt glotzt. Ella, du kümmerst dich um Florence. Luise, du hilfst Magda in der

Küche.« Kaum hatte er seine Befehle verteilt, sank der Hausherr auf einen hölzernen Schaukelstuhl und rieb sich die Stirn.

Ella war froh, nicht dem Küchendienst zugeteilt zu sein, und lief in eines der hinteren Zimmer. Zum wiederholten Mal fragte sie sich, woher dieser aufbrausende Mann und seine Familie damals gekommen waren.

Beim Betreten des Krankenlagers erkannte Ella sofort, dass es ihrer Halbschwester noch schlechter ging als am Morgen.

Mit gerötetem Gesicht lag Florence auf einer durchgelegenen Matratze, das erdfarbene Wollkleid nass geschwitzt. Der Atem der Elfjährigen klang angestrengt und ging unregelmäßig. Verkrampft hielt sie sich mit ihren Händen am Laken fest, als verschaffe ihr der Akt Linderung. Zwei volle Tage bereits quälte sie sich mit Schmerzen und fieberte ununterbrochen.

Während sich Ella neben ihrer Halbschwester niederließ, durchzuckte sie ein Stich der Besorgnis. Noch nie war einer von ihnen so krank gewesen. Nicht einmal, als ihre Urgroßmutter noch hier im Habitat lebte.

Beklommen registrierte Ella die eiternden Pusteln, die sich in Florence' Gesicht und auf ihren Armen immer weiter verteilten. Nachdem sie zuerst stetig größer geworden waren, sonderten sie mittlerweile einen unangenehmen Geruch ab.

Traurig dachte Ella an ihre Urgroßmutter.

Vielleicht hätte die Alte aus der Zeit vor den Radak-Kriegen gewusst, welche Krankheit das war. Als einzige unter ihnen hatte sie die Vorkriegszeiten erlebt, war nicht in einem Habitat geboren.

An manchen Tagen konnte Ella ihr Leben im Gehege kaum ertragen. Zwar sorgten die Emendati für Beschäftigung, aber auch das unterbrach die gähnende Langeweile kaum. Am liebsten waren Ella die Bücher. Dank der Lehren ihrer Urgroßmutter war das Lesen für die Zwanzigjährige kein Problem.

Ellas Lieblingsbuch war ein Reiseroman Sarah Kemble Knights. Er lag noch vom Vortag neben Florence' Bett, also nahm sie ihn auf und las laut daraus vor. Die Sprache war deutlich veraltet, aber die malerischen Worte ließen in ihrem Kopf die wundervollsten Landschaften entstehen. Es war eine Welt, die irgendwo da draußen auf sie wartete. Eines Tages würde sie sich aus diesem Käfig befreien und sie mit eigenen Augen zu sehen bekommen.

Kurz bevor Ella das Kapitel beenden konnte, begann Florence plötzlich laut zu husten. Blut rann aus ihrem Kindermund, während der ganze Körper unkontrolliert zitterte.

Erschrocken sprang Ella auf und schrie vor Verzweiflung so laut sie konnte. Dabei fiel das Buch polternd zu Boden, wo es genauso verloren liegen blieb, wie sie sich fühlte. Noch ehe die anderen Bewohner auf ihren Ruf reagierten, fiel Florence' Körper schon leblos in sich zusammen.

☣ ☣ ☣

Weinend kauerte Ella zwei Tage später auf der schmalen Veranda der Farmhütte.

Ihren braunhaarigen Schopf hatte sie zwischen den Armen vergraben, während ihr Schluchzen sie wieder und wieder durchschüttelte.

Auf Florence war in der heutigen Nacht Luise, die Mutter ihrer Halbschwester, gefolgt. Ihre eigene Mutter Magda hatte über Nacht extrem hohes Fieber bekommen. Ihr Stiefvater Justus klagte ohne Unterbrechung über Kopfschmerzen und wirkte leichenblass.

Als Ella nach langer Zeit aufblickte, nahm sie durch den Schleier ihrer verweinten Augen eine Silhouette wahr. Jemand schien vor dem Habitat zu stehen und sie zu beobachten. Mit dem Ärmel wischte sie ihre Tränen weg und sah noch einmal hin.

Es war zweifellos der Emendati von vorgestern. Doch was wollte er hier? Ob er wusste, was in diesem Habitat vor sich ging?

In einem Akt der Verzweiflung stand Ella auf, lief zu der Scheibe und legte ihre Hand darauf. Flehend sah sie den Verbesserten an und formte mit ihren Lippen überdeutlich: »Hilf uns. Wir sterben!«

Sie war sich nicht sicher, ob er überhaupt ihre Sprache beherrschte. Aber er schien zu verstehen, denn sofort nahm er ein kleines Gerät aus seiner Innentasche, in das er hastig hineinsprach.

Plötzlich polterten Schritte hinter Ella aus dem Haus. »Warst du das, du Schweinehund?«, schrie Justus im Näherkommen, ein langes Küchenmesser hoch erhoben in seiner Hand. »Hast du meine Familie umgebracht? Meine Frauen sterben wie Fliegen, seit ich dich das erste Mal gesehen habe. Glaube ja nicht, dass wir dein scheiß Spiel mitmachen!«

Erschüttert über den ausgesprochenen Verdacht schaute Ella zwischen ihrem Stiefvater und dem Verbesserten hin und her. Da fuhr gänzlich unerwartet ein Schmerz in ihren Bauch. Mit einem verblüfften Keuchen registrierte sie, dass Justus ihr die Klinge seitlich unter die Rippen gerammt hatte.

Der Blick des Farmherrn ging zurück zu ihrem Beobachter. »Siehst du das? Glaubst du, wir lassen uns von euch abschlachten? Nein! Wir entscheiden selbst, wann wir sterben! Wir sind frei!« Hysterisch lachend rannte Justus zurück zur Hütte.

Während aus dem Haus Magdas Schreie erklangen, hielt Ella entsetzt die Hand auf ihre Wunde. Warmes Blut quoll daraus hervor und der Schmerz war nahezu unerträglich. Die Welt um sie herum drehte sich und sie sank zu Boden.

Noch immer begriff sie nicht, was gerade geschehen war. Einzig das Bild des Emendati brannte sich in ihr Gedächtnis. Entsetzen und Irritation lagen auch in seinem Blick, während er auf seinem leuchtenden Unterarm herumtippte und mit weit geöffnetem Mund irgendetwas in sein kleines Gerät hinein rief.

Dann wurde es schwarz um Ella.

☣ ☣ ☣

»… wirkt tatsächlich. Sehen Sie doch«, waren die ersten Worte, die an Ellas Ohr drangen, als sie wieder zu Bewusstsein kam. Wo war sie?

Dies war definitiv nicht das Habitat. Die Luft roch völlig anders. In etwa so, wie die Bücherseiten aus ihrem Heim, wenn sie frisch in das Gehege gegeben worden waren. Es hatte jedes Mal ewig gedauert, bis sich das Papier mit den vertrauten Düften von Essen und altem Holz vollgesogen hatte.

Irgendwo zu ihrer Rechten lief jemand hin und her. Ab und an klapperten Finger scheinbar gezielt auf einer Oberfläche herum. Leise Stimmen drangen an ihr Ohr, hell, klar und gänzlich verschieden von denen, die sie gewohnt war.

»Zeigen Sie mal her!«

»Hier, Sir.«

»Sie ist tatsächlich resistent! Ich fasse es nicht.«

»Wenn der Hauptmann diese Ergebnisse in die Finger bekommt, wird er die *Anthro* ausweiden lassen.«

Die Worte machten Ella Angst. Was hatte das zu bedeuten? Vorsichtig schlug sie die Augen auf und sah sich um. Soweit sie es überblicken konnte, war sie von kahlen Wänden umgeben. An einigen Stellen blinkten und piepten quadratische Kacheln in wilden Farben. Gleich neben ihr stand ein seltsamer Kasten, der in einer Tour rauschte und rhythmische Töne von sich gab.

So geräuschlos, wie nur irgend möglich, tastete Ella nach ihrer Verletzung. Unter dem seltsam glatten Stoff, den sie trug, fühlte sie nur blanke Haut. Kein Schmerz. Keine Wunde. Wie war das möglich?

»Sehen Sie doch, Sir! Sie ist bei Bewusstsein«, stellte eine der Stimmen fest.

Zwei Augenpaare schoben sich in Ellas Sichtfeld. Die dazugehörigen Emendati trugen seltsame Anzüge und hatten ihre Köpfe in elegant anmutende Helme gesteckt. Deren Front zierten Sichtfenster, aus welchen Ella zwei Augenpaare anstarrten. Eines davon kam ihr bekannt vor.

Der Emendati, der vor ihrem Habitat verweilt hatte, sah sie warmherzig an. »Hallo, ich bin Tiral. Wie nennst du dich?«

Ella konnte nur mit dem Kopf schütteln. Ihr Mund war wie ausgetrocknet und die Furcht, an einem fremden Ort synthetischen Gestalten ausgeliefert zu sein, schnürte ihr die Kehle zu.

»Keine Angst. Wir wollen dir helfen, von hier zu fliehen. Kannst du dich aufsetzen?« Der Emendati namens Tiral lächelte ihr aufmunternd zu. Seine Kollegin schickte einen verständnisvollen Blick hinterher.

Diesmal versuchte Ella es mit einem Nicken. Erstaunlich unproblematisch kam sie schließlich in die aufrechte Position. Sie fühlte sich gesund und erfrischt, als hätte sie tagelang geschlafen. Die Schmerzen waren verschwunden und ihr Kopf konnte stetig besser klare Gedanken fassen.

Tiral reichte ihr ein Glas mit einer transparenten Flüssigkeit. »Hier ist etwas Wasser für dich.«

Seine ebenmäßigen Gesichtszüge sahen aus der Nähe noch viel fesselnder aus, als durch die Fensterfront des Geheges. Dabei waren sie so perfekt symmetrisch, dass Ella sich mit ihrem eigenen Aussehen vor dem Emendati schämte. Schüchtern nahm sie das Glas entgegen und senkte den Blick.

»Wo bin ich und was ist mit den anderen aus meinem Gehege?«, brachte sie schließlich über die Lippen.

»Sie sind alle tot«, antwortete Tiral mitfühlend. »Du bist die Einzige, die überlebt hat.«

»Was ist passiert?«, keuchte Ella, während Übelkeit in ihr aufstieg.

»Hauptmann Gerken Vexmo, der Leiter dieser Basis, sucht ein Heilmittel gegen eine Epidemie. Sie haben den Bewohnern deines Geheges verschiedene Impfstoffe injiziert und anschließend ein Virus in eurem Gehege freigesetzt.«

»Nein! Wieso?«

Da dämmerte Ella etwas. »Du hast es gewusst! Du Widerling«, schrie sie den Verbesserten an. Alle Traurigkeit über ihren Verlust und alle Wut über diese Willkür schossen in einem Schwall aus ihr heraus. In einem Anflug von unbändiger Verachtung sprang sie von ihrem Krankenlager und stürzte sich auf ihn. Wild trommelte sie mit ihren Fäusten auf Tirals Brust.

Doch den Verbesserten interessierte das gar nicht. Er griff lediglich Ellas Hände und schob sie von sich wie eine Feder. Ohne jeden Aufwand hielt er sie auf Abstand, während seine Kollegin ihr einen verständnisvollen Blick zuwarf.

Jetzt erst wurde Ella klar, wie viel die Verbesserungen der Emendati tatsächlich leisten konnten. Gegen jemanden mit so viel Muskelkraft war sie absolut chancenlos.

Resigniert ließ sie locker und setzte sich erschöpft zurück auf die Liege. Sie fühlte, wie ihre Augen feucht wurden, die Verzweiflung und der Schock saßen tief.

Einfühlsam blickte der Emendati sie an. »Hör zu, ich hatte keine Ahnung. Wenn doch, dann hätte ich ...«

In diesem Augenblick klopfte es energisch an der Tür. Ohne abzuwarten trat ein weiterer Emendati ein.

☣ ☣ ☣

Der Neuankömmling, ebenfalls in einen Schutz-anzug gehüllt, sah sich misstrauisch um. Sein Blick erinnerte Ella an Justus, wenn er einen Aufstand gegenüber seinen Entscheidungen vermutet hatte.

Sofort eilte Tirals Kollegin dem Fremden entge-gen. »Herr Kommandant. Wie können wir Ihnen behilflich sein?«

Tiral wandte den Blick von Ella nicht ab. Mit unauffälligen Bewegungen drückte er auf seinem Unterarm herum. Seine Haltung kannte sie von sich selbst, wenn sie sich bereithielt, vor Justus' Strafe in ihr Zimmer zu flüchten.

»Hauptmann Vexmo wartet auf die Untersu-chungsprotokolle. Ich soll sie sofort überbringen.«

»Natürlich. Hier, Herr Kommandant.« Unsi-cherheit lag in der Stimme Tirals Kollegin, wäh-rend sie die Ergebnisse weiterreichte.

Leider entging das dem Kommandanten nicht. »Wo ist Laborantin Quix? Müsste sie nicht eigent-lich hier sein?«

»Es ging ihr nicht gut, Sir. Sie hatte Angst, es sei *Variola*. Ich sollte übernehmen.«

»Und Ihr Name ist?«

Ella konnte die Anspannung im Raum förmlich riechen. Augenscheinlich argwöhnte der Kom-mandant mit etwas.

Noch immer lag Tirals mahnender Blick auf ihr. Seine Kollegin entgegnete unterdessen: »Laboran-tin Lyrida, Herr Kommandant.«

Den Befehlshaber schien das nicht zu überzeugen.

»Zeigen Sie mir umgehend Ihren Ausweis!«

Mit fahrigen Bewegungen zog Lyrida eine Karte aus ihrer Tasche, als Tiral das Ruder übernahm und sich dem Kommandanten zuwandte.

»Sie«, keuchte dieser überrascht, während er ein röhrenförmiges Gerät aus einer Halterung an seinem Gürtel zog. »Ich wusste doch, hier ist etwas faul! Händigen Sie mir umgehend das Studienobjekt aus.«

Ehe der Kommandant etwas tun konnte, stürzte Tiral sich auf ihn. Die Männer verkeilten sich in einem harten Nahkampf.

Noch nie hatte Ella Menschen gesehen, die sich so schnell und geschickt bewegten. *Cell Lab 2.0*, schoss es ihr durch den Kopf, während sie wie angewurzelt auf der Pritsche saß und das Geschehen verfolgte.

»Wenn du weiterleben willst, komm mit mir«, rief Tirals Kollegin Ella zu und zog sie von ihrem Krankenlager herunter. »Denk nicht nach, lauf einfach!« Und schon spurtete Lyrida aus dem Raum.

Ella ließ sich nicht zweimal bitten, dieser bedrohlichen Situation zu entfliehen. So schnell ihre Beine es vermochten, rannte sie der Verbesserten nach. Wütende Stimmen flogen ihren Schritten hinterher, doch sie ignorierte es einfach. In vollem Tempo sprintete sie durch die Flure, immer auf den Fersen der scheinbar gemächlich trabenden Emendati.

Während ihre eigenen Lungen heftig zu pumpen begannen, verfärbte sich das Licht im Gang in ein warnendes Rot. Ein Alarmsignal ertönte und mit ihm ununterbrochen eine blecherne Stimme: »Geflohenes Exemplar in Bereich sieben gesichtet. Quarantäne- und Schutzmaßnahmen werden eingeleitet.«

Zu Ellas Linken schloss sich krachend ein Schott.

»Folge den grünen Schildern«, schrie Lyrida über ihre Schulter zurück und steigerte das Tempo ins scheinbar Unermessliche. Ehe Ella sich versah, war die Emendati schon um die nächste Ecke verschwunden.

Ella spurtete den langen Gang entlang. An einer Gabelung folgte sie dem ausgewiesenen Weg nach links. Ein weiteres Mal blieb ihr beinahe das Herz stehen, als sich ein wuchtiges Schott zu ihrer Rechten verriegelte. Im nächsten Moment ertönte eine Sirene.

Zwei Biegungen weiter rannte Ella schließlich auf eine runde Kammer zu.

Dort hielt Lyrida mit immensem Kraftaufwand das sich schließen wollende Schott auf. Die Anstrengung entlockte ihr Schreie. Flehend blickte sie Ella an, sie möge sich doch beeilen. Da schoss ein Schatten an ihr vorbei und warf sich ebenfalls in den Spalt.

Es war Tiral. Mit unmenschlicher Muskelkraft hielten die beiden das Tor geöffnet.

Ohne einen Wimpernschlag zu vergeuden, warf sich Ella durch den Spalt in den dahinter liegenden Raum.

☣ ☣ ☣

Mit einem Knall fiel die Trennwand zu. Allerdings gab es in diesem Raum keinen anderen Ausgang, lediglich hoch über ihnen ein weiteres Schott, massiv und aus Eisen.

Panik stieg in Ella auf. »Wo sind wir hier?«

»Dies ist der Weg nach draußen«, versuchte Lyrida sie zu beruhigen, während Tiral mit seinen Nanobot-gestärkten Händen eine der bunten Wandkacheln herausriss.

Dahinter lagen Drähte, die er einen nach dem anderen musterte. Schließlich zerriss er drei von ihnen und drückte die Kachel zurück an ihren Platz. Als er nun mit den Fingern auf dem Wandquadrat herumtippte, hob sich der Boden in die Höhe.

Ella bekam einen Schreck. Noch im Näherkommen öffnete sich das Sicherheitsschott über ihren Köpfen und gewährte den Entflohenen den Blick auf eine weitere Schleuse.

Hier hingen die Wände voll mit grauen Anzügen der gleichen Art, wie Tiral und seine Begleiterin sie bereits trugen. Als der Emendati Ella in einen davon hineinhalf, bemerkte sie, wie klobig und schwer der Stoff war. Das Tragen dreier Getreidesäcke gleichzeitig war ein Kinderspiel dagegen. Wie sollte sie sich in diesem Overall bewegen?

Helfend griff der junge Mann Ella unter die Arme, was sie ihm lieber verwehrt hätte. Aber ihre eingeschränkte Bewegungsfreiheit verhinderte das. Lyrida und Tiral dagegen bewegten sich, als wäre der Anzug ein einfaches Hemd.

Plötzlich surrte ihnen aus der nächsten Schleuse ein rundes Objekt entgegen. Der seltsame Ball blieb auf Gesichtshöhe in der Luft stehen und blickte sie, einem Auge gleich, an.

»Tiral Vexmo«, erklang eine fremde, augenscheinlich befehlsgewohnte Stimme aus dem Bauch des fliegenden Wesens. »Ich verbiete dir, diese Basis mit meinem Objekt zu verlassen!«

Vexmo? Ella traute ihren Ohren kaum.

Als sie daraufhin scharf die Luft einsog, blickte Tiral sie entschuldigend an. »Hauptmann Gerken Vexmo ist mein Großvater und ich bin nicht stolz darauf.« Er sah wieder dem fliegenden Wesen ins Auge und konterte: »Sie gehört dir nicht. Sie ist ein Mensch – wie du und ich.«

»Sie ist nur ein niederer Anthro, ein Geschöpf der Ursprungsspezies, Junge. Du bist genauso verweichlicht wie deine Großmutter.«

Übelkeit stieg in Ella auf.

Einen Moment lang spielte sie mit dem Gedanken, sich die Ohren zuzuhalten. Aber sie konnte nicht weghören. Erleichtert spürte sie, wie sich Lyridas Arm schützend um ihre Schulter legte.

Tiral redete sich indessen immer weiter in Rage. »Wieso sollte ich auf dich hören, Großvater? Was ist aus der ursprünglichen Idee des Artenschutzes für die Anthro-Population geworden? Die Radak-Kriege waren die verdammte Schuld der Emendati. Danach schworen wir, die Anthros zu beschützen.«

»So sollte es wirken, aber das war nie das eigentliche Ziel! Wenn du das dachtest, bist du in dem blinden Glauben deiner Großmutter groß geworden. Die Gehege sind nichts weiter als Laborkäfige, in denen die Ratten auf ihren Einsatz warten!«

Ein Stich des Unglaubens durchzuckte Ella. Während sie stocksteif dem schwebenden Auge entgegenblickte, antwortete Tiral dem Ungetüm: »So siehst du das also? Und die ganze Zeit war ich so naiv, zu glauben, du hättest gute Absichten. Die Elmar-Basis hatte recht, an deiner Redlichkeit zu zweifeln.«

»Hauptmann Elmar ist ein Narr! Er hat nie verstanden, worum es wirklich geht.«

»Worum denn?« Trotzig blickte der junge Mann in das schwebende Auge.

»Geld, mein Junge. Es geht immer um Geld.«

Als Tiral diesmal antwortete, klang seine Stimme rau. In seinen Gesichtszügen fand Ella eine Mischung aus Zorn und Unverständnis. »Ich frage mich schon länger, wie sich das Variola-Virus überhaupt verbreiten konnte. Der letzte existente Pockenstamm und der dazugehörige Impfstoff waren in deinem Labor eingelagert.«

»So dumm bist du ja gar nicht.« Höhnisch lachte der Hauptmann, während das nächste Schott über ihnen endlich in Sichtweite kam. »Für ein lebensrettendes Heilmittel zahlen die Leute ein Vermögen.«

Wütend spuckte der Emendati auf den Boden. »Du bist abscheulich, Großvater! Leider hat dir das Virus einen Strich durch die Rechnung gemacht, richtig? Es ist unter der Strahlung auf der Oberfläche unkontrolliert mutiert. Du hast den Teufel freigelassen und kannst ihn nicht mehr einfangen.«

Im nächsten Moment holte Tiral mit voller Wucht aus und schlug seine Faust gegen das Flugobjekt.

Ella erschrak, einen unterdrückten Schrei in ihrem Hals, woraufhin Lyrida sie noch ein Stück enger an sich heranzog. Ähnlich einer Mutter, die ihr verängstigtes Kind zu trösten sucht. Das ungeheuerliche, sprechende Ding dagegen lag nun einige Schritte entfernt vor der Wand und gab nur noch ein Knacken von sich.

»Ich wollte meinem Großvater schon immer mal eine reinhauen.« Zufrieden rieb sich Tiral die Hand.

»Dieses Ding war dein Großvater?« Ella betrachtete ungläubig das Knäuel aus Blech und Drähten.

Schmunzelnd entgegnete der Emendati. »Nein. Er hat lediglich durch die Maschine zu uns gesprochen.« Sein Blick wurde wieder ernst. »Wir sind noch nicht heil aus der Basis heraus. Der schwierigste Teil kommt erst.«

☣ ☣ ☣

Als sich die letzte Schleuse öffnete und Ella heraustrat, stockte ihr der Atem. Sie standen in einer gläsernen Kabine, ähnlich ihrem eigenen Habitat tief unten im Boden. Doch was die Außenseite als Anblick bot, trieb ihr Tränen in die Augen.

Hier erstreckten sich nirgendwo üppige Wälder, blühende Wiesen und bestellte Felder, wie sie in ihrem herrlichen Roman gelesen hatte. Stattdessen peitschte der Wind stürmisch über die kahle Oberfläche. Bis zum fernen Horizont zogen sich rötlich-graue Steinformationen, die dem Tosen hilflos ausgeliefert waren. Genauso wie die diesigen Wolkenschleier, die in einem Einheitsgrau den Himmel überzogen.

»Komm, wir haben keine Zeit«, drängte Tirals Kollegin. Halb zog, halb schob Lyrida sie einer Glastür entgegen. Draußen sprang Tiral soeben in eine seltsame Metallkutsche hinein, deren Räder Herzschläge später auf der Stelle zu drehen begannen.

Ella wurde nach draußen getrieben. Von links kam ihnen wie aus dem Nichts ein ganzes Bataillon Männer über den unwirtlichen Boden entgegengerannt. Hastig schob Tirals Kollegin sie durch eine breite Tür in den metallenen Bauch der Kutsche hinein, während im Hintergrund laute Stimmen brüllten.

Kaum war die Tür des Gefährts in ihrem Rücken zugefallen, ertönten Schüsse. In nackter Angst kreischte Ella los, als sie sah, wie Lyrida tot zu Boden ging.

»Anschnallen«, schrie Tiral über den knatternden Lärm hinweg. Sofort rollte das Ungetüm vorwärts.

Ella hatte keine Ahnung, was er meinen könnte. Verzweifelt hielt sie sich an ihrem Sitz fest, während Schüsse gegen die Seitenscheibe prasselten.

»Der Riemen rechts von deiner Schulter.« Konzentriert hatte der Emendati den Blick nach vorn aus dem Fenster gerichtet, die Lippen zu einer angespannten Linie verzogen.

Sitzgurt, meldete sich Ellas Gedächtnis. Ihre Urgroßmutter hatte ihr einmal die Funktionsweise eines Autos erklärt. Nur hatte sie sich die rollenden Gefährte immer anders vorgestellt.

Sie zog an dem Lederriemen, der neben ihrem Platz hing. Es dauerte eine Weile. Doch schließlich verstand sie, dass der kleine Clip am Ende in den Schlitz zu ihrer Linken geschoben werden musste.

Bereits mehrfach war ihr Kopf gegen die Lehne geschlagen, als sich die Fahrt endlich beruhigte. »Wo sind wir hier?«, fragte Ella. Noch immer pochte ihr Herz vor Aufregung.

»Dies ist unsere neue, von radioaktiver Strahlung verseuchte Welt. Die Radak-Kriege haben alles zerstört. Erfolgreich legte die Menschheit innerhalb kürzester Zeit die gesamte Erdoberfläche in Schutt und Asche.«

»Nein«, entfuhr es Ella.

»Leider doch. Die Emendati versuchen seit Jahren, die Erde zu rekultivieren. Wenn du rechts aus dem Fenster schaust, siehst du in der Ferne einen hellen Quader. Das ist eine unserer Messstationen, mit denen wir die Oberfläche analysieren. Wir sind bemüht, die Regeneration der Erdatmosphäre zu beschleunigen. Aber das fordert selbst von uns immer wieder Leben. Die Erde ist ein unwirtlicher und rauer Planet geworden. Einzig tief unter dem Boden sind wir noch sicher.«

Fassungslos blickte Ella aus dem Fenster in die Prärie hinaus. Sie hatte stets an eine Freiheit inmitten grüner Wiesen geglaubt. Doch für die Anthros gab es hier ohne die Hilfe der Verbesserten keine Zukunft.

Plötzlich drückte sie ein scharfes Lenkmanöver Tirals in den Sitz.

»Scheiße«, entfuhr es dem Fahrer, während er gewaltsam das Lenkrad herumriss. Bedrohlich schlingerte das Gefährt, bevor es zurück in die Spur fand. Schüsse fielen, der Geländewagen polterte über Unebenheiten. Unter harten Einschlägen explodierte die Landschaft links und rechts des Wagens, während Tiral ein ums andere Mal die Richtung wechselte, um den Detonationen auszuweichen.

So gut es ging, presste Ella sich in den Sitz und griff panisch nach dem Gurt über ihrem Bauch. Ihr Herz hämmerte in der Brust, als wolle es herausspringen, während sich Angstschweiß auf ihrer Stirn sammelte.

Tiral tippte, durch die Fahrt beeinträchtigt, unbeholfen auf seinem Helmvisier herum. »Schließ die Augen!«, rief er Ella Sekunden später über den Lärm der Verfolgungsjagd hinweg zu.

Ein anderer Wagen hatte sich beängstigend nah an ihren herangearbeitet. Weitere Schüsse fielen. Da zog Tiral eine Kugel aus der Tasche seines Anzuges, öffnete das Fenster einen Spaltbreit und warf sie nach draußen.

Blitzschnell folgte Ella der Aufforderung. Doch selbst durch die geschlossenen Lider nahm sie wahr, wie unendlich viel greller die Umgebung wurde.

☣ ☣ ☣

Erst als die Lichtintensität spürbar nachließ, wagte Ella ein Blinzeln. Noch immer wirkte die Umgebung gleißend hell. Es war, als schaue sie in ein Glas Milch.

Tirals Blick bohrte sich aufmerksam in die Außenwelt. Anscheinend suchte er nach ihren Verfolgern.

Nach einer Weile verlautbarte er: »Wir haben sie abgeschüttelt.«

»Wie willst du das wissen?« Ella bemühte sich erfolglos, durch die milchige Suppe etwas zu erkennen.

»Mein Helm zeigt es mir.«

»Aha.«

»Ist etwas kompliziert. Aber glaube mir, da ist niemand - außer uns beiden.« Freundlich zwinkerte er ihr zu, bevor er sich wieder auf den Weg vor dem Wagen konzentrierte.

Irritiert schüttelte Ella den Kopf. So richtig verstand sie diese Welt nicht. »Wohin fahren wir?«

»In die Elmar-Basis. Du hast vorhin von ihr gehört. Wir alle kämpfen derzeit gegen die mutierte Version einer Krankheit, die früher unter dem Namen Pocken bekannt war. Leider wütet das Virus unter den Emendati und Anthros gleichermaßen. Die Sterberate liegt bei über siebzig Prozent und eine Immunisierung gibt es bislang nicht. Eine erneute Ansteckung ist dadurch jederzeit möglich. Wir haben nichts in der Hand.«

»Außer mir«, stellte Ella fest.

»Ja. Du bist die bislang einzig Resistente und somit der Schlüssel zu einem Heilmittel.«

»Mehr nicht?« War sie nur ein Gefäß, das die Genesung anderer herbeiführen sollte?

Tiral warf ihr einen Seitenblick zu. »Doch. Du bist eine Hoffnung für die gesamte Menschheit. Ohne dich gibt es keine Zukunft, weder für die Emendati noch für die Anthros.«

»Und dann? Verkaufst du es auch für Geld?«

Ihr Ton war vorwurfsvoller ausgefallen als beabsichtigt.

Doch Tiral lächelte nur freundlich. »Nein. Jeder sollte ein Recht auf Heilung haben.«

Matt lehnte Ella sich zurück und blickte gedankenverloren auf die vorbeiziehende Welt, bis sie endlich das Ziel erreichten.

Kurze Zeit später stand sie, endlich von ihrem unerträglich schweren Anzug befreit, in einem Schott auf dem Weg in die Tiefen der Elmar-Basis. Tiral war noch immer nicht von ihrer Seite gewichen.

»Du hast mir gar nicht verraten, wie du heißt«, füllte er die schweigsame Stille.

»Ella«, entgegnete sie, während sie nervös geradeaus starrte.

Da griff der Emendati nach ihrem Kinn und drehte sie zu sich. Ernst fragte er: »Gibst du mir eine Chance, Ella?«

Tirals warme Berührung fühlte sich wider Erwarten menschlich an. Selbst sein Puls war deutlich spürbar.

Unschlüssig schluckte Ella. Sie war sich immer noch nicht sicher, ob sie ihm wirklich vertrauen konnte. Da war lediglich die Sanftheit seiner Gesichtszüge, die sie schließlich zum Nicken bewegten.

Wenig später erreichten sie eine zentrale Halle, in der es von Menschen nur so wimmelte. Dabei war das Auffälligste deren Unterschiedlichkeit.

Viele waren unübersehbar Anthros. Neugierig starrten ihr einige entgegen, andere lächelten, während zwischen ihnen ganz selbstverständlich Emendati weilten.

Tiral hatte mit keiner Silbe gelogen. Und zum ersten Mal seit Tagen keimte ein Gefühl der Hoffnung in Ella auf. Tief atmete sie ein. Dieser Ort roch definitiv nach Zukunft.

Tea Loewe wurde 1985 in der Messe- und Bücherstadt Leipzig geboren. Heute lebt sie dort mit ihrem Mann und den zwei Kindern.

Wenn sie nicht ihrem Hauptberuf als Psychologin und Suchttherapeutin nachgeht, taucht sie in fremde Welten ein und erschafft Kurzgeschichten und Romane. Am wohlsten fühlt sie sich im Genre Fantasy. In kurzen Texten erhält der Leser von ihr aber die volle Vielfalt von Dystopie, Krimi, Thriller über Humor, Alltägliches und Entwicklungsgeschichten. Ihr Debüt »Das Geheimnis von Talmi'il« ist überall im Handel erhältlich.

Weitere Informationen findet ihr unter:

www.tealoewe.de

Hamster-Boy

von Patrick Kaltwasser

Chippi, der Hamster, saß verlassen auf dem Sessel seiner Zweibeiner. Nach dem tapferen Ausbruch aus dem Käfig, hatte er es sich gemütlich gemacht. Neben ihm stand ein Napf mit den köstlichsten Leckereien, die er finden konnte. Der Knopf auf der Fernbedienung war schnell gedrückt und der Fernseher erwachte zum Leben.

Seine Lieblingssendung »Der Zellstoff-Mann« begann. Der Superheld kämpfte gerade gegen Aliens und schoss seine weißen Lagen ab. Diese wickelten die Angreifer ein.

Da wurde plötzlich das laufende Programm unterbrochen.

Ein Zweibeiner erschien auf dem Bildschirm und begann eine lange Erzählung. Er wollte gar nicht mehr aufhören.

Chippi warf sich wütend einen Snack in die Hamsterbacken. So eine Frechheit! Zu allem Überfluss verstand er auch nur ein paar Worte. Mehr hatte er bei seinen Zweibeinern noch nicht lernen können.

Aber es fiel ihm auf, dass in der Sendung ein Wort sehr oft vorkam. Es klang wie Corona.

»Corona, wer bist du und warum tust du den Zweibeinern weh? Komm her und stell dich wie ein Mann. Ich werde dich zur Strecke bringen!«

Chippi stampfte auf und schnaubte. Dabei knirschten die vollen Hamsterbacken.

Seine Empörung wurde noch verstärkt, als der Zweibeiner von Hamsterkäufen sprach.

»Warum kaufen alle Zweibeiner Hamster?« Er plumpste zurück auf seinen Po und überlegte. »Ja, vielleicht sind wir Hamster für die Rettung der Menschen besonders wichtig?« Da fiel ihm seine Lieblingssendung ein. »Nicht wichtig«, sagte er zu sich selbst, »sondern Superhelden. Wir Hamster sind Superhelden und können die Zweibeiner retten. Mit unserer Hilfe geht es allen wieder gut.«

Chippi schlang sich das Küchentuch um, das er als Latz benutzt hatte. Es war genauso weiß wie sein Gesicht. Sein restliches Fell war schokoladenbraun. Er stieß die Faust in die Höhe und rief: »Corona, du Schlächter der Zweibeiner, kannst du mich hören? Ich bin Hamster-Boy und ich werde dich das Fürchten lehren!«

Die Vorstellung wurde durch ein herzhaftes Lachen unterbrochen.

Chippi erschrak. »Wer ist da?«, fragte er zögerlich. »Corona, bist du es?«

Wieder erklang ein schrilles Lachen. »Nein, ich bin nicht Corona.« Die Stimme klang piepsig. Klein. Corona war auch klein, hatten sie im TV-Beitrag gesagt.

Chippi nahm all seinen Mut zusammen und warf sich in Superheldenpose. »Komm raus und zeig dich!«

Jemand trat aus dem Schatten einer Kiste. Flauschige Öhrchen und ein langes, spitzes Schwänzchen kamen zum Vorschein. Das graue Wesen näherte sich ihm. Es hatte seine Mundwinkel nach oben gezogen und das rosa Näschen hüpfte auf und ab.

Chippi verzog die Augen zu Schlitzen und schaute sich das Wesen genauer an. »Wer bist du und was machst du in meinem Königreich?«

»Hi, ich bin Dusty, eine Hausmaus.« Das Wesen lächelte. »Ich wohne hier schon seit Jahren in einem Loch in der Holzwand.« Es deutete mit der Pfote auf die Wand hinter der Kiste. »Und wer bist du?«

»Ich bin Chippi. Wie kommt es, dass ich dich hier noch nie gesehen habe?«

»Ich musste mich immer vor den Zweibeinern verstecken und kam nur in der Nacht aus meinem Versteck, wenn alle schliefen, um etwas zu Essen zu stibitzen.«

»Weißt du, wo die Zweibeiner sind?« Chippi verzog das Gesicht. Seine Zweibeiner waren ihm sehr ans Herz gewachsen. Immerhin versorgten sie ihn gut mit Nahrung. Doch heute hatte er sie überhaupt noch nicht gesehen.

»Große Männer«, Dusty reckte die Pfote, so hoch er konnte, »in weißen Schutzanzügen haben sie heute Nacht abgeholt. Die Zweibeiner sind alle im Krankenhaus.«

Chippi war erschrocken und spürte, wie ihm das Blut aus den Wangen entwich.

»Krankenhaus? Du meinst wegen dem schlimmen Husten?«

»Ja, das Coronavirus.«

»Corona!«, sagte der Hamster und stampfte mit einem Fuß auf den Boden. »Ich werde diesen Corona besiegen. Ich bin ein Held so wie Zellstoff Mann.«

»Du kannst dieses Virus nicht besiegen, du bist kein Virologe. Corona ist unsichtbar und macht die Zweibeiner krank, aber die versuchen einen Impfstoff zu finden und dann werden alle wieder gesund.«

»Okay.« Chippi überlegte kurz. »Aber ich bin ein Held.«

»Ja, du bist ein Held«, die Maus verdrehte ihre Augen und Chippi fragte sich, ob sie etwas Falsches gegessen hatte.

☣ ☣ ☣

Dusty und Chippi hatten es sich auf dem großen Sessel bequem gemacht und aßen von den Leckereien. Es gab einen Käse für die Maus, der war so groß wie sie selbst. In eines der Löcher passte sogar ihr Kopf hinein. Für Chippi roch er nach Schweißfüßen. Aber Dusty versicherte ihm, es sei der himmlischste Duft, den er seit Langem gerochen habe.

Chippi aß von den Walnüssen und Möhren. Die knackten viel schöner zwischen den Kiefern und ließen sich auch besser in den Backen aufbewahren. Das Festessen begossen sie mit frischem Wasser aus Schnapsgläsern, wie Dusty sie nannte.

»Auf die Gesundheit«, rief die Hausmaus.

»Auf die Gesundheit und die Freiheit.« Chippi erhob das Glas, so wie es die Maus tat.

Sie stießen zusammen an. Die Gläser klirrten.

☣ ☣ ☣

Chippi quetschte gerade ein letztes Stück Walnuss in seinen Mund, als in der Bilderkiste zum x-ten Mal eine Sondersendung zum Coronavirus anlief. »Warum kaufen die Zweibeiner so viele Hamster?«, nuschelte Chippi mit vollen Backen und schüttelte sein flauschiges Köpfchen.

»Die Zweibeiner kaufen keine Hamster«, belehrte ihn die Maus. »Die kaufen alles leer. Toilettenpapier, Nudeln, Mehl und vieles mehr. Mein Onkel Cheesy war dort draußen und er hat leere Regale gesehen, es war so schrecklich. Stell dir vor, es gibt nichts mehr zu essen.« Die Maus senkte ihren Blick.

»Nichts mehr zu essen?« Chippi stand der Mund offen. Ein paar Krümel fielen heraus. So etwas hatte er noch nie gehört. »Aber wo bekommen wir dann etwas zu essen her?«

»Keine Sorge ich hab in der Papierkiste einen Flyer von einer Tierhandlung gefunden. Dort gibt es alles, was wir suchen.«

»Von diesem Toilettenpapier ist ganz viel in einem Schrank in der Küche und es schmeckt grauenhaft. Was machen die Zweibeiner damit?«

Die Maus rückte näher an den Hamster heran und flüsterte ihm den Gebrauch ins Ohr.

Chippi verzog angewidert das Gesicht. »Das ist ja eklig. Stimmt das wirklich?«

Die Maus nickte. »Wir sollten uns für die Reise zur Zoohandlung vorbereiten.«

☣ ☣ ☣

Einige Zeit später setzte Chippi das erste Mal einen Fuß aus dem Haus in die böse Außenwelt. Er war aufgeregt und doch etwas ängstlich, was ihn dort erwarten würde. Schon der Boden war anders. Rauer Fels empfing Chippi, der sich hart unter seinen Füßen ausbreitete. Da war kein flauschiges Gefühl wie bei dem Teppich seiner Zweibeiner. Weich und kuschelig gab es hier draußen nicht. Hamster-hohes Gras versperrte ihm die Sicht in die Weite. Doch er konnte einen unebenen Stolperpfad erkennen. Wie sollten sie hier nur überleben?

»Ist es nicht gefährlich, nach draußen zu gehen?«, fragte Chippi.

»Warum? Hast du etwa Angst?«

»Ich hab doch keine Angst!« Er schüttelte den Kopf und warf sich in die Brust. »Ich bin Hamster-Boy und die Schurken dieser Welt sollten mich fürchten.«

Dusty lachte. »Na dann los, mir nach, Hamster-Boy.« Die Maus benutzte die Karte in der Broschüre, um den Weg zur Zoohandlung zu finden.

Er lief eng neben Dusty und schaute sich immer wieder um. Doch auch die Hausmaus warf hin und wieder Blicke in die Umgebung. Offenbar war ihr die Außenwelt auch ungeheuerlich. Und das wiederum verstärkte Chippis Angst.

Plötzlich hörte er ein Grollen. Es klang wie ein Knurren. Einen Augenblick später sah er das Wesen. Ein Monster! Große Lampenaugen starrten ihn an. Es kam auf ihn zu und fast hätte es ihn erwischt.

Chippi sprang zur Seite. Kein Versteck weit und breit. Hastig wich er zurück. Seine Augen auf das Monster gerichtet. Doch auf einmal war der Boden unter den Füßen verschwunden. »Ahhhhhhh!«

Er stürzte in die Dunkelheit. Etwas Breiiges ließ ihn weich landen.

Sein Fell war zerzaust. Er zitterte am gesamten Leib und fühlte sich plötzlich gar nicht mehr wie ein Superheld.

Der Geruch von alten Socken und faulen Eiern kroch Chippi in die Nase. Er rümpfte sie und blickte sich um. Wo war er hier gelandet?

»Chippi!«, hörte er Dusty rufen. Sein Freund schien ihn zu suchen. »Wo bist du?«

»Ich bin hier unten.«

Dusty streckte den Kopf durch das Gullyloch.

Chippi hüpfte auf und ab.

Mit den Armen wedelnd machte er auf sich aufmerksam. »Ich bin hier.«

»Ich sehe dich. Bleib da, wo du bist. Ich komme runter.«

☣ ☣ ☣

»Dusty!« Chippi rannte auf ihn zu.

»Was machst du denn für Sachen?«

»Da war dieses Monster mit seinen großen Augen und dann ist der Boden verschwunden und ich bin runtergefallen.«

»Das war kein Monster.« Dusty lachte. »Das war ein Auto.«

»Irgendwo habe ich das schon einmal gehört.«

»Ein Auto ist ein Fortbewegungsmittel für Zweibeiner.«

»Und warum wollte es mich fressen?«

»Es wollte dich nicht fressen und warum läufst du überhaupt auf der Straße?« Ohne eine Antwort abzuwarten, sagte die Maus: »Komm mit, wir müssen weiter. Hier sind wir bestimmt sicherer als auf der Straße.«

Die Freunde liefen neben dem trüben Wasser entlang. »Was ist das für ein abscheulicher Ort?« Chippi hielt sich die Nase zu.

»Die Kanalisation.« Dusty würgte. »Wenn ich das aber richtig sehe, müssen wir dem Kanal folgen und dann rechts abbiegen. Dort müsste die Zoohandlung sein.«

»Dann schnell, denn länger halte ich es hier nicht aus. Es stinkt wie die Hinterlassenschaften eines Zweibeiners.«

»Dafür ist sie ja auch gemacht.«

Chippi schüttelte den Kopf. Bisher waren ihm die Zweibeiner immer sehr schlau vorgekommen. Aber wer bitte erschuf einen ganzen Ort für etwas derart Ekliges?

☣ ☣ ☣

Die beiden rannten durch das seichte Abwasser, das sich einen Weg durch den Unrat bahnte wie Regentropfen auf einer Fensterscheibe. Müll ragte aus der stinkenden Brühe heraus wie tote Bäume und ab und an trieb etwas an ihnen vorbei wie Papierschiffchen. Die Schachtdeckel über ihren Köpfen warfen Strahlen aus Tageslicht auf den Weg. Der Wechsel aus Licht und Finsternis war zum Verrücktwerden.

Vor Chippis Augen blitzten kleine Lichtsterne auf. Er schüttelte sein Haupt und klammerte sich an Dusty, der genau vor ihm lief.

Die beiden Freunde kamen an einem Ufer aus Müll und Schlamm vorbei, als plötzlich eine riesige Ratte vor ihnen stand. Die Augen rot wie Feuer, die Zähne und Krallen spitz wie Messer und scharf wie Klingen. »Fressen!«, schrie sie wie von Sinnen.

»Hilfe!«, brüllte Chippi.

Er rannte den Müllhaufen hinauf und kroch in einen verschlissenen Gummistiefel, der wie eine Festung aus dem Abfall herausragte. Er lugte ängstlich durch die löchrigen Fasern des Schuhs.

Ein Blick über den Rand verriet ihm, dass der blutrünstige Nager den Müllberg wie ein Bluthund nach ihm absuchte.

Die Ratte steckte ihre Schnauze in eines der Löcher des Stiefels. Sie schnupperte.

Chippi hielt den Atem an. Sein Fell war nass vom Schweiß. Er zitterte und wollte nach Hause. Zurück in seinen Käfig. Das Monster würde ihn finden und fressen. In seinem Kopf lief sein Leben ab. Er sah seine Mutter und seine Geschwister, die Zweibeiner die ihn aufgezogen hatten …

Doch dann hörte er ein dumpfes Geräusch, gefolgt von einem Klackern. Das Nagetier zog abrupt sein Riechorgan aus dem Inneren des Stiefels.

Da ertönte wieder dasselbe Geräusch und etwas hüpfte über den Boden. Die Ratte entfernte sich von Chippis Versteck.

Er streckte vorsichtig den Kopf aus einem großen Loch. Das haarige Hinterteil und der kahle Schwanz der Ratte waren zu sehen. Da flog ein Stein durch die Luft und verfehlte das Monster nur knapp.

Das musste Dusty sein, dachte sich Chippi und sein Herz machte einen Freudensprung. Dann nahm er seinen gesamten Mut zusammen und quetschte sich durch das Loch. Als er draußen war, sah er seinen Freund. Er stand der Ratte gegenüber. In einer seiner Pfoten hielt er einen Stein.

»Fressen!« Die Ratte rückte vor.

Da warf Dusty mit voller Wucht. Der Kiesel traf den Angreifer am Kopf. Die Ratte schüttelte sich und rannte nun auf ihn zu.

Chippi sah die Entschlossenheit in den Augen seines Freundes. Da kroch ein Gedanke in seinen Kopf. »Ich bin ein Superheld! Ich bin Hamster-Boy!« Chippis Augen streiften über die grauen Wände des Abwasserkanals. An einer rostigen Absperrung blieb sein Blick hängen. Sie war so eng, dass die Ratte niemals hindurchpassen würde.

Er schaute zu seinem Freund.

Dusty sauste blitzschnell um die Ratte herum, die nicht wusste, wo ihr der Kopf stand.

Diese Situation nutzte Chippi aus. »Ich bin hier drüben, du stinkender Auswurf eines Aasfressers!«

Der Nager drehte sich auf der Stelle um und knurrte wie ein Hund. »Fressen!«, brüllte er wutentbrannt. Die fresswütige Ratte rannte los. Doch dann schrie sie plötzlich. Etwas Glitzerndes steckte in ihrer Pfote. Blut quoll heraus.

»Dusty, wir müssen da hoch«, rief Chippi. »Komm!«

Die beiden quetschten sich durch den schlanken Durchgang in der rostigen Absperrung.

»Fressen!« Die Ratte war ihnen auf den Fersen. Doch sie war zu groß. Die rostigen Zähne der Barriere wurden zu ihrem Gefängnis.

Chippi und Dusty rannten los. Der Weg führte sie ein Rohr entlang. Grau und knochig kroch es durch die kalten Gänge.

Jeder ihrer Schritte war blechern und hallte von den Wänden wieder. Die Silhouetten von Chippi und Dusty zeichneten sich am Mauerwerk ab.

Chippi hörte ein *Blubb* über sich. Er blickte nach oben und sah einen Wassertropfen auf sich zurasen.

Noch ehe Chippi blinzeln konnte, hatte sich das nasse Geschoss in seinem Auge verirrt.

Chippi schüttelte sich. Das war unangenehm und brannte. Er wollte laut aufjaulen, aber da fiel ihm Dusty ein. *Ich muss stark sein! Bloß keine Schwäche zeigen, sonst lacht mich die Maus wieder aus,* beschloss er.

Ganz unauffällig ging er weiter und schon bald erreichten sie den Ausgang aus dem stinkenden Horrorlabyrinth.

Als sie die Kanalisation verließen, kniff Chippi die Augen zusammen. Das grelle Tageslicht und seine Sonnenstrahlen war er gar nicht mehr gewohnt. Instinktiv kauerte er sich gegen eine Ziegelmauer und wartete, bis er wieder alles erkennen konnte. Langsam verdeutlichten sich die Umrisse, sie wurden schärfer und es manifestierte sich die Stadt vor seinen Augen.

Dusty hatte seine Nase in das Flugblatt gesteckt. »Hier müsste es sein.« Er schaute sich um. »Ah, ich kann es sehen. Mir nach, Freund.«

Chippi und Dusty kamen zu einer Stelle, an der jemand etwas auf die Straße gemalt hatte. »Jetzt wird es gefährlich. Wir müssen da rüber.«

»Über dieses Gemälde?«

»Du warst echt noch nie draußen, oder? Das ist ein Zebrastreifen, damit überqueren die Zweibeiner die Straße.«

»Die Straße?«, Chippi riss die Augen auf. »Aber was ist mit den Monstern?«

»Die Autos müssen warten.« Ein Zweibeiner stand am Übergang und eines der Monster blieb tatsächlich stehen. »Und jetzt komm mit. Ich hab Hunger.«

Der Hamster war erstaunt und betrachtete beim Vorübergehen das Ungeheuer. Es schnaufte leise. Doch tat sonst nichts. Seine Lampenaugen blickten freundlich drein. »Danke Auto-Monster, dass du uns über die Straße lässt.« Chippi zog die Mundwinkel hoch und winkte.

☣ ☣ ☣

»Da ist das Schild!«, freute sich Dusty. »Meiers Zoohandlung«, las er vor.

Chippi schaute sich das Schild an, doch er sah nur einen Zweibeiner mit einem großen Tier und irgendwas hatte seltsame Formen daneben gekritzelt. »Und wie kommen wir da rein?«

»Genau wie bei dem totgefahrenen Zebra«, witzelte Dusty.

Chippi schaute fragend drein.

Dusty lachte. »Na der Zebrastreifen, Hamsterchen.« Er stupste ihn an. »Wir warten darauf, bis ein Zweibeiner vorbeikommt, dann öffnet sich die Tür ganz von alleine und wir können ungestört hinein.«

Chippi nickte nur. Seine Gedanken kreisten schon um das leckere Essen. »Möhren, Flocken, Heu und vielleicht sogar kleine Sonnen«, schwärmte er.

Einige Minuten später trat ein Zweibeiner auf sie zu. Dusty und Chippi kauerten an einer Ecke. Die Schiebetür öffnete sich.

»Jetzt!«, brüllte Dusty und verschwand blitzschnell im Innern der Zoohandlung.

Chippi wurde aus seinen Gedanken gerissen. Er rannte los. Doch da schloss sich die Tür und er klatschte gegen die Scheibe.

»Aua!« Er schüttelte sich und schaute verdutzt. »Verdammte Tür! Ich zeige dir, wer hier der Superheld ist!« Er trat verärgert dagegen. »Rattenscheiße!«, brüllte Chippi, als der Schmerz sein Bein durchzog.

Hinter der gläsernen Tür bewegte Dusty seinen Mund und zappelte wie eine schlechte Pantomime herum.

Chippi konnte ihn nicht verstehen. Ihm blieb nichts anderes übrig, als sich wieder in Deckung zu begeben und zu warten, bis sich die Tore ins Schlaraffenland erneut auftaten.

Quietschend öffneten sich die Ladentüren. Ein Zweibeiner trat heraus. Chippi sprintete wie noch nie. Nicht einmal in seinem Hamsterrad war er so schnell gerannt. Als er drinnen war, huschte er unter ein Regal in Sicherheit. Schnaufend blickte Chippi sich um. Er konnte kaum fassen, wie riesig die Zoohandlung war.

Meterlange Gänge gesäumt von Regalen bis unter das Dach und besetzt mit allerfeinsten Leckereien und anderem Zeug für Tiere.

»Wow, das ist einfach unglaublich!« Seine Augen wurden immer größer.

Er kam zu offenen Kisten, an denen er sich bedienen konnte. Sofort steckte er sich eine Nuss ins Maul. »Oh, schmeckt das gut.« Er probierte von allem.

Als er sich gerade kleine Kekse in den Mund warf, sagte jemand hinter ihm. »Da bist du ja, Chippi.«

Er dreht sich langsam um, es war Dusty.

»Hey Dusty, schau mal, was die hier alles haben.« Er zeigte ihm das Nagerfutter.

»Wir sollten hier irgendwo ein Lager einrichten und dort alles bunkern, was wir brauchen.«

»So wie die Soldaten bei Zellstoff-Mann das gemacht haben?«

»Ja, genau wie die Soldaten bei Zellstoff-Mann. Wir finden hier alle Rohstoffe, die wir für unseren

Unterschlupf benötigen. Watte, Holz, Heu, Sisalseile, Spielzeug …«

»Und Futter!« Chippi strahlte über sein rundes Mondgesicht mit seinen prallen Wangen, in denen er schon einiges eingelagert hatte.

☣ ☣ ☣

Einen Tag später waren die beiden auf Futtersuche. Es war ruhig. Keine Zweibeiner mit seltsamen Masken. Der Duft von anderen Tieren lag in der Luft. »Kannst du das riechen? Der Geruch wird stärker.« Dusty schnupperte.

Chippi streckte seine Nase in die Luft. »Wir müssen ganz nah dran sein.«

Die beiden liefen durch einen der vielen Gänge. Dann sahen sie am Ende einige Käfige.

»Da sind Hamster und Mäuse und …«, flüsterte Dusty.

»Wow, sind das riesige Hamster!«, staunte Chippi. »Was bekommen die hier zu essen?«

»… und Meerschweinchen.«

»Meerschweinchen?« Chippi schaute verdutzt. »Können die schwimmen?«

»Ich hab keine Ahnung.« Dusty räusperte sich. »Wir sollten das ganze Vorgehen erst einmal beobachten.« Doch im selben Moment marschierte Chippi schon auf den Käfig der Hamster zu.

»Hi Leute, was geht ab? Ich bin Chippi und das da drüber ist mein Freund Dusty.«

Die Käfighamster schauten perplex drein. Chippi glotzte doof zurück, bis Dusty dazu kam.

»Hallo Reisende, mein Name ist Blacky«, sagte ein schwarzer Hamster mit weißen Punkerhaaren. Seine Stimme war tief und beeindruckend. »Herzlich willkommen, in Hamstertown. Was hat euch zu uns gebracht?«

»Hallo, wir haben ein Camp auf der anderen Seite des Ladens und haben eure Stadt gerade eben entdeckt.«

»Auf der anderen Seite«, flüsterte ein fleckiger Hamster und erschauderte.

»Die andere Seite, sagt ihr?« Blacky brummte. Seine lilafarbenen Augen funkelten.

»Blacky, du wirst doch nicht auf die andere Seite gehen wollen?« Der Fleckige bibberte.

»Schnauze Flecki!« Der Schwarze schaute ihn böse an und wandte sich wieder an die beiden Besucher. »Wie ist es dort?«

Dusty erzählte ihm von den Bergen von Futter, den Massen von Spielzeugen und dem Ausgang.

»Das Tor zur Welt.« Blacky strahlte. »Ich habe schon davon gehört. Dort draußen soll eine weitere Nagerstadt sein. Noch viel größer als unsere.«

»Eine Nagerstadt?« Chippi schaute zu Dusty, dieser gab ihm mit nur einem Blick zu verstehen, dass sie dort hingehen mussten.

»Eine Feldmaus hatte sich hierher verirrt und davon gesprochen. Sie wollte uns abholen, doch tauchte nie wieder auf.«

»Don Kralle«, flüsterte Flecki.

»Ich vermute auch, dass ihn der Kater geholt hat.« Blacky schaute düster drein.

»Wer ist dieser Don Kralle?«, fragte Dusty.

Blacky schaute grimmig. »Ein Monster! Dieser Kater kommt fast jeden Tag hierher und entführt einen Hamster. Manchmal wird er von unserem Zweibeiner mit dem Besen verjagt.«

»Der Zweibeiner kommt!«, rief Flecki plötzlich.

»Kommt mit«, raunte Blacky und öffnete geschickt die Tür des Käfigs, um Chippi und Dusty ins Innere zu lassen. Sie rannten in eines der vielen Häuschen, dessen Turmspitzen an der Käfigdecke kratzten.

Der Zweibeiner hustete und keuchte. Sie hörten das Öffnen der Futterluke.

»Was ist denn mit dem Zweibeiner los«, piepste eine zarte Stimme. Es war eine goldgelbe Hamsterdame mit Bernsteinaugen.

»Bleib drin, Honey«, befahl Blacky und huschte neben sie.

»Was ist denn nun mit ihm?« Ihre Stimme klang ängstlich.

»Corona«, flüsterte Chippi und verbarg sein Gesicht in den Pfoten.

»Es scheint, als hätte jetzt nicht nur die Zoohandlung wegen dieses verdammten Virus schließen müssen«, Blacky stampfte auf den Boden. »Nein, es nimmt uns auch noch unseren Zweibeiner.«

Die Hamster ließen ihre Köpfe hängen wie durstige Blumen. Von außen drang immer noch das Husten und Röcheln in die Hamster-Stadt. Doch plötzlich hörten sie ein lautes Poltern.

Chippi rannte nach draußen, um nachzusehen.

Auch vereinzelte Mäuse und Meerschweinchen drückten sich gegen die Gitter und versuchten, etwas zu erkennen.

»Der Zweibeiner, er liegt auf dem Boden«, berichtete Chippi.

»Schnell, wir müssen ihm helfen«, brummte Blacky.

☢ ☢ ☢

Ein ausgewähltes Team aus Chippi, Dusty, Blacky und Honey kletterte am Käfiggitter nach oben und sprang über das Geländer auf den Boden. Honey rannte zu Mund und Nase des Zweibeiners und hielt jeweils für eine kurze Zeit ihre Wange dagegen.

»Kein Atem.«

»Kein Puls!«, rief Dusty.

Chippi war so nervös, dass er an seinen Krallen knabberte und nicht stillstehen konnte. Er hatte keine Ahnung, was ein Puls war, aber es klang gefährlich. »Was machen wir jetzt?«

»Wir können nichts mehr für den Zweibeiner tun.« Blacky senkte den Blick. »Er ist tot. Wir müssen von hier verschwinden. Jetzt kann uns keiner mehr vor Don Kralle beschützen. Kein Zweibeiner. Kein Besen.«

»Verschwinden?«, Honey schaute misstrauisch. »Wohin denn bitte? Hast du immer noch diese dumme Nagerstadt im Kopf? Dort draußen ist es gefährlich. Wir sind keine Zweibeiner.«

»Wir müssen die andere Seite erreichen und dann durch das Tor zur Welt in die Freiheit«, brummte Blacky. »Hier ist es nun auch gefährlich. Don Kralle holt uns hier schneller als in der Außenwelt.«

»Das sollten wir tun«, stimmte ihm Dusty zu. »Die Mäuse und Meerschweinchen nehmen wir mit.«

»Auf den Meerschweinchen können wir zur Nagerstadt reiten«, rief Chippi aufgeregt. »Und mit dieser Miezekatze werden wir schon fertig. Ich bin Hamster-Boy!«

»Hamster-Boy? Was soll das sein?« Honey schnaufte ihn verärgert an. »Ihr wisst doch gar nicht, ob es diese Stadt wirklich gibt, und Don Kralle ist ein Monster!«

»Pah, Gefahren, wenn wir alle zusammenhalten, können wir es schaffen!«, brummte Blacky zurück. »Dusty, du kümmerst dich um die Mäuse.«

»Jawohl.«

»Chippi - du und Honey kümmert euch um die Hamster.«

»Hamster-Boy bringt alle Hamster sicher zum Versammlungsort!«, rief Chippi.

Honey schwieg an seiner Seite.

Blacky nickte ihm zu. »Ich kümmere mich um die Meerschweinchen. Wir treffen uns alle an dem Ort, an dem sich die Wege kreuzen.«

Ein paar Minuten später traf Chippi mit den Hamstern am Ort ein, an dem sich die Wege kreuzen. Es fühlte sich seltsam an, denn bisher war er eher derjenige gewesen, der sich an Dusty gehangen hatte. Nun führte er um die dreißig Hamster zum Treffpunkt. Jetzt nahm er sich wirklich als großer Held wahr. Er fragte sich aber auch, ob er wirklich tapfer genug für dies alles war.

Da erreichte auch Blacky mit den Meerschweinchen die Regalkreuzung. Er trat vor die Truppe und räusperte sich. »Freunde, habt keine Angst, wenn wir jetzt gleich auf die andere Seite gehen und das Tor zur Welt betreten. Es bringt uns in die Freiheit.«

Die Gesichter seiner Brüder und Schwestern wirkten eher besorgt, als von Vorfreude gezeichnet. Blacky fuhr fort: »Eure Angst ist berechtigt aber die Meerschweinchen - die größten Nager - werden uns beschützen.«

»Was ist mit den Katzen?«, fragte eine der Mäuse.

»Die lernen mich kennen! Ich trete denen in den Arsch!«, rief ein riesiges weißes Meerschweinchen mit feurigen Augen. »Ich bin Albion«, sagte er zu Chippi und Dusty.

Gemurmel machte sich breit, doch Blacky klopfte in die Pfoten. »Ihr habt Albion gehört. Denkt immer daran: Sollten sie einen Angriff wagen, müssen wir zusammenbleiben. Bleibt ruhig und folgt den Anweisungen.«

Chippi fühlte sich etwas komisch in der Magengegend. Ein Ziehen machte sich in ihm breit. Was war nur los mit ihm? Am Vortag schon brannte sein Auge. Wurde er krank? War es die Außenwelt oder kam es von dem Tropfen, der in seinem Auge verschwunden war? Wer weiß, was das tatsächlich für ein Zeug war? Ob er Dusty fragen sollte?

Da setzte sich die Gemeinschaft in Bewegung und Chippi verschob die Frage auf später. Sie durchstreiften die Gänge, deren Regale nahezu leergefuttert waren. Vor ein paar Tagen sah das Ganze noch anders aus. Nun war alles wie ausgestorben. Kurz vor dem Tor hielten sie inne.

Dusty trat vor. »Egal, was uns gleich dort draußen erwarten wird, wir stehen zusammen. Wir sind ein Team und haben alle dasselbe Ziel.« Er schaute in das Gesicht von Chippi. »Dann los!«

Die Meerschweinchen bildeten eine Räuberleiter, um an den Türöffner heranzukommen, und betätigten ihn. Dusty hatte ihnen etwas von Elektrizität erklärt. Chippi fand die Elektrizität spannend, aber auch gefährlich. Irgendwie war fast alles gefährlich, was die Zweibeiner so benutzten.

Da glitt die Tür auch schon auseinander und alle stürmten hinaus in die Freiheit.

Auf der Straße herrschte Totenstille. Keine Monster mit Lampenaugen und auch keine Zweibeiner. Nur ein geflügelter Minnesänger erzählte seine Geschichte über weite Reisen von einem Baum herab.

Am Anfang schauten sie sich noch nach lauernden Gefahren um. Aber als sie bemerkten, dass ihnen niemand etwas Böses wollte, wurde die Truppe mutiger.

Chippi stimmte das einzige Lied an, das er kannte, und quietschte vergnügt: »Zellstoff Zellstoff Zellstoff Mann. Der Superheld, der alles kann.«

»Beim heiligen Nagergott!« Dusty schüttelte sich. »Das klingt wie eine sterbende Katze.«

»Miauuuu«, rief Chippi. Alle begannen zu lachen.

Auf einmal sagte jemand: »Sieh an, das Heilmittel kommt direkt auf Bestellung und Essen habt ihr auch noch mitgebracht.« Die Stimme war rau und kalt.

Schlagartig verstummte die ausgelassene Atmosphäre und das fröhliche Treiben wechselte zu Angst. »Don Kralle!«, rief Flecki, dessen Körper vor Panik zitterte.

»Ja, wie er leibt und lebt«, sagte der schwarze Kater grimmig. »Das Essen ist angerichtet!« Schon sprangen aus allen Ecken Katzen, die so finster aussahen wie der Don selbst.

»Darf ich vorstellen: der einäugige Joe!« Der Mafiaboss deutete auf eine Sphynx-Katze mit schrecklich entstelltem Gesicht. »Der tätowierte Jack!« Dieses Mal zeigte er auf einen Kater, der einen Totenkopf auf der Brust hatte. »Und zu guter Letzt der verfressene Charly!« Ein gemütlich wirkender Kater nickte.

»Dicht zusammenbleiben!« Blacky schaute grimmig.

Die Katzen kamen langsam näher. Der Kreis wurde enger. Er zog sich zu wie ein Strick um den Hals. Chippi schaute abwechselnd zu Dusty und Blacky. Was sollte er tun? Was würde Zellstoff-Mann tun? Er würde kämpfen! Chippi fixierte den verfressenen Charly.

Der fette Kater stampfte vergnügt auf die Truppe zu. »Na Nagerchen, Lust zu spielen?«, fragte er, wartete aber keine Antwort ab, sondern stürzte sich auf Chippi.

Dieser verschwand im Maul des fetten Kater. Um nicht verschluckt zu werden, krallte er sich an der Zunge fest. Sein Fell war durchnässt vom Speichel.

»Laff … daf …«, nuschelte der verfressene Charly. Seine Zunge schnalzte und Chippi konnte sich gerade noch an zwei spitzen Zähnen festhalten.

Er lugte durch eine Lücke wie ein Gefangener durch die Gitterstäbe. »Dusty, ich lebe. Der Fettsack …«

Charly nuschelte unverständliche Wörter, dabei spuckte er Chippi in hohem Bogen aus. »Fettsack? Wer ist hier fett?«, fauchte er.

Chippi wurde durch die Luft geschleudert. Er flog direkt auf die Ziegelmauer zu. Chippi schloss seine Augen und bereitete sich auf den Aufprall vor. Doch er durchschlug die Wand wie eine Pistolenkugel. »Aua!« Im Staub einer verlassenen Lagerhalle kam er zum Liegen. Er schüttelte den Kopf und strich ein Gemisch aus Staub und Katzensabber von seinem Fell. »Was ist passiert?« Chippi starrte auf die Ziegelmauer.

Es zeichnete sich ein Loch ab, um das sich Risse gebildet hatten.

»Ich bin ein Superhamster«, stammelte er. »Ich bin ein Superhamster!« Er lief auf die Mauer zu. Dann gab er dieser einen leichten Schlag und sie stürzte in sich zusammen. Es bildete sich eine Rauchwolke. Das Kampfgeschrei verstummte.

Er trat aus dem Dunst mit einem finsteren Blick und stellte sich schützend vor seine Freunde. »Ich bin wieder da, Don Katzenklo!«

»Ach wie nett, der verlorene Hamster ist zurückgekehrt.« Don Kralle lachte. »Ergreift ihn und seine Freunde! Aber tut ihm nichts, er gehört mir.«

Die Katzen kamen auf sie zu.

Chippi holte aus und spuckte dem verfressenen Charly gleich einem Maschinengewehr eine Salve Kieselsteine mitten ins Gesicht. Seine Backen knirschten.

Der Kater spie Blut und suchte jammernd das Weite.

Joe und Jack dagegen waren zwei Kampfmaschinen. Sie kamen fauchend und brüllend auf die Truppe aus Nagern zugestürmt. Es hagelte Katzenkrallen. Immer wieder wehrte Chippi die Schläge ab. Joe traf Chippi an der Wange, sodass er vor Schmerzen aufschrie. Albion kam ihm zu Hilfe und biss Jack ins Bein. Als der Tätowierte aufschrie, packte Chippi ihn mit den Pfoten am Schwanz und Dusty biss zu.

»Na wartet, ihr Parasiten!«, fluchte der Kater. Doch schon versenkten sich weitere Schneidezähne in seinen Beinen. »Weg hier!«

Er und sein Kumpan traten die Flucht an.

Da hörte Chippi ein Klatschen. Es war Don Kralle, der sich den Kampf aus der Ferne angesehen hatte. »Ihr habt euch wahrlich gut geschlagen. Aber was wäre ich für ein Gastgeber, wenn ich nicht mitspielen würde.« Er fuhr seine Krallen aus und sprang auf ein paar Mäuse zu.

»Dusty!«, schrie Chippi und ballte die Pfoten. »Da drüben ist ein Zaun. Flüchtet dort durch, so wie wir die Ratte in der Kanalisation losgeworden sind. Albion und ich halten Don Kralle solange auf!«

»Lauft, meine Freunde«, fiepte Dusty. »Durch den Maschendrahtzaun!«

Die Nagetiere stoben auseinander und rannten um ihr Leben.

»Nun zu dir, du fette böse Miezekatze!« Chippi baute sich vor Don Kralle auf, als wäre er ein Boxchampion.

»Wer denkst du, wer du bist, du Zwerg?« Don Kralle lachte auf.

»Ich bin Hamster-Boy!«

»Du bist das Elixier des Lebens. Das Heilmittel gegen Corona!«

»Pah! Wer hat dir denn das Hirn verdreht?« Albion trat ein paar Schritte vor. »Komm her Katze, damit ich dir das Fell abziehe!«

Da warf sich der schwarze Kater auf Chippi und Albion. Der Körper begrub beide gänzlich unter sich. »Jetzt hab ich euch, ihr Rotznasen!« Don Kralle drückte Chippi mit der Pfote auf den Asphalt. »Du gehörst mir, Hamster-Boy, und deinen Freund werde ich fressen!«

»Du kannst nichts als große Töne spucken, Don Katzenklo!« Chippi stemmte sich mit seiner Kraft gegen die Pranke. Als er aufstand und die Pfote abschüttelte, entgleisten dem Don die Gesichtszüge.

»Nein, das kann nicht sein. Du bist nur ein stinknormaler Hamster.«

»Ich bin Hamster-Boy und nun verschwinde hier und lass meine Freunde in Ruhe!« Chippi lief auf den Kater zu. Dieser wich zurück und sprang auf das Dach einer Garage.

»Chippi, wir haben gewonnen.« Albion, der neben ihm lief, tätschelte ihm die Schulter.

Doch plötzlich taumelte Chippi. Seine Beine waren weich wie Moos. Sein Blick verschwamm. Die Welt um ihn wurde schwarz. Finsternis breite sich in seinem Kopf aus. Es wurde kalt und er versank im Nichts.

☣ ☣ ☣

Als er wieder zu sich kam, hing er wie ein Sack über der Schulter von Albion. »Was ist passiert?«, murmelte er. »Wo bin ich?«

Das weiße Meerschweinchen setzte ihn auf die Erde. Die Häuser um sie herum waren nicht mehr so eng aneinandergereiht.

»Du warst ohnmächtig, Freund«, murrte Blacky. »Du bist stark, aber du hast dich überanstrengt.«

»Wurde jemand verletzt?«, fragte Chippi.

Blacky murrte. »Viele unserer Kameraden sind umgekommen. Doch das Leben ist vergänglich und wir dürfen nicht zurückschauen. Wir müssen weiter. Die Nagerstadt ist unsere einzige Rettung.«

»Blacky, wir sind keine Krieger! Wir sollten zur Zoohandlung zurückkehren!« Honey verschränkte wütend die Arme.

»Richtig«, rief eine graue Maus. »Es war eine bescheuerte Idee, nach dieser Nagerstadt zu suchen. Unsere Kameraden würden noch leben, wären wir zu Hause geblieben!«

Blackys Stimme hob sich: »Wie oft soll ich es noch sagen: In der Zoohandlung beschützt uns keiner mehr. Kein Zweibeiner und auch kein Besen! Das Futter war ebenfalls alle! Wollt ihr verhungern?«

Dusty trat an seine Seite. »Ich finde auch, dass wir die Nagerstadt suchen sollten. Ich habe in der Zoohandlung einen Notizzettel gefunden, auf dem eine Kräuterwiese zum Selbsternten abgebildet war. Dieser Weg führt uns genau dorthin. Sicher finden wir da auch etwas Essbares.«

»Sehr gute Idee, Dusty, dort können wir eine Pause machen. Was sagst du Chippi?«

Chippi spürte den fragenden Blick auf seinem Pelz ruhen. Aber nicht nur Blackys, sondern auch den der anderen Nager.

Seit dem Kampf mit dem Don schien seine Meinung einen anderen Stellenwert zu haben. Er überlegte und antwortete dann: »Ich hab Hunger und vielleicht gibt es dort auf der Kräuterwiese kleine Sonnen.«

»Ist das ein Ja?«, fragte Dusty.

Chippi nickte verhalten. »Wie schmecken Kräuter denn?«

Dusty brach in ein Lachen aus. »Verdammt gut, wenn du die richtigen erwischst. Außerdem riechen sie so stark, dass sie uns auch Schutz bieten.«

»Das klingt doch prima«, begeisterte sich Chippi. »Auf geht's!«

»Gut«, sagte Blacky, »wer mitkommen will, folgt uns und der Rest kann den Weg zurückgehen und sich von den Katzen fressen lassen.« Blacky schaute dabei derart grimmig, dass selbst die letzten Zweifler ihren Kameraden folgten.

Chippi lief ein Schauer das Rückgrat entlang, während er mit den anderen den Weg fortsetzte.

Sie näherten sich dem Stadtrand. Die freien Flächen wurden breiter und der Wind jagte eine Zeitung durch die Straßen. An einer Häuserwand blieb sie hängen.

Dusty griff nach dem Papier und faltete die Zeitung ungelenk zusammen. Diese war viel größer als er, was es umso schwieriger machte. Während er auf einer Falz herumhüpfte, meinte er: »Die nehme ich mit, damit wir über das Virus informiert sind und wissen, ob es auch für uns gefährlich werden kann.«

»Wie kommt es eigentlich, dass du lesen kannst?«, murrte Blacky.

»Ich habe einige Jahre im Haus eines alten Professors gewohnt und konnte viel lernen.«

Langsam wichen die Gebäude einzelnen Feldern und Bäumen. Die Natur brach durch den tristen Asphalt und den Stahlbeton. Sie kamen zu einem Wäldchen, und während die Stämme und das Unterholz immer dichter wurden, verschwand die triste und kalte Stadt in ihrem Rücken.

»Hier erinnert einfach nichts mehr an den Menschen«, schwärmte Dusty.

»Der Mensch wird bald nicht mehr sein, wenn das Coronavirus weiter wütet.« Blacky fuhr sich mit der Pfote durchs Gesicht.

Ein Plätschern drang an ihre Ohren und schon bald war das kühle Nass zu sehen. Es schlängelte sich durch harte Felsen und nährte die Pflanzen. Eichen und Nussbäume versprachen reiche Ernte.

»Wir machen am Bachlauf eine Pause. Hier scheint es sicher zu sein«, sagte Blacky.

»Das ist der Bärenbach, an dem die Kräuterwiese liegt.« Dusty strahlte. »Hier gibt es genug für alle zu fressen und frisches Wasser.«

»Bärenbach.« Blackys Gesicht erhielt einen nachdenklichen Ausdruck. »Ich hab euch doch von der Feldmaus erzählt, die uns zur Nagerstadt führen wollte. Sie sagte immer wieder: Findet den Bären und folgt dem silbernen Weg. Am Ende wirst du belohnt.« Er deutete mit der Pfote auf das kühle Nass. »Vielleicht ist das der Bär?«

Dustys Näschen hüpfte aufgeregt auf und ab. »Das könnte sein. Dann sind wir auf dem richtigen Weg. Nur wo lang sollen wir gehen?«

»Ich weiß es nicht«, antwortete Blacky.

Chippi spürte seinen Magen knurren. »Wollen wir erst mal essen?«

Albion nickte zustimmend. »Setzen wir uns doch ans Bachufer. Während wir essen, kann Dusty uns die neuen Corona-Nachrichten vorlesen.« Albion plumpste auf sein Hinterteil und biss genüsslich einem Löwenzahn das Köpfchen ab.

Chippi nickte erfreut und ließ sich in sicherer Entfernung zu den Wellen nieder. Das Gras hier duftete völlig anders als das Trockenfutter aus der Zoohandlung. Es roch vielmehr nach Wasser, Wind und einer seltsamen Süße. Vorsichtig biss er in einen Halm.

Der Geschmack explodierte förmlich auf seiner Zunge. »Das ist das Beste, was ich je gegessen habe«, jauchzte er und strahlte über beide Backen.

Dusty setzte sich neben ihn und hielt das Stück Zeitungspapier in seinen Pfoten. »Hört mal her, es gibt Neuigkeiten zum Coronavirus.« Die Versammelten spitzten ihre Ohren. »Corona-Nachrichten aus Deutschland: Fünfzig Prozent der Deutschen sind infiziert. Es gibt aktuell 2,5 Millionen Tote.« Die Maus hielt kurz inne. »Das Virus überträgt sich jetzt auch vom Menschen auf Haustiere.«

»Bäh«, maulte Blacky. »Ich will nicht krank werden! Ein Glück sind wir von den Menschen weg.«

»Finde ich auch«, sagte Chippi. »Danke Dusty, dass du mich da rausgeholt hast.«

»Ich bin auch froh«, antwortete die Maus und knüllte das Papier zusammen. »Stellt euch mal vor, die Menschen würden uns alle anstecken und umbringen.« Er ballte seine Faust und blickte wütend drein.

Blacky sah in das Wasser. »Ich sagte doch schon: Die Menschen werden aussterben und die Natur wird sich die Städte und Dörfer zurückerobern. Dann werden wir zusammen mit den anderen Tieren dort wohnen.«

Sie versanken in ein tiefgründiges Gespräch, bis der dunkle Vorhang zugezogen wurde. Der Mond betrat die Bühne der Nacht und gab sein allnächtliches Schauspiel zum Besten.

In seinem Schein glitzerte der Bach silbern. Fast magisch.

»Schaut!« Blacky stand der Mund offen. »Der silberne Weg. Er lag die ganze Zeit direkt vor unserer Nase. Bestimmt führt er uns zur Nagerstadt. Lasst uns aufbrechen und ihm folgen.«

Chippi erhob sich und streckte die Hand in die Höhe so wie sonst Zellstoff-Mann. »Mir nach, Freunde! Wer zuletzt am Ende des Bärenbachs ist, ist eine dicke, fette Miezekatze.«

☣ ☣ ☣

Der Bärenbach funkelte im Licht des Mondes. Wie ein Leuchtpfeil wies er ihnen die Richtung, während er grollend und spritzend an ihrer Seite rauschte. Das Wasser schnitt eine Kurve und Chippi erkannte wolkenverhangene Hügel. Hoch oben zeichnete sich ein Müllberg ab. Dunkel blickten die Schrotthaufen auf die Tiere herunter. Die Sterne ließen sich auf den Müllspitzen nieder.

»Das muss es sein«, knurrte Blacky. »Wir warten, bis der neue Tag geboren wird, und rasten hier am Berghang.«

»Wir halten Wache und passen auf, dass keiner hinauf- oder herunterkommt«, sagte Chippi.

Dusty pflichtete ihm bei.

»Gut, gut. Ich werde zusammen mit Albion auf unsere Freunde aufpassen«, murrte der schwarze Hamster.

Doch plötzlich hörten sie Schritte.

Chippi lugte hinter einem Felsen hervor. Zwei haarige Wesen mit großen Hauern und einem platten Schwanz, der wie eine Flosse aussah, kamen direkt auf sie zu.

»Blacky, Dusty«, flüsterte er. »Da kommen zwei Ungeheuer.«

Dusty kam heran und spähte über die Steine. »Ich glaube, das sind Biber.«

»Bieber?« Chippi schaute angeekelt. »Du meinst diesen schrecklichen Sänger, den die Zweibeiner im Radio spielen?«

»Nein, nicht der«, Dusty verdrehte seine Augen. »Das sind Nager wie wir.«

»Was sollen wir jetzt machen Blacky?«, fragte Chippi verunsichert. Sollte er diese Biber verhauen, so wie er es mit den Katzen gemacht hatte?

»Lasst mich mit ihnen sprechen.« Albion trat vor und gab sich zuerkennen.

»Halt! Stehenbleiben!«, rief einer der Biber. »Wer seid ihr und was führt euch nach Silberwalde?«

»Wir kommen in Frieden.« Albions Stimme war ruhig.

»Neuankömmlinge«, lachte der Biber. »Wie viele seid ihr?«

»Neuankömmlinge?« Das weiße Meerschweinchen klang überrascht.

»Silberwalde ist die Heimat für alle guten Nager. Also wie viele seid ihr?« Immer wenn der Biber sprach, zog er Luft zwischen seine Hauer und es begann zu pfeifen.

»Ihr seid von der Nagerstadt.« Albion war erleichtert. »Wir sind zweiundfünfzig Nager, die ein neues Zuhause suchen.«

»Zweiundfünfzig?«, der Biber machte große Augen. »Wo ist der Rest von euch?«

»Kommt raus!«, rief Albion und die anderen Nagetiere gaben sich zuerkennen.

»Mitkommen!«, befahl einer der Biber.

Chippi fand, die beiden Grummelzähne könnten ruhig freundlicher sein. Ob er ihnen zeigen sollte, wie stark er war? Doch als Blacky, Dusty und Albion den beiden ohne Widerworte folgten, entschied er sich, von einer Beschwerde abzusehen. Er flitzte an Albions Seite und folgte den beiden Wachen bis zu einem eisernen Tor. Es war von dicken Mauern gesäumt.

Im Inneren rief einer der Biber: »Abraxas, ich melde Neuankömmlinge.«

Ein weißes Kaninchen trat vor die Freunde. »Herzlich willkommen in Silberwalde, der Stadt für alle guten Nager. Ich bin Abraxas, der Bürgermeister. Ihr habt bestimmt Hunger. Die Eichhörnchen werden euch versorgen. Während die Maulwürfe und die Biber die Unterkünfte für jeden, der bleiben möchte, herrichten.«

Den Reisenden war die Erleichterung anzusehen. Auch Chippi fiel ein Stein vom Herzen. Es war mehr ein Findling. Ein großer Brocken. Felsig. Die Wanderung war lang und anstrengend gewesen. Sein Magen knurrte und er war müde.

Bevor er den anderen folgte, wandte er sich an Dusty. »Wir sollten Abraxas von den Katzen erzählen.«

Dusty runzelte die Stirn. »Meinst du, das ist eine gute Idee?«

Doch Chippi war schon auf dem Weg zu dem weißen Kaninchen. »Abraxas, ich bin Chippi.«

»Hallo Chippi, was kann ich für dich tun, mein Freund?«

»Wir wurden auf dem Weg hier her von einer Gruppe Katzen überfallen. Dabei starben einige unserer Kameraden.«

»Katzen?« Abraxas schaute besorgt drein. »Sind sie euch gefolgt?«

»Nein, aber Don Kralle hat uns gedroht, dass er uns überall finden wird.«

»Sei unbesorgt, Freund. Hier seid ihr sicher. Nicht einmal ein Zweibeiner oder dieses Coronavirus kommen hier rein, und nun geh zu deinen Freunden und iss von dem Festessen.«

🐞 🐞 🐞

»Abraxas sagt, wir sind hier sicher«, teilte Chippi mit und steckte sich einen Löwenzahn in den Mund.

»Ich dachte mir schon, dass eine Stadtkatze wie Don Kralle uns hier niemals finden wird.«

»Du hast recht und hier sind überall Wachen und hast du die hohen Mauern gesehen? Da kommt die fette Miezekatze niemals drüber.« Die Freunde lachten laut und genossen das Festessen.

Einige Stunden später durften sie ihr neues Zuhause beziehen. Vier kleine Zelte aus Holz direkt am Staudamm der Biber. Ein paar Büsche säumten die Wohlfühloase.

»Es ist einfach großartig«, schwärmte Flecki. »Jeder hat sein Häuschen und hier auf der Terrasse können wir unser Leben genießen.«

»Ich finde es auch klasse hier«, brummte Blacky.

Sie sahen ein paar Hamsterkindern zu, die auf einer Wippe spielten. Sie hatten ein Brett über eine Dose gelegt. Immer, wenn ein Hamsterkind auf eines der Enden sprang, wurde das Hamsterchen am anderen Ende in die Höhe katapultiert. Es schien ihnen Spaß zu machen und sie kicherten.

☣ ☣ ☣

Als der Tag hereinbrach und die Sonne hinter dem Horizont hervorkletterte, um den Mond von seiner Bühne zu verdrängen, lag Chippi neben seinen Freunden und beobachtete, wie sich der

Himmel in Morgenrot tauchte. Er genoss die ersten Strahlen, die auf sein Fell schienen. Es war so schön warm.

Blacky, Dusty und Flecki schliefen noch. Das schwarze Meerschweinchen schnarchte so laut wie eine Kettensäge, sodass man meinen könnte, es würde den Wald in der Nähe abholzen.

Plötzlich durchbrach ein Rascheln die schläfrige Atmosphäre. Es kam eindeutig von außerhalb des Zauns, der sich schützend um die Nagerstadt zog.

Ein Biber, der in Chippis Nähe wohnte, sprang auf und rannte zur Palisade. »Halt! Wer da?«

Seine Stimme polterte durch die Stille und weckte weitere Nager. Unruhe kam auf, als sich die Tiere am Zaun sammelten.

Chippi stand neben seinen Freunden und reckte den Kopf über das Holz.

»Könnt ihr etwas sehen?«, fragte Dusty.

»Nicht richtig«, flüsterte Blacky, »irgendwas scheint dort vor dem Tor zu sein. Wir sollten in Sicherheit bleiben.«

Ein Biber kam aus dem Unterholz gestürzt und rannte ihnen entgegen. »Abraxas«, stieß er zwischen angestrengten Atemzügen hervor, »da ist jemand, der dich und die Eichhörnchen sprechen will.«

Als Abraxas und die beiden Eichhörnchen zum Tor kamen, sprang etwas aus dem Gebüsch und verneigte sich.

»Eine Katze.« Flecki der Hamster erschauderte.

Chippi war unwohl bei dem Anblick der fetten Katze. »Das ist nicht irgendeine Katze, das ist der verfressene Charly.«

»Seid leise, damit wir etwas hören können«, murrte Blacky.

»Was willst du hier, Abgesandter des Teufels?«, sprach Abraxas.

»Mein Meister Don Kralle schickt mich. Ich habe eine Nachricht für Abraxas. Rückt Hamster-Boy und seine Freunde raus, sonst gibt es Krieg!« Der Bote hielt kurz inne, um dann seinen Worten Nachdruck zu verleihen. »Die Stadt Silberwalde hat für die Übergabe des Heilmittels Zeit, bis die Mittagssonne am höchsten Punkt steht. Doch wenn ihr diese Zeit verstreichen lasst, greifen wir mit allen uns zur Verfügung stehenden Truppen an und machen Silberwalde dem Erdboden gleich. Wir werden keinen von euch verschonen!«

»Du kannst deinem Meister sagen, wir verraten unsere Freunde nicht. Hier sind alle guten Nager willkommen.«

»Ihr wollt das Heilmittel doch nur für euch selbst!«

»Von welchem Heilmittel sprichst du?«

Der verfressene Charly setzte sich auf seine Hinterpfoten und leckte sich über das Fell. »Noch nichts von Hamsterkäufen gehört? Die Menschen halten Hamster als Heilmittel gegen das Coronavirus.«

Abraxas lachte auf.

»Das ist der größte Schwachsinn, den ich jemals gehört habe. Nur Verschwörungstheoretiker glauben an so einen Blödsinn.«

»Glaubt ihr doch, was ihr wollt. Ihr werdet schon sehen!«, fauchte der Kater und verschwand.

Kurz darauf kam Abraxas zu ihnen herüber. »Guten Morgen, Freunde, wie ihr mitbekommen habt, sind die Katzen euch die ganze Zeit gefolgt. Doch wir überlassen euch nicht diesem Don. Wir werden euch beschützen.«

»Danke Abraxas«, brummte Blacky.

Chippi quietschte vergnügt. »Wenn der Blödmann wieder mit seinen drei Kätzchen kommt, hat er keine Chance.«

Albion und Blacky lachten laut auf und klopften Chippi auf die Schultern. Doch Dusty schien etwas anderes zu denken. Er lächelte zwar, aber sein besorgter Blick huschte immer wieder zum Unterholz außerhalb des Zauns.

Chippi fragte ihn: »Ist alles in Ordnung?«

»Ja«, antwortete Dusty und riss seinen Blick los. »Es wird schon werden.«

☣ ☣ ☣

Die Zeit verrann und die Sonne erreichte den Zenit. Zeitgleich eilte ein Biber heran. »Abraxas, wir haben Feindbewegungen registriert.«

Das weiße Kaninchen spitze die Ohren. »Wie viele sind es?«

»Höchstens zehn, mehr können das nicht sein.«

»Gut«, Abraxas räusperte sich. »Freunde, zusammen sind wir stark und wir werden unser Zuhause beschützen. Also los!«

Die Katzen rückten auf die Mauern des Schrottplatzes zu. Ganz vorne ging Don Kralle, seine Augen zu Schlitzen verengt.

»Bürger von Silberwalde, ihr habt die Frist zur Auslieferung von meinem Heilmittel verstreichen lassen und nun müsst ihr mit den Folgen leben!«

In Sekundenschnelle erklommen die ersten Katzen den Hügel, der sich zum Zaun hinaufzog.

Doch die Reißzwecken, die Chippi und Dusty auf dem Müll gefunden und ausgestreut hatten, bohrten sich in die Pfoten. Fauchen und Schreie entfuhren ihnen.

Albion stürzte sich mit all seinem Meerschweinchengewicht auf den verfressenen Charly und biss ihm ins Bein. Ein Jaulen entfuhr dem Kater. Albion hatte die gleiche Stelle getroffen, die schon einmal im Kampf verwundet wurde.

Abraxas gab unterdessen ein Zeichen und die Biber warfen Steine auf die Eindringlinge. Die Hamster und Meerschweinchen taten es ihnen gleich. Sie benutzten die Wippen ihrer Kinder als Katapulte, um die Gewichte zu stemmen.

Leider hielt das nur einen Teil der Katzen auf Abstand. Chippi verfolgte mit aufgestellten Nackenhaaren, wie Don Kralle die Müllhalde betrat. Ein bösartiges Grinsen zog sich über sein Gesicht, als er sprach: »Abraxas, wir hätten das Ganze friedlich lösen können, aber ihr wolltet nicht hören.«

Chippi trat zusammen mit seinen Freunden auf den Don zu. »Na, Fettsack«, rief er. »Sehen wir uns also wieder.«

»Hamster-Boy, mein Heilmittel.« Don Kralle lachte hämisch auf. Dann machte er einen Satz auf die Freunde zu.

Blacky warf dem fetten Kater einen Stein an den Kopf.

»Ahhh, ihr Drecksbiester«, fauchte der Don und fuhr die Krallen aus. Die Spitzen blitzten im Sonnenlicht, als sie auf Blacky niederfuhren.

Er verfehlte und stöhnte auf. Dusty hatte sich in seinem Schwanz verbissen.

Diese Situation nutze Chippi aus und stürzte sich auf den Kater. Ein gezielter Schlag auf die Nase. Der Don taumelte und hieb nach Chippi.

Die Krallen verfehlten ihn nur knapp. Er rollte sich zur Seite ab und kam wieder auf die Pfoten.

»Kommt mit!«, rief Blacky.

Gemeinsam rannten sie zum Staudamm.

Vier Maulwürfe stießen gleichzeitig aus der Erde empor und zogen eine der Katzen unter die Erde.

Steine und Nüsse prasselten auf die Angreifer nieder. Die ersten Katzen ergriffen die Flucht.

Chippi sah, wie Don Kralle seinen Kumpanen zubrüllte, sie sollten dableiben. Doch sie ließen sich nicht aufhalten.

»Ihr Feiglinge«, schrie er ihnen nach. »Das sind nur Nagetiere.« Da fiel sein Blick auf Chippi. »Also gut, dann sind es nur noch du und ich. Ich werde dich töten, und wenn es das Letzte ist, das ich tue.«

Chippi grinste ihn an, nahm seine Superheldenpose ein und winkte ihn näher. »Komm nur, blöder Kater.«

Schritt für Schritt kam der Don auf ihn zu.

Chippi wich keine Pfote von der Stelle. Erst als die Krallen seines Gegners auf ihn niederfuhren, reckte er die Faust in die Höhe und wehrte den Angriff ab.

Er ließ sich zur Seite fallen und jagte um den verdutzten Kater herum.

»Wer als Letzter am Ziel ist, ist eine doofe, fette Mietzekatze.« Schon spurtete Chippi los.

Seine Beine schienen über den Boden zu fliegen. Der rettende Staudamm kam immer näher. Er kletterte am Geäst hinauf und erreichte das obere Ende, als Don Kralle am Fuß des Holzdammes zum Stehen kam.

»Jetzt!«, brüllte Blacky, während Chippi in Sicherheit rannte.

Die Biber zerstörten den Staudamm. Ehe Don Kralle reagieren konnte, erfasste ihn die Flut und spülte ihn davon.

Unter den Einwohnern von Silberwalde brach Jubel aus. Sie hüpften vor Freude und nahmen Chippi und seine Freunde in ihre Mitte.

Am Abend feierten sie den Sieg über die Katzen. Hamster-Boy ging in die Geschichte ein und noch ganze Generationen erzählten sich die Geschichten von Hamster-Boy dem Katzenschreck.

Patrick Kaltwasser erblickte im September 1986 die Welt. Bereits als Jugendlicher schrieb er kurze Geschichten und erste Gedichte. Bücher begleiten ihn sein ganzes Leben und das Reimen ist beinahe ein Teil von ihm.

Heute ist er Mitglied im Goldstadt-Autoren e. V. und veröffentlicht Geschichten in Anthologien. Phantastik sowie Poesie und Lyrik sind seine Standbeine. Seine Gedichte sind so vielfältig wie er selbst. Sie reichen von lustig und abstrakt, über Kritik an der Gesellschaft und der Politik bis hin zu menschlichen Abgründen.

Zurzeit arbeitet er an seinem ersten Roman zusammen mit Luna Day.

Weitere Informationen zum Autor findet ihr unter:

www.patrickkaltwasserautor.wordpress.com

Die Seuche von Huntsville

von Marissa Barks

Chester Danbury, ein dunkelhaariger Mittdreißiger mit einem kurzen Vollbart und schwarzen Augen, ritt mit dem zwölfjährigen Anthony über die weiten Wiesen von Huntsville in Texas. Gemeinsam betreuten sie die Rinderherde der Sleepy Meadow Ranch.

»Heute haben wir einen guten Tag erwischt, Anthony. Die Rinder grasen brav und von Bären, Wölfen und anderen Raubtieren keine Spur. Vielleicht ist denen auch so heiß wie uns.«

Der Junge wischte sich eine blonde Strähne aus dem Gesicht, die unter seinem viel zu großen Hut auf die Stirn fiel, und sagte mit gespielt tiefer Stimme: »Keine Tierspuren auf der Nordseite, Sir.«

Chester lächelte ihn an. »Richtig, genauso teilen sich das Cowboys untereinander mit. Du hast wirklich Talent, Kleiner.«

Anthonys Wangen röteten sich und er schaute stolz zu Chester. »Danke. Nur werde ich niemals so gut sein wie du und Benjamin.«

»Benjamin ist kein Cowboy. Er hilft hier schon mal aus, aber die Trails und Nächte im Nirgendwo zu verbringen, hasst er. Dafür ist er der geborene Rancher. Als Sohn eines Ranchers ist das nicht verwunderlich.«

137

»Warum hasst er den Job? Ehrlich gesagt kann ich mir keinen besseren vorstellen.«

Chester blickte in die Ferne. Dort an der Südseite ritt Benjamin und kontrollierte die Lage. Er blickte zurück zu Anthony und lächelte den Jungen an. »Du bist gerne unterwegs und möchtest etwas von der Welt sehen. Du liebst es, in der Natur zu sein. Mitten im Nichts. Da bist du wie ich. Für uns bedeutet es Freiheit, Ungebundenheit und inneren Frieden. Es ist eine Lebenseinstellung. Benjamin ist jemand, der an seine Heimat gebunden ist. Für ihn wäre es schlimm, wenn er auf einen Trail gehen müsste. Er hätte immer das Gefühl, seine Familie im Stich zu lassen, sie nicht verteidigen zu können. Er ist zu sehr mit Sleepy Meadow verwurzelt.«

Anthony zog die Stirn in Falten. »Meine Eltern und mein Bruder kämen ohne mich klar. Außerdem bringt ein Trail doch gutes Geld. Wann hätte ich noch mal die Chance, aus Huntsville rauszukommen? Ich möchte nach Kalifornien, Alabama, Kansas - einfach überall hin.«

»Tony, denk daran, dass es harte Arbeit ist. Es ist keine komfortable Reise. Ja, du kommst herum und siehst etwas anderes. Es gibt aber auch viele Gefahren - Banditen, Indianer, wilde Tiere, die Herde kann in Panik geraten und eine Stampede auslösen. Du wirst auch unter Durst leiden. Nicht von allen Gewässern kannst du unterwegs trinken.«

»Woran erkenne ich, ob ich aus einem Gewässer trinken kann oder nicht?«

»Dafür brauchst du dir nur diese eine wichtige Regel merken: ›Trinke niemals aus einem stehenden Gewässer‹. Am besten ist immer, aus fließenden Gewässern zu trinken. Oder aus großen klaren Seen, die Zu- und Abläufe von Flüssen haben. Da wird das Wasser ausreichend durchgespült.«

»Das wusste ich noch gar nicht. Mum kocht oft das Wasser ab und füllt es in Behälter. Muss das auf einem Trail auch gemacht werden?«

Chester nickte zur Bestätigung. »Oft trinken wir Tee oder Kaffee auf den Trails. Das Vieh lassen wir stets aus Flüssen trinken oder von gesammeltem Regenwasser.«

Benjamin ritt auf die beiden zu und wischte sich den Schweiß von der Stirn. »Die komplette Südseite ist frei von Tierspuren. Keine Gefahr in Sicht.«

»Sehr gut. Hier ist auch alles in Ordnung.«

Anthony schaute Benjamin mit großen Augen an. »Ben, heute hat die Sommerpause in der Schule begonnen. Ich wollte jeden Tag der Ferien mit euch verbringen und mehr über die Arbeit der Cowboys lernen. Chester findet das gut. Sag du bitte auch ja.«

Benjamin schaute sein Gegenüber ernst an. »Du solltest nicht so viel Zeit mit uns verbringen, Tony. Du solltest mit deinen Freunden angeln gehen oder mit deinem Vater.«

Der Junge schob die Unterlippe nach vorn. »Aber Pa ist noch zwei Wochen unterwegs und die anderen Kinder müssen auch zu Hause anpacken. Außerdem habt ihr gesagt, dass ich noch viel lernen muss.«

»Das wirst du noch, Tony. Arbeiten wirst du lange genug in deinem Leben. Dazu warst du erst vor ein paar Tagen noch krank.«

Chester beobachtete die beiden. Er konnte verstehen, dass der Junge so ein Interesse an dem Job hatte. Chester war zwar nur durch Zufall in dem Job gelandet. Doch er tätigte ihn gern, und auch, weil er etwas anderes nie gelernt hatte.

Er wuschelte Anthony durch das Haar und zwinkerte. »Mal sehen, ob du nach zwei Wochen überhaupt noch Lust hast.«

Benjamin war über die Aussage offenbar sehr dankbar, denn Chester erntete ein Nicken von ihm, während dieser zu Anthony sagte: »Vielleicht hat mein Vater noch Aufgaben für dich auf der Ranch, Tony. Du weißt, er ist der Chef. Außerdem muss bald das Heu für den Winter eingelagert werden. Da wird er jede Hand brauchen.«

Chester ließ seinen Blick über die Rinderherde schweifen und lauschte dem Gespräch nicht weiter. Anthony war ein sehr ehrgeiziger und fleißiger Junge. Wenn es nach Chester ginge, würde er ihn jeden Tag mitnehmen und ihn ausbilden.

»Chester, dein Freund haut gerade wieder ab.« Diese Worte holten Chester sofort in die Wirklichkeit zurück. Er schnaubte und verdrehte die Augen.

»Eines Tages mache ich persönlich Kalbsragout aus dem Vieh! Komm mit, Anthony. Wir holen Kalb Nummer 8 zurück.«

Der Junge ritt mit dem erfahrenen Cowboy hinter dem jungen Rind her. Noch im Galopp nahm Chester das Lasso von seinem Sattel. Als sie näher an den Flüchtling herankamen, ließ er das Seil über seinem Kopf kreisen, zielte auf den Hals des Tieres und warf das Seil aus.

Die Schlaufe glitt beim ersten Versuch über den Kopf des Kalbes und zog sich an seinem Hals fest. Mit einem lauten Aufschrei kam es ins Straucheln und fiel seitlich auf die Wiese.

Chester zog die Zügel seines Pferdes an und kam neben Nummer 8 zum Stehen. »Deine Macht-kämpfe regen mich auf! Ich bin froh, wenn ich dich endlich am Schlachthaus abgeben darf.«

Anthony stoppte sein Pferd neben Chester.

»Yeehaw«, jubelte der Junge lachend. »Große Klasse, Chester. Das möchte ich auch bald so gut können wie du.«

Chester lächelte seinen kleinen Helfer an und schlug auf Anthonys Hutkrempe, sodass der Hut bis über die Augen glitt. »Das wirst du, Kleiner. Aus dir wird noch ein großartiger Cowboy.«

☣ ☣ ☣

Am nächsten Morgen öffnete Chester die Augen und sah, wie Benjamin bereits Wasser abkochte. Doch von Anthony fehlte jede Spur.

Chester stand auf, streckte sich und gesellte sich zu dem jungen Mann. »Morgen Ben, wie lange bist du schon wach? Hast du den Kleinen gesehen?«

Benjamins Stirn legte sich in Falten. »Morgen, unser Tony ist heute nicht gut drauf. Er lief eben in die Büsche.«

Chester schaute Benjamin verwundert an und hakte nach: »Meinst du, er ist wieder krank?«

»Sah etwas blass um die Nase aus. Trink erstmal eine Tasse Kaffee. Er kommt bestimmt gleich wieder.«

Das ließ sich Chester nicht zweimal sagen und setzte sich zu Benjamin. Noch während die beiden Männer den Tag planten, kam Anthony taumelnd auf sie zu. Chester sah ihn zuerst, rappelte sich auf und lief dem Jungen entgegen. Bevor er ihn erreichte, fiel dieser bäuchlings ins Gras.

»Tony«, rief Chester entsetzt.

Als er bei Anthony angekommen war, drehte er ihn auf den Rücken. Der Junge schien benommen zu sein.

Chester tätschelte ihm die Wange. »Tony, kannst du mich hören?« Dabei fiel ihm auf, dass Anthonys Gesicht gerötet und ganz heiß war. Schweiß stand ihm im Gesicht.

Zur Antwort gab der Zwölfjährige ein schwaches Nicken von sich.

»Was ist los mit ihm?«, hörte Chester Benjamin entsetzt fragen.

»Wir müssen sofort zu Marius. Tony hat Fieber«, sagte Chester besorgt.

»Ich mache Samurai fertig.« Benjamin lief sofort zu Chesters grasendem Pferd.

»Bitte nur Zaumzeug. Mit Sattel kann ich den Jungen nicht mitnehmen«, rief Chester hinter ihm her.

»Schon klar!«

»Durst - mir ist heiß«, stöhnte der Junge.

Chester hob Anthony auf und trug ihn über der Schulter zum Feuer. Dort legte er den Jungen ab und hielt ihm den Trinkschlauch mit Wasser hin. »Versuch, was zu trinken«, sagte er und stützte seinen Kopf mit einem Arm.

Anthony nahm ein paar zaghafte Schlucke, wobei ein Teil der Flüssigkeit an seinem Mundwinkel hinauslief.

Chester setzte den Trinkschlauch ab und wickelte Anthony in eine Decke ein. »Wir reiten jetzt runter in die Stadt zu Dr. Barker. Keine Sorge, der wird das schon richten.«

Aus dem Augenwinkel sah er Benjamin, der gerade mit dem Pferd angaloppiert kam. »Reite du schon mal vor«, rief er Chester zu und sprang gekonnt aus dem Sattel. »Ich komme später nach, wenn unsere Ablösung da ist.«

»Vielen Dank, Ben. Das ging wirklich schnell. Hilf mir, Tony vor mich auf das Pferd zu legen.«

Die beiden Männer hievten den Jungen auf Samurais Rücken. Dann schwang sich Chester dahinter und trieb sein Pferd mit schnalzender Zunge und seinen Hacken zum Galopp an.

Der Weg zum Arzt dauerte eine gute Stunde, obwohl Samurai einen schnellen Galopp hinlegte. Zwischendurch schaute Chester immer wieder nach dem Zwölfjährigen, der sich tapfer hielt. Trotzdem mussten sie unterwegs einige Pausen einlegen, weil Anthony sich übergab.

Chester atmete erleichtert auf, als er endlich in der Ferne die Hauptstraße von Huntsville ausmachte.

»Gleich sind wir da. Halte durch, Kleiner«, sagte er zu dem Jungen, allerdings mehr, um sich selbst zu beruhigen.

Sie passierten den Ortseingang und ritten die gerade Straße an den Geschäften vorbei bis zum Haus von Dr. Barker. Chester zog die Zügel an und brachte Samurai zum Halten. Er stieg ab, warf Anthony über seine Schulter und lief zur kleinen Holzhütte, welche Dr. Barker als Behandlungshütte nutzte.

Wie wild hämmerte er an die Tür und rief: »Marius, hier ist Chester. Ich bringe einen Patienten.«

Der Arzt öffnete binnen einer Minute die Tür einen Spalt breit. Er war ein großer, schlanker Mann mit schmalem Gesicht. Seine blonden, kurzgeschnittenen Haare waren zerzaust und nass vom Schweiß. Obwohl Dr. Barker erst fünfundvierzig Jahre alt war, wirkte er um ein paar Jahre älter. Sein Hemd klebte ihm am Oberkörper.

»Um Himmels Willen, bringst du mir auch einen Kranken«, seufzte er.

Chester schaute Marius verwundert an und antwortete: »Ja, er hat Fieber und …«

»… ihm ist übel, er hat Bewusstseinsstörungen und Unwohlsein?«, brachte Marius den Satz zu Ende.

»Nun, so genau weiß ich es noch nicht. Ihm ist übel, ja. Er hat seinen Mageninhalt gut verteilt bis hierher. Ohnmächtig war er auch. Woher weißt du das?«

Fanny, Marius' Gehilfin, lugte hinter dem Arzt hervor. Auch ihre Haare waren nass, ihr Kleid klebte wie eine zweite Haut an ihrem Körper und auch ihr merkte man die Anspannung an. Als sie Chester mit dem Jungen über der Schulter sah, verzog sie gequält das Gesicht. »Oh nein, er ist doch nicht auch noch krank«, stöhnte sie.

»Tony braucht eure Hilfe!« Chester verlor immer mehr die Nerven. Er hatte damit gerechnet, dass Tony schnell Hilfe bekommen würde. Nun aber stand er vor zwei offensichtlich überarbeiteten Personen, die neue Patienten scheuten wie der Teufel das Weihwasser.

»Entschuldige, Chester. Bring ihn erstmal rein«, lenkte Marius ein und öffnete die Tür nun ganz.

Chester trat in den kleinen Raum und schaute sich um. Ihm bot sich ein schreckliches Bild.

Hier lagen zwei Handvoll Erkrankte dicht an dicht. Einige stöhnten oder atmeten schwer. Alle waren in Decken mit Eis eingehüllt. Behandlungstisch und Stühle waren lieblos in eine Ecke geräumt worden. Es stank nach Schweiß, Erbrochenem und einigen undefinierbaren Gerüchen, die von der Hitze im Raum noch verstärkt wurden. Die feuchten Lappen an der Decke, die zur Raumkühlung beitragen sollten, hatten nicht die geringste Wirkung.

Ohne dass Chester es wollte, würgte er.

»Leg den Kleinen hier ab«, rief Fanny, die den Geruch offensichtlich nicht mehr wahrnahm oder einfach gewissenhaft ertrug.

Chester legte Anthony vorsichtig auf die Matte, die Fanny provisorisch in eine Ecke geschoben hatte. Sofort begann sie mit der Untersuchung. Nach ein paar Minuten schaute sie zu Marius und nickte.

Marius seufzte und tupfte sich die Stirn mit einem blauen Stofftaschentuch ab. »Das hat uns noch gefehlt.«

»Was meinst du, Marius?« Chesters Sorge wuchs mit jedem Satz, den er hörte.

»Wir müssen alle warnen. Es scheint, als hätten wir es mit einer weiteren Typhuswelle zu tun.« Die Miene des Arztes wirkte wie versteinert. Unterdessen flößte Fanny Anthony etwas zu trinken ein.

»Was genau bedeutet das, Marius?«, fragte Chester. »Müsst ihr Ärzte immer Fachchinesisch sprechen?«

»Im Klartext bedeutet es, dass du die Rinder eine Zeit lang nicht mehr sehen wirst. Wenn es wirklich Typhus ist, könntest du durch den Kontakt mit dem Jungen schon infiziert sein. Wir dürfen dich nicht mit anderen Personen in Kontakt kommen lassen. Du könntest schon ansteckend sein.«

Chester kratzte sich an der Stirn. »Und Benjamin? Könnte …«

»Benjamin?«, fragte Fanny entsetzt und fiel ihm damit ins Wort. »Was hattest du mit meinem Bruder zu tun?«

»Ben musste mir gestern bei den Rindern helfen. Tony war die ganze Zeit bei uns, um sich als Cowboy zu üben.«

»Du liebe Güte!« Fanny schlug die Hände vor dem Mund zusammen. »Wir müssen Pa warnen! Ben muss auch sofort zu uns.«

»Nur wer warnt alle? Wem können wir die …«, Marius unterbrach sich selbst und rief aus: »Ich bin in fünf Minuten zurück.« Sofort rannte der Arzt aus der Hütte.

Chester schaute verwirrt zu Fanny. »Wir können nur hoffen, dass er wiederkommt.«

Auf Fannys Gesicht stahl sich ein Schmunzeln. »Darüber musst du dir keine Gedanken machen. Er ist bis jetzt immer wieder zurückgekehrt. Könntest du von dem Eisblock unter der Hütte Eis holen? Die Patienten brauchen zur Kühlung noch mehr davon.« Fanny hielt ihm zwei Eimer mit einem Hammer und einem Meißel hin.

Chester nickte, nahm die Eimer mit dem Werkzeug entgegen und ging die enge Treppe hinunter. Am unteren Ende war ein etwa zwei Meter hoher Hohlraum, der mit Steinen in eine Art Eishaus ausgebaut war. Dort standen mehrere Kisten voller Eisblöcke. Er öffnete eine davon und begann mit der Arbeit.

Als Chester wenig später wieder oben ankam, sah er Marius und Fanny, die einen Körper hinaustrugen.

Chester beäugte das Treiben kritisch. In der Hitze bekämen die Kranken doch einen Hitzschlag oder gar Herzstillstand! Allerdings wäre so eine mangelnde Vorsicht für Dr. Barker mehr als untypisch. Da musste mehr dahinterstecken.

Fanny kam zurück in die Hütte, sah zu Chester und sagte lächelnd: »Das ging schnell. Danke.« Sie nahm einen der Eimer und verteilte frisches Eis in die Decken der Patienten.

»Wo habt ihr den Mann hingebracht?«, fragte Chester vorsichtig.

»Wir haben ein richtig gutes Angebot bekommen. Marius war eben bei Reverend Clarke und hat ihm von unserer Situation berichtet. Der Reverend war erschüttert und hat uns seine Hilfe angeboten. Gerade jetzt informiert er alle Bürger in der Gemeinde Huntsville und außerhalb, dass sie in ihren Häusern bleiben sollen, bis wir Entwarnung geben. Zum Glück hat er uns auch angeboten, dass wir mit den Kranken in die Kirche ziehen dürfen.

Dort ist es viel kühler als hier und wir haben mehr Platz, wenn weitere dazukommen sollten.«

Chester nickte anerkennend. Das hätte er nicht wirklich erwartet. »Das ist eine große Hilfe. Holt er auch Ben?«

»Ja, darum kümmert er sich auch. Samurai und sein Pferd dürft ihr im Stall vom Saloon unterstellen. Es ist gut, dass du und Ben hier seid. Wir brauchen jede helfende Hand. Und wir haben euch im Auge, falls ihr Symptome zeigt.«

»Na, dann bringe ich jetzt Samurai in den Stall und helfe euch anschließend.«

»Das wirst du schön bleiben lassen, mein Freund«, ermahnte ihn Fanny. »Keiner von uns geht auch nur in die Nähe des Saloons oder zu anderen Mitbürgern, solange wir im direkten Kontakt mit den Krankheitsträgern sind. Du solltest beten, dass es kein Typhus ist. Sonst sind wir binnen vierzehn Tagen selbst auf eine Behandlung angewiesen.«

Chester schaute die junge Frau ungläubig an. »Ist das dein Ernst? Ich meine, ich werde nur noch mit euch in der Kirche sitzen, Erbrochenes wischen und Eis klopfen? Ich bin Cowboy. Dein Vater bezahlt mich nicht für das Abputzen von Hinterteilen oder für die Arbeit als Dienstmagd.«

»Pa hat unsere Stiefmutter durch Typhus verloren. Wenn einer Verständnis für die Situation hat, dann er. Ehrlich - er würde dich mit der Mistgabel von der Ranch jagen, wenn du jetzt dort auftauchst.

Für ihn ist es bestimmt schon schwer genug, dass Ben und ich infiziert sein könnten.«

Daran hatte Chester gar nicht gedacht. Typhus war nicht gerade ungewöhnlich. Alle paar Jahre zog eine Typhuswelle durch das Land.

»Das tut mir leid, Fanny. Darüber habe ich noch nie mit deinen Geschwistern oder deinem Pa gesprochen«, räumte Chester kleinlaut ein.

»Das konntest du auch nicht wissen. Keiner redet gerne darüber. Es war für unsere Familie nicht einfach. Lorena und ich sind die Ältesten. Wir mussten uns auch noch um Josephine und Ben kümmern. Die beiden waren noch klein zu der Zeit.«

»Das ist verständlich. Tut mir leid, dass ich eben so ungehalten war. Für mich war es heute Morgen ein Schock, Tony so vorzufinden, und dann erfahre ich, dass ich eventuell infiziert sein könnte und meinen Job gegen die Patientenpflege eintauschen muss. Gerade jetzt, wo es auf die Erntezeit zugeht.«

»Es ist in Ordnung, Chester. Du musst dir keine Gedanken um deinen Job machen. Pa wird bestimmt ein paar Helfer finden.« Fanny lächelte Chester schief an und strich ihm freundschaftlich über den Arm. »Jetzt müssen wir uns beeilen. Marius kommt jeden Moment wieder, um die nächsten Patienten zur Kirche zu bringen.«

Fannys Lächeln verschwand augenblicklich, als sie einen Blick auf Anthony warf.

»Oh nein!«, rief sie aus und lief zu dem Jungen. Chester folgte ihr und erstarrte.

Anthonys Zustand hatte sich rapide verschlechtert. Er zitterte am ganzen Körper. Sein Gesicht war kreidebleich, der Schweiß rann in dicken Tropfen an seiner Stirn hinunter. Das Shirt klebte ihm am Körper und er atmete schwer.

»Er dehydriert - wir brauchen viel Wasser. Ich bereite eine Zuckerlösung vor.« Sie reichte Chester eine Flasche. »Pass auf, dass er nicht zu schnell trinkt.«

Chester kniete sich zu Anthony, stützte seinen Kopf und träufelte ihm etwas von dem Wasser in den Mund.

Anthony nahm es zu sich.

»Das machst du gut, Kleiner. Du musst schnell wieder gesund werden. Wir brauchen dich doch bei uns«, versuchte Chester ihn zu ermutigen.

Anthony lächelte.

Chester fiel auf, dass mittlerweile sogar die Lippen farblos waren. Langsam träufelte er dem Jungen noch etwas Wasser in den Mund. Es erleichterte ihn, dass der Zwölfjährige die Flüssigkeit trank. »Gut so, Tony.«

Fanny kehrte mit der Lösung zurück. »Hat er was getrunken?«

Chester nickte und stand auf, damit Fanny dem Jungen das Zuckerwasser geben konnte.

Fanny sprach zu Anthony: »Hier, trink das. Damit wirst du bald wieder fit.«

Der Junge quälte sich die Schlucke hinein, während Chester den Kopf zum Trinken stützte.

Fanny holte gerade Luft, um etwas zu sagen, als Anthony hustete und sich ohne Vorwarnung übergab. Chester konnte den Jungen gerade noch auf die Seite drehen und schaute Fanny geschockt an. »Hilf ihm, Fanny. Mach was. Hol Marius!« Er hörte die Panik in seiner eigenen Stimme, konnte sie aber nicht unterdrücken.

Fanny klopfte Anthony auf den Rücken und wischte ihm mit einem Tuch über die Stirn. Chester, der immer noch Anthonys Kopf hielt, merkte, wie der Körper des Jungen schlagartig erschlaffte.

Behutsam legte Chester Anthonys Kopf auf die Matte.

»Er ist bewusstlos, Chester«, sagte Fanny leise, während sie ihren Zeigefinger und Mittelfinger auf Anthonys Halsschlagader hielt, um den Puls zu messen. »Sein Herz schlägt nur noch schwach. Es sieht nicht gut aus.«

Um Chester drehte sich alles. Er schloss die Augen. Nie hätte er gedacht, dass es dem Kleinen so schlecht ging. Er fuhr sich mit einer Hand durch die Haare, während seine Stimme einen flehenden Ton annahm. »Komm schon, Tony. Gib nicht auf.«

Fanny zog ihre Finger von Anthonys Halsschlagader zurück und sah gequält zu Chester. In ihrem Blick lag etwas, das er nicht richtig deuten konnte – oder von dem sein Innerstes nicht zulassen wollte, dass er es deutete.

Wie aus der Ferne drangen ihre Worte zu ihm durch: »Er ist tot.«

Chesters Magen zog sich mit einem Mal fest zusammen. Galle stieg in seinen Hals. Mit zittrigen Fingern strich er über Anthonys Haare.

Tot - natürlich wusste er, was das bedeutete. Aber Anthony? Das konnte einfach nicht sein. Ein so lebensfroher Junge, der immer zu ihm aufgeschaut hatte und es kaum erwarten konnte, Cowboy zu werden. Chester senkte den Kopf und biss sich auf die Faust, um nicht aufzuschreien.

»Es tut mir leid«, hörte er Fanny sagen, doch es klang noch immer, als wäre sie weit entfernt. Chester spürte, wie sich seine Augen mit Tränen füllten. So gut er konnte, kämpfte er gegen die Trauer an. Doch er schaffte es nicht. Wie heiße Lavaströme bahnten sich die Tränen ihren Weg über seine Wangen.

Wie sehr er es hasste, wenn andere Leute sahen, wie es ihm ging. Schnell versuchte er, sich die Tränen wegzuwischen, doch es kamen immer wieder welche nach. Er vergrub sein Gesicht in den Händen. Dann konnte er auch ein Schluchzen nicht mehr unterdrücken.

Er erinnerte sich an den Überfall, als er etwa fünfzehn Jahre alt war. Sein Vater und zwei seiner Brüder verbrannten vor seinen Augen, seine Mutter wurde brutal ermordet, seine beiden Schwestern entführt. Sein verbliebener Bruder und er konnten flüchten. Dieses Trauma und der nackte Überlebenskampf danach hatten ihn hart werden lassen. Er hatte sich geschworen, keine Menschenseele mehr an sich heranzulassen. Die Angst vor dem schmerzhaften Verlust eines geliebten Menschen war einfach zu groß. Doch dann hatte er vor einigen Monaten Anthony kennengelernt und in sein Herz geschlossen.

»Chester, ist alles in Ordnung?«, fragte eine Stimme hinter ihm. Es war Marius, der zurückgekommen war.

Erst jetzt realisierte Chester, dass er immer noch auf dem Boden vor der Leiche des Jungen saß und weinte.

Marius legte ihm die Hand auf die Schulter. »Es ist keine Schande, seine Gefühle zu zeigen ...«, begann der Arzt zögerlich.

»Er war noch ein Kind ... ein unschuldiges Kind.«

»Ob Kind oder Mann ... es steckt immer ein ganzes Leben dahinter. Jeder hinterlässt jemanden, der ihn vermissen wird.«

»Das ist der Grund, warum ich mich nirgendwo lange aufhalte. Wegen mir soll das keiner durchmachen müssen.«

»Auch dich wird jemand vermissen«, meinte Marius mit einem Zwinkern und knuffte Chester freundschaftlich gegen die Schulter. »Wir müssen uns sputen, damit die anderen Erkrankten in die Kirche kommen. Hier ist es viel zu warm. Bitte hilf Fanny die Männer und Frauen auf den Karren zu verladen. Ich untersuche den Jungen, um die Todesursache festzustellen.«

Chester rappelte sich auf und streckte Fanny die Hand entgegen, um ihr aufzuhelfen. Gemeinsam trugen sie die verbliebenen Patienten in den Karren. Der Arzt kniete vor dem Jungen und knöpfte ihm das Hemd auf, um seinen Oberkörper zu untersuchen.

Als die Patienten auf dem Karren saßen, nahm Fanny die Zügel des Pferdes, welches den Karren zog, und führte es zur Kirche. Chester ging in die Hütte zurück, um Dr. Barker zu holen. Dieser wusch sich gerade die Hände.

»Marius, was hatte Tony? Kannst du schon etwas sagen?«

»Dazu kann ich bis jetzt noch keine eindeutige Aussage machen, Chester. Wir wissen, dass Anthony letzte Woche bereits Fieber hatte. Da haben wir gedacht, es sei eine Erkältung oder eine Magenverstimmung. Seine Symptome sind auch schnell abgeklungen. Höchstwahrscheinlich hängt sein Tod mit seiner Vorgeschichte zusammen. Er weist keine offensichtlichen Zeichen einer Typhusinfektion auf.«

»Und die anderen Kranken? Gibt es bei ihnen Hinweise?«

»Zwei von ihnen haben einen Ausschlag, allerdings hat keiner eine typische Typhuszunge. Auch bei dem Jungen habe ich keine Anzeichen gefunden. Trotzdem würde ich Typhus noch nicht kom plett ausschließen. Auch Fleckfieber könnte es nach wie vor sein.«

»Wo ist denn der Unterschied?«

»Fleckfieber wird von Läusen übertragen und Typhus wird durch Bakterien zum Beispiel in Lebensmitteln hervorgerufen.«

»Ich dachte, Typhus wird von Ratten übertragen.«

»Das ist nicht ganz richtig. Der Rattenfloh kann in Lebensmittel gelangen und so diese Bakterienkultur auf den Menschen übertragen. Dennoch ist der Herd der Bakterien überall zu finden. Ob in Ställen, in der Produktion von Nahrungsmitteln oder in Nahrungsmitteln selbst. In vielen Fällen sind die Ratte oder ihr Floh komplett unschuldig. Verdorbenes Fleisch kann ebenfalls eine Typhusinfektion hervorrufen.«

Chester zog eine Augenbraue hoch. So genau hatte er sich noch nicht mit dem Thema beschäftigt. »Du redest gerade wie ein scheintoter Professor, Marius.«

Marius lächelte und antwortete: »Nun, das ist doch mein Job, nicht wahr?« Er nahm ein paar Gegenstände aus dem Regal, setzte seinen Hut auf und sagte nachdrücklich: »Jetzt müssen wir zur Kirche. Anthony muss heute noch beerdigt werden. Je schneller desto besser.«

Die Antwort versetzte Chester einen Stich, dennoch eilte er dem Arzt hinterher. Was auch immer die nächsten Tage bringen würden, er stellte sich auf das Schlimmste ein.

☣ ☣ ☣

Chester und Marius liefen zur Kirche. Davor standen bereits Fannys Karren sowie eine weitere kleine Kutsche.

»Reverend Clarke ist auch schon zurück. Könntest du Fanny zur Hand gehen?«, fragte Marius. »Ich kümmere mich in der Zwischenzeit zusammen mit dem Reverend um die Bestattung.«

Chester nickte und betrat die Kirche. Hier war es deutlich kühler als in der aufgeheizten, muffigen Hütte und es roch viel frischer. Fanny unterhielt sich noch mit Pfarrer Clarke. Auf dem Boden lagen in Abständen die Patienten in ihre Decken gehüllt. Im hinteren Bereich befand sich eine offene Tür, die einen weiteren Raum offenbarte. Fanny hatte bereits einige Vorkehrungen getroffen. Die Fenster waren mit Laken verhangen, um den Raum abzudunkeln.

»Chester, könntest du kurz zu uns kommen?«, fragte Fanny und lenkte Chesters Blick auf sich.

Wortlos kam der Cowboy auf die beiden zu und grüßte den Reverend mit einem Zug an seiner Hutkrempe.

Der Reverend grüßte auf dieselbe Art zurück, blieb aber auf deutlicher Entfernung zu den beiden. Eine reine Vorsichtsmaßnahme, das wusste Chester. Dennoch fühlte es sich seltsam an, als müsste man ihn meiden.

Fanny fuhr fort: »Das ist Chester, einer unserer Arbeiter. Er war mit dem Jungen und meinem Bruder zuletzt zusammen. Jetzt wird er sich hier mit uns gemeinsam um alles kümmern.«

»Hallo Chester, mein Beileid. Anthony war ein so freundlicher, aufgeweckter Junge. Immerzu schwärmte er von Ihnen und der Arbeit.«

Chester nickte und murmelte: »Danke, Sir.«

»Wenn Sie etwas brauchen, helfe ich Ihnen. Sie finden mich in meinem Haus gleich neben der Schmiede. Auch wenn es Neuigkeiten gibt, teile ich diese gerne den Mitbürgern mit. Alle wissen bereits von den Erkrankten. Ich habe den Einwohnern gesagt, dass der zentrale Notfallpunkt hier in der Kirche ist.« Damit wandte der Reverend sich ab und ging zu Marius.

»Das ist sehr nett von Ihnen, Reverend. Danke, dass Sie unsere Lage ernst nehmen«, rief Fanny ihm nach.

Der Reverend drehte sich noch einmal zu Fanny um. »Ich vertraue dem Urteilsvermögen von Dr. Barker voll und ganz. Schließlich handelte seine Doktorarbeit in Großbritannien von Typhus, Fleckfieber und den dazugehörigen Folgeerkrankungen.« Er zwinkerte Fanny zu und ging.

Chester zog die Augenbrauen hoch und schaute zu Fanny. Auch sie schien überrascht über die Aussage des Reverends. Marius winkte ihnen aus der Ferne zu und ging mit dem Reverend zurück zu seiner Hütte. Chester erwiderte das Winken und wandte sich an Fanny. Bevor er etwas sagen konnte, fiel ihm auf, dass sie Marius mit einem breiten Lächeln nachsah.

In ihrem Blick lag etwas Verträumtes, ein seltsamer Ausdruck, welcher ebenso gut auf einen Anfall von Wahnsinn hindeuten könnte. Diesen Blick hatte Chester schon öfter gesehen. Er verhieß meist nichts Gutes. Sobald eine Frau ihn so angeschaut hatte, hatte er spätestens am nächsten Tag die Flucht ergriffen. Er konnte das Drama schon förmlich am Horizont aufziehen sehen.

»Fanny? Ich bin hier, um dir zu helfen«, rief er sich in Erinnerung.

Fanny fuhr zusammen und sah ihn an, als sei sie aus einem Traum erwacht. »Ja, genau. Du hilfst mir hier«, wiederholte sie.

☣ ☣ ☣

Später am Abend saßen Chester, Benjamin – den man ebenfalls zur Kirche beordert hatte –, Fanny und Marius auf den Stufen vor dem Gotteshaus. Neben ihnen stand ein Topf voll dampfender Suppe und ein Korb Brot.

Etwas entfernt hatte Chester ein Feuer entzündet, über dem ein großer Kessel hing. Darin köchelten benutzte Laken, Decken und Stoffe.

Chester stellte die Suppenschüssel vor sich ab und gähnte. Fanny legte ihre Schüssel ebenfalls zur Seite und streckte sich müde.

»Das war ein anstrengender Tag«, stöhnte sie.

Benjamin öffnete eine Flasche Whisky. »Möchte jemand von euch ein Glas?«

»Voll«, sagte Chester, der sich nicht zweimal bitten ließ.

»Eins trinke ich noch mit«, warf auch Marius ein.

Fanny reichte ihr Glas ebenfalls an Benjamin. »Halbvoll.«

»Heute ging es wirklich drunter und drüber«, meinte Benjamin, während er den Whisky verteilte. »Hätte ich das geahnt, wäre ich gar nicht erst eingesprungen, um die Rinder zu betreuen.«

Als jeder sein Getränk in der Hand hielt, stießen sie an. Chester spürte, wie der Alkohol seine Kehle hinabbrann. Es fühlte sich warm an.

»Der ist sehr lecker. Wo hast du den her?«, fragte Fanny.

»Hab ihn von Bill aus dem Saloon geschenkt bekommen. Für die Bedürftigen.«

Fanny lachte und sagte: »Du hast ihn mitgehen lassen.« Sie kannte ihren Bruder nur zu gut.

»Der gute Bill hat mir ein paar Flaschen Whisky zum Desinfizieren gegeben. Stehen im Keller. Wir können das gute Zeug doch nicht verkommen lassen.«

»Dann sollten wir den auch zum Desinfizieren nehmen und nicht zum Trinken«, mahnte Fanny und schmunzelte.

»Wir desinfizieren uns von innen«, gab Chester schlagfertig zurück.

Fanny lachte laut auf. »Typisch Männer.«

Die anderen stimmten in ihr Lachen ein. Nur Marius ließ den Blick über die leere Stadt schweifen. »Es ist schon gruselig. Normalerweise sind die Straßen um diese Zeit voll.«

Benjamin folgte seinem Blick und pflichtete ihm bei: »Ja, es ist wirklich seltsam. Keine Musik vom Saloon, keine grölenden Männer, keine Leute auf der Durchreise. Einfach nichts.«

»Wer hätte gedacht, dass wir das so schnell schon wieder erleben. Die letzte Typhuswelle ist erst drei Jahre her«, gab Marius zu.

Fanny gähnte. »Ich glaub, ich gehe jetzt ins Bett.«

»Welches Bett? Du schläfst in der Nische, in der die Teelichter stehen. Oder in dem Hinterzimmer, wenn Marius da nicht schon liegt.«

»Und wo schlaft ihr?«, fragte Fanny.

Chester erhob sich. »Auf den Treppen wie ein Hund … nein, ich denke, ich nehme den Beichtstuhl.«

»Welche Seite? Da wollte ich mich hinlegen«, meinte Benjamin.

»Wie du möchtest. Du kannst mir gern deine Sünden ins Ohr schnarchen.«

»Na, du hast bestimmt mehr zu beichten als ich. Also nehme ich dir die Beichte ab.«

»Apropos Beichte. Morgen sollten wir eine Übersicht darüber erstellen, was die Patienten zuletzt getan und gegessen haben. Vielleicht gibt uns das einige Hinweise auf den Infektionsherd.«

Marius schaute zu Fanny. Anerkennung durchzog seine Gesichtszüge. »Die Idee ist sehr gut. Mittlerweile denkst du schon wie eine richtige Arzthelferin. Ich bin stolz auf dich.«

Fanny wurde augenblicklich rot und schaute verlegen zu Boden. Dabei murmelte sie: »Vielen Dank, Marius. Mich macht es auch stolz, dich unterstützen zu dürfen.«

Langsam löste sich die Gruppe auf und jeder suchte sich einen Platz, an dem er sich ausruhen konnte. Müde vom Tag fiel Chester auf seine Seite des Beichtstuhls und schlief sofort ein.

☣ ☣ ☣

Am nächsten Morgen wurde Chester von Marius' lautem Fluchen geweckt. Er gähnte und streckte sich, um richtig wach zu werden. Mit den Händen versuchte er seine Haare zu bändigen und setzte sich den Hut auf. Der Beichtstuhl hatte seine Gelenke steif werden lassen. Mühsam erhob er sich. Als er den Vorhang zur Seite schob, bot sich ihm ein chaotisches Bild.

Marius schleppte zusammen mit Ben einen in eine Decke eingehüllten Körper aus der Kirche. Fanny verteilte Matten auf dem Boden für ein paar neue Patienten.

»Chester, kannst du bitte mit Ben den Leichnam rausbringen? Wir brauchen jeden Platz«, rief Marius ihm zu, als er die Kirche wieder betrat.

»Euch auch einen guten Morgen«, sagte Chester mehr zu sich selbst und nickte Benjamin zu.

Er betrachtete den Verstorbenen. Dessen Anblick regte zum Glück keinerlei Gefühle in Chester. So eine emotionale Nähe wie zu Anthony durfte ihm nicht wieder passieren. Er packte den Körper unter den Armen und trug ihn gemeinsam mit Benjamin nach draußen hinter die Kirche.

Der Friedhof von Huntsville bestand nur aus einigen Holzkreuzen und ein paar hübschen Blumen. Ziemlich nah hinter der Kirche standen zwei junge Burschen und gruben mit Spaten je ein Grab. Gegen die Seitenwand der Kirche lehnten mehrere Särge. Der Totengräber war bereits vor Ort und tänzelte wie ein schwarzer Falter zwischen den Angehörigen, den Särgen und den grabenden Männern umher – jedoch immer mit gebührendem Abstand. Chester und Benjamin machten Halt.

Der Totengräber sah zu ihnen, deutete mit beiden ausgestreckten Armen auf einen Sarg und rief: »Legen sie uns den Verblichenen doch bitte dort hinein. Wir werden sogleich mit der Andachtsmesse beginnen.«

Chester musste sich das Lachen verkneifen. Die skurrile Art des Totengräbers erinnerte ihn an einen überdrehten Schauspieler, der sein Publikum überschwänglich zum Auftakt seines neuen Werkes begrüßte. Sie legten den Leichnam in den Sarg. Anschließend nahmen sie ihre Hüte ab und senkten die Köpfe für eine Schweigeminute.

Chester hob als Erster den Kopf. Als er sah, dass Benjamin noch zu Boden blickte, schaute er sich um.

Der Totengräber schien das Geschäft seines Lebens zu wittern. Übereifrig unterhielt er sich mit den Angehörigen, wobei er wild gestikulierte. Etwas dahinter entdeckte Chester ein frisches Grab und eine weinende Frau. Er brauchte nicht lange, um zu begreifen, dass es Anthonys Mutter war. Langsam ging er zu ihr.

Sie bemerkte ihn erst, als er schon fast neben ihr stand.

Chester deutete eine Verbeugung an und sagte verlegen: »Ma'am, sie müssen die Mutter des Jungen sein. Es tut mir so leid.«

Die Frau schaute Chester mit verquollenen Augen an. »Sie müssen Chester sein. Anthony hat viel von Ihnen erzählt.«

Die Aussage war Chester unangenehm. Er konnte nicht verstehen, warum jemand ihn so mochte. Verlegen knautschte er die Hutkrempe mit der Hand. »Ja, das stimmt, Ma'am. Anthony war oft mit mir zusammen bei den Rindern. Er war sehr fleißig und hätte bestimmt einen guten Cowboy abgegeben.«

»Dr. Barker sagte, Sie haben ihn gestern zu ihm gebracht. Was genau ist passiert? Ich muss wissen, was passiert ist.« Ihre Stimme nahm einen flehenden Ton an. Ein Seufzer entfuhr ihr.

Chester schluckte und begann zu erzählen.

Während er die Geschehnisse wiedergab, rollten Anthonys Mutter die Tränen aus den Augen. Sie schnäuzte in ihr Taschentuch und weinte hemmungslos.

»Er war mein einziges Kind.« Anthonys Mutter war ein einziges Häufchen Elend. Auch Chester kämpfte mit den Tränen, während er hilflos nahe der verzweifelten Mutter stand.

Als Chester Benjamin erblickte, beschwor er ihn mit den Augen, ihm zu Hilfe zu eilen.

Benjamin gesellte sich zu ihnen und sagte mit einfühlsamer Stimme: »Mein Beileid, Mrs Johnson.«

Die Frau schaute zu Benjamin. Chester trat dankbar zwei Schritte zurück und wischte sich die Tränen ab.

»Danke, Benjamin. Es war ein großer Schock. Ich kann es noch nicht verstehen.«

»Verständlich, Mrs Johnson. Sagen Sie, können Sie sich erinnern, ob Anthony in letzter Zeit etwas Verdorbenes gegessen hat? Oder hat er sich mit jemandem getroffen, der Krankheitssymptome zeigte?«

»So genau weiß ich das nicht. Anthony war häufig mit dem Nachbarsjungen angeln. Aber der war nicht krank.«

Chester suchte ihren Blick. »Ma'am, vielen Dank für Ihre Mühe. Wenn Ihnen noch etwas einfällt, geben Sie uns Bescheid. Wir müssen wieder zurück und den anderen helfen.«

Mrs Johnson nickte und schnäuzte sich nochmal in ihr Taschentuch. »Verständlich. Ich bleibe noch etwas hier am Grab.«

Chester nickte. »Nehmen Sie sich alle Zeit. Melden Sie sich bitte, wenn Sie Symptome zeigen.«

»Natürlich«, antwortete die Frau.

Chester und Benjamin liefen nebeneinander zur Kirche zurück. Schon von Weitem sahen sie Marius, wie er mit einer älteren Frau wild diskutierte.

Benjamins Seufzer war unüberhörbar. »Oh nein, die hat uns jetzt gerade noch gefehlt.«

Chester schaute zu Benjamin, der aussah, als hätte er in eine Zitrone gebissen. »Was meinst du?«

»Die Frau, mit der Marius gerade spricht. Das ist die größte Tratsche von ganz Huntsville. Die möchte bestimmt hier herumschnüffeln. Am besten gehst du schon mal in die Kirche und ich helfe Marius, das Weib loszuwerden.«

Chester nickte und betrat das Haus Gottes.

Fanny kümmerte sich gerade um Neuzugänge. Sie sah zu ihm auf. Die Augenringe zeugten davon, wie sehr die Arbeit an ihr zehrte. »Könntest du bitte noch mehr Eis holen?«

☣ ☣ ☣

Zwei Wochen später waren Chester und Marius auf dem Rückweg vom Friedhof, als sie vor der

Kirche einer älteren Dame begegneten. Wenn sich Chester nicht täuschte, dann war das …

»Guten Tag die Herren«, rief sie ihnen aus der Entfernung zu. »Ich habe gehört, den armen Matthew hat es jetzt auch erwischt. Stimmt das denn? Und sind wirklich schon fünfzig Menschen gestorben? Das ist ja so schlimm!«

Marius raunte Chester zu: »Geh rein. Ich kümmere mich um sie. Am Ende löst sie mit ihrer verlogenen Tratscherei noch Panik in Huntsville aus.«

Chester nickte Marius zu und betrat die Kirche. Fünfzig! Wie kam sie denn darauf? Als ob die fünfzehn Toten nicht genug wären.

Im Inneren der Kirche herrschte eine Stille, die ihm die Kehle zuschnürte. In den letzten Tagen hatte es wieder drei Tote gegeben und die ganze Geschichte zehrte an seinen Kräften.

Chester sah sich um, doch von Fanny fehlte jede Spur. Er betrat den hinteren Raum, den sie für Pausen nutzten, und erstarrte im Türrahmen.

Fanny lag am Boden und schaute mit leerem Blick zur Wand. Vorsichtig näherte Chester sich ihr und sprach sie an: »Fanny, wir brauchen dich vorne bei den Kranken.«

Fanny schien ihn nicht zu hören. Sie blieb regungslos liegen.

Chesters Herzschlag beschleunigte sich. Er fasste ihr auf die Schulter und schüttelte sie behutsam. Dabei sagte er mit Nachdruck: »Fanny! Wir brauchen dich!«

167

Als von der jungen Frau immer noch keine Reaktion kam, fasste er ihr an die Stirn. Sie war heiß und schweißnass.

»Um Gottes Willen«, murmelte Chester und lief zur Eingangstür der Kirche. »Marius, komm sofort. Fanny ist krank.«

Marius blickte Chester mit weit aufgerissenen Augen an. »Großer Gott, steh uns bei«, murmelte er und rannte in die Kirche.

Die ältere Frau zeterte und stampfte mit dem Fuß auf. »Einfach stehenlassen. Eine Frechheit!«, schimpfte sie, ehe sie beleidigt von dannen zog. Chester war heilfroh, dass sie ihn nicht ausfragte. Er nahm einen kräftigen Atemzug und eilte ins Hinterzimmer.

Marius war über Fanny gebeugt und untersuchte sie. »Sie zeigt dieselben Symptome wie unsere Patienten. Bitte hol mir Eis. Wir müssen das Fieber senken.«

Chester nickte und rannte in den Keller.

So schnell er konnte, kehrte er mit einem vollen Eimer zurück. »Hat sie sich angesteckt?«, fragte Chester besorgt.

»Das kann ich noch nicht sagen. Ausschließen können wir es nicht.«

Chester fluchte: »Mann, verdammt. Das hat uns jetzt noch gefehlt.« Er schaute beklommen zu Fanny und dann wieder zu Marius. »Wie konnte das nur passieren? Sie wird es doch schaffen, oder?« Fast eindringlich sah er Marius an, als wenn dieser Fanny nur durch Handauflegen heilen könnte.

»Das hoffe ich doch, Chester. Erstmal müssen wir das Fieber senken und sie stabilisieren.«

»Wo ist ihr Bruder? Wir müssen ihm sofort Bescheid geben.«

»Ich habe ihn zum Holzholen in meine Hütte geschickt. Er müsste bald zurück sein.«

Chester schluckte und blickte ernst zu Marius. »Benjamin wird uns umbringen, wenn seine Schwester sich angesteckt hat.«

»Benjamin kannte das Risiko von Anfang an. Es ist für ihn nichts Neues. Fanny ist seit etwa drei Jahren meine Assistentin. Da hätte sie sich jederzeit infizieren können.«

Chester schaute auf Fanny. »Es tut mir so leid, dass es so gekommen ist. Was machen wir jetzt? Wer wird uns helfen?«

Marius bedachte Chester mit einem wissenden Blick. »Ich habe, während du Eis geholt hast, Reverend Clarke verständigen lassen. Er hört sich nach einer Hilfe für uns um. Fanny hat aufgrund ihrer guten medizinischen Kenntnisse sehr selbstständig gearbeitet. Es wird schwer sein, jemanden zu finden, der sie adäquat ersetzt.«

»Brauchen wir noch Hilfe?«, fragte Benjamin, der unbemerkt den Raum betreten hat.

Chester sah zu ihm. Er konnte kein Wort herausbringen. Zum Glück übernahm Marius das Gespräch: »Benjamin, Fanny ist krank.«

Benjamins Blick wechselte zwischen Chester und dem Arzt hin und her.

»Wie, Fanny ist krank? Was ist los?« Er sank neben Fanny auf die Knie und fasste ihr an die Stirn. »Sie glüht ja richtig. Marius, hilf ihr doch! Tu etwas!«

Marius legte seine Hand auf Benjamins Schulter. »Wir haben sie in Eis gepackt. Jetzt müssen wir abwarten, bis das Fieber sinkt und sich ihr Zustand stabilisiert.«

»Und wenn der Zustand meiner Schwester sich nicht stabilisiert? Wird sie dann wie Anthony krepieren?«

»Ben, beruhige dich. Das ist für uns alle schwer. Ich tue, was in meiner Macht steht. Bitte - verliere nicht die Nerven. Wir brauchen dich hier. Ehrlich gesagt, weiß ich noch nicht, wie wir hier ohne Fannys Hilfe klarkommen werden. Wir alle müssen nun deutlich mehr Aufgaben übernehmen.«

Benjamin wischte sich eine Träne aus dem Auge und nickte. »Ja, Marius, ich weiß. Aber sie ist meine Schwester. Das trifft mich wie ein Schlag. Damit hatte ich nicht gerechnet.«

»Keiner hat damit gerechnet, Ben. Aber keinem ist geholfen, wenn wir jetzt die Nerven verlieren. Ich wünsche mir selbst nichts mehr, als dass Fanny wieder gesund wird.«

Benjamin nickte und atmete tief durch. Dann sagte er zu Fanny: »Halt durch, Schwesterchen. Wir tun alles, damit du gesund wirst.«

Chester hatte während des Gesprächs den Kopf gesenkt. Er konnte Benjamin nicht direkt ins Gesicht sehen. Nur zu gut konnte er sich vorstellen, was dieser gerade durchmachte. Als er die beiden Männer musterte, fiel ihm auf, wie verzweifelt und angsterfüllt Marius zu Fanny sah. Aber im Blick des Arztes lag auch noch etwas anderes. Zuneigung vielleicht.

Es machte Chester unendlich traurig, dass es Fanny getroffen hatte. Ihre freundliche Art und die Fürsorge für die Patienten, das Herzblut, welches sie in den letzten Wochen in ihre Arbeit gelegt hatte. Nun war sie selbst krank. Es war so ungerecht.

☣ ☣ ☣

Bis in die Abendstunden hinein waren Chester, Benjamin und Marius ohne Pause mit dem Versorgen der Kranken beschäftigt. Benjamin kniete vor einem älteren Herrn, der gerade verstorben war, und schloss ihm die Augen. Chester spürte, wie seine sonst so stumpfe Fassade zu bröckeln begann. Das war schon der sechzehnte Tote. Und sie hatten noch immer keinen Anhaltspunkt, woran es liegen könnte. Das Leid wurde mit jedem Tag größer, und so nah am Geschehen zu sein, war dann doch etwas anderes.

Marius riss ihn aus seinen Gedanken. »Tragen wir ihn raus. Wir können nichts mehr für ihn tun.«

Als sie den Toten in einen der Särge gelegt und eine Schweigeminute gehalten hatten, gingen sie zurück in die Kirche. Chester nahm den Geruch von frischem Kaffee wahr, den Benjamin für sie vorbereitet hatte. Mit großen Schritten ging er dem Geruch nach und ließ sich auf einen der Stühle fallen. Jeden Tag der gleiche Trott. Menschen begraben lassen, danach Kaffee trinken und weitermachen. Das Vergessen war im Moment die einzig hilfreiche Medizin.

Marius setzte sich und ließ die Arme hängen. Erst jetzt bemerkte Chester wie müde der Arzt aussah.

Auch Benjamin schien das aufzufallen. Er musterte ihn mit besorgter Miene. »Ich denke, Marius, für heute ruhst du dich aus. Es bringt nichts, wenn du uns zusammenklappst. Im Notfall rufe ich dich.«

Marius tupfte sich mit einem Stofftaschentusch den Schweiß von der Stirn. »Danke, Benjamin. Ich lege mich nach dem Kaffee kurz hin.« Müdigkeit stand in seiner Stimme. »Aber ihr ruft mich, wenn etwas ist.«

»Selbstverständlich«, antwortete Benjamin. Der Tonfall verriet, dass es vor allem dazu diente, Marius zu beruhigen.

Chester fuhr sich mit der Hand über den Nacken. »Hast du schon eine Vermutung, was hinter dieser mysteriösen Erkrankung steckt? Gibt es ein eindeutiges Anzeichen?«

»Immer noch eine gute Frage, Chester. Typhus ist es ziemlich sicher nicht. Bisher kann ich nur sagen, dass es sich höchstvermutlich um eine bakterielle Infektion handelt. Aber wo sollen wir nach dem Herd suchen? Es gibt so viele Möglichkeiten. So lange wir die Ursache nicht finden, können wir die Infektionswelle nicht stoppen.«

Das plötzliche Klopfen an der Tür ließ Chester zusammenfahren. Er wandte den Kopf der Geräuschquelle zu und sah Reverend Clarke. »Gute Nachrichten, ich habe eine Aushilfe für euch gefunden.«

Hinter ihm tauchte Lorena, die ältere Schwester von Fanny, auf und lächelte in die Runde. »Wie ich hörte, braucht ihr hier dringend Unterstützung.«

Als Benjamin seine andere Schwester sah, brüllte er vor Entsetzen: »Bist du vom Pferd getreten worden? Mach, dass du heim kommst. Weit weg von hier! Soll sich hier unsere ganze Familie anstecken?«

Lorena stemmte die Fäuste in die Hüften. »Ganz ruhig, Ben. Ich mache mir auch Sorgen um unsere Schwester. Da kann ich doch nicht daheim sitzen und nichts tun. Fanny hat für sich selbst entschieden, hier zu helfen. Genau wie ich. Retten wir so viele Leben wie möglich. Ich weiß, wie es ist, einen geliebten Menschen zu verlieren.«

»Schlimm genug, dass du das weißt. Dann müsstest du auch wissen, wie viele Sorgen wir uns machen. Hier geht es nicht darum, die Heldin zu spielen, Lorena. Was ist, wenn du auch in ein paar Tagen hier liegst? Wenn du es nicht packst?«

»Nun mal nicht den Teufel an die Wand, Brüderchen. Im Krieg mussten wir auch alle anpacken. Hier geht es um unsere Familie und um das Wohl der Menschen von Huntsville.«

Chester musterte Lorena und hob eine Augenbraue. Diese Entschlossenheit, mit der die blonde, zierliche Frau ihrem Bruder die Stirn bot, beeindruckte ihn ungemein.

Er hatte Lorena auf der Ranch als traurige, in sich gekehrte Frau kennen gelernt. Sie liebte es, wenn er auf seiner Gitarre spielte. Dann sang sie und hüllte Sleepy Meadow in ein Kleid aus Klängen. Es lenkte sie von ihrem Schmerz ab. Und ihn ebenso. Während der dunklen Zeiten des Civil Wars hatte Lorena ihren Mann verloren. So wie Chester seine Familie einst durch Menschenhand verloren hatte. Nie hätte er damit gerechnet, dass so viel Mut in ihr schlummerte.

Marius beendete die Diskussion zwischen den Geschwistern. »Danke, Lorena. Das ist sehr mutig von dir. Wir können hier jede Hand gebrauchen. Pass bitte auf dich auf und setze dich nicht unnötig Gefahren aus. Diese Regel befolgen wir alle.«

Lorena nickte und antwortete: »Ich versichere dir, Marius, dass ich mir der Risiken bewusst bin und mich nicht bewusst gefährde. Die Maßnahmen der letzten Typhuswelle sind mir noch bekannt.«

☣ ☣ ☣

Die restliche Woche erlebte Chester im fast gleichen Trott. Die Zahl der Patienten verdoppelte sich und Fanny ging es immer noch nicht besser. Sie hatte nach wie vor hohes Fieber und kämpfte mit Bewusstseinsstörungen. Dafür fiel ihm auf, dass sich Lorena unermüdlich für die Patienten einsetzte. Sie war so fleißig und verantwortungsbewusst wie Fanny. Es machte ihm auch Spaß, mit ihr zu arbeiten. Abends saßen sie gemeinsam mit Marius und Benjamin auf den Stufen des Gotteshauses und sangen Kirchenlieder. Sie brachte mit ihrer Art Hoffnung und Zuversicht in die herrschende Finsternis.

Auch an diesem Tag versank die Sonne wie selbstverständlich hinter dem Horizont. Chester nahm einen tiefen Zug aus seinem Whiskyglas und ließ den Blick über die Hauptstraße von Huntsville gleiten. Am Saloon blieb er hängen. »Schaut mal, da scheint jemand zu sein«, sagte er zu den anderen.

»Das ist komisch«, bemerkte Marius. »Wir haben doch ausdrücklich gesagt, dass alles geschlossen bleibt und die Einwohner in ihren eigenen vier Wänden verharren sollen, bis wir wissen, womit wir es zu tun haben.«

»Sollen wir einen Blick durch das Fenster werfen?«, fragte Chester. »Die Straßen sind immer noch menschenleer.«

»Das sollte kein Problem sein. Ich komme mit euch«, sagte Marius.

Chester leerte sein Glas und stand auf. Er folgte den beiden Männern die dunkle Straße entlang zum Saloon.

Fast kam es ihm verboten vor. Er sah, wie der schlaksige Arzt eine Handkante an die Scheibe anlegte und hindurchblickte.

Noch bevor Chester den Saloon erreichte, wisperte Marius: »Da stimmt was nicht. Bleibt stehen.«

Umgehend hielt Chester an und warf Benjamin einen irritierten Blick zu. Benjamin gab ihm mit einem Schulterzucken zu verstehen, dass er selbst nicht wusste, was los war.

Sie hörten, wie Marius an die Scheibe des Saloons klopfte und jemandem zu verstehen gab, das Fenster zu öffnen. Chester sah die Umrisse eines Mannes. Marius trat einen Schritt zurück, um Abstand zu halten. Dennoch hielt er die Stimme gesenkt.

Chester konnte nicht richtig verstehen, worüber die beiden sich unterhielten. Selbst Marius' Schimpftirade glich eher einem Zischen. Offenbar wollte er kein größeres Aufsehen erregen.

Nach einer gefühlten Ewigkeit kam Marius auf Chester und Benjamin zu und fluchte: »So eine Frechheit! Wofür machen wir den ganzen Mist überhaupt, wenn jeder das macht, was er will?«

»Was war denn los?«, fragte Chester.

»Da sitzen fünf Männer am Tresen und lassen es sich gutgehen, während wir alles tun, damit die Leute wieder gesund werden. Bis jetzt können wir noch nicht mal sagen, ob es ansteckend ist, und die sitzen gemütlich am Tresen und pokern.«

Benjamin schüttelte den Kopf und schnaubte: »So ein uneinsichtiges Pack. Wehe, ich sehe einen von denen als neuen Patienten. Der bekommt von mir einen saftigen Tritt in den Allerwertesten.«

»Von mir bekommen sie noch einen dazu«, schimpfte Marius. »Ich habe ihnen mit dem Sheriff gedroht, wenn sie nicht schleunigst die Runde auflösen.«

»Für so verantwortungslos hätte ich Maggy nicht gehalten.«

»Maggy war es auch nicht. Sie ist noch gar nicht von ihrer Reise zurückgekehrt. Das hat ihr Sohn Bill ausgenutzt, um ein bisschen Umsatz zu machen.«

Ben schüttelte den Kopf. »Hat er etwa gedacht, wenn er uns Whisky schenkt, darf er hier machen, was er will?«

Sie sahen dabei zu, wie einer nach dem anderen vor die Türe kam und den Heimweg antrat. Bill blieb im Türrahmen stehen und sah trotz Mannesalter aus, wie ein kleiner Junge, der beim Klauen erwischt wurde.

Als sich alle Gäste verstreut hatten, blinzelte Marius Bill noch einmal an und fragte ihn eindringlich: »Was hast du dir dabei gedacht? Meinst du, wir sehen euch von der Kirche aus nicht? Es sind bisher zwanzig Menschen gestorben, Bill. Zwanzig! Alle kanntest du. Möchtest du, dass es bald noch mehr sind? Wir haben noch keine Entwarnung gegeben.«

Der Mann nickte einsichtig und antwortete beschämt: »Die Jungs und ich haben uns schon so lange nicht mehr gesehen. Wir wollten ein bisschen pokern und den Abend genießen. Es waren keine bösen Absichten.«

Marius wollte gerade zu einer weiteren Schimpftirade ausholen, als Maggies Sohn zu Benjamin sah. »Sag mal, vermisst dein Vater noch ein Kalb? Einer der Jungs hat erzählt, dass er bei den Shepherd Reservoirs ein Kalb gesehen hat. Es trägt euer Brandzeichen.«

Noch bevor Ben antworten konnte, rief Chester dazwischen: »Kalb Nummer 8! Dahin hat sich das Vieh schon einmal verirrt.«

Ben wandte sich an Marius. »Wem sollen wir Bescheid geben, um es zu holen? Nicht, dass es von Plünderern mitgenommen oder sogar getötet wird.«

Marius blickte von Benjamin zu Chester und zurück. Er wog wohl die Möglichkeiten ab. Dann sagte er: »Ihr habt so viele Tage zwischen Kranken verbracht. Wie wäre es, wenn ihr morgen früh zu den Shepherd Reservoirs reitet und das Kalb holt? Dort begegnet ihr niemandem und ihr könnt mal frische Luft schnappen. Wir benötigen ohnehin frisches Wasser. Das könnt ihr in dem Zug gleich mit holen.«

»Ja, dass wäre mir ganz lieb«, meinte Benjamin. Chester nickte zur Antwort. Das war doch mal ein Angebot.

»Gut«, sagte Marius. »Gleich morgen früh reitet ihr los.«

☣ ☣ ☣

Am nächsten Morgen brachen Chester und Benjamin zu den Shepherd Reservoirs auf.

Sichtlich gut gelaunt atmete Chester durch und sagte zu Benjamin: »Du glaubst gar nicht, wie froh ich bin, wieder auf dem Pferd zu sitzen. Die Natur ist viel schöner als in der abgedunkelten Kirche Eis zu zerhacken oder Patienten zu füttern.«

Benjamin lachte und antwortete: »Ich bin auch froh, da mal raus zu sein.«

Chester blickte in die Ferne und träumte davon, nach diesem ganzen Chaos endlich wieder auf einen Trail zu dürfen. Ein Stich der Wehmut durchzuckte ihn, als er daran erinnert wurde, dass Anthony niemals würde dabei sein können.

»Da vorn sehe ich das Wasser glitzern.« Benjamins Worte holten seine Aufmerksamkeit zurück in die Realität.

»Schon?«, fragte Chester verblüfft.

Es schien ihm, als seien sie gerade erst losgeritten.

Benjamin drehte sich zu ihm um. »Was hast du erwartet? Einen Drei-Tages-Ritt? Du weißt doch selbst, wie nah die Reservoirs sind.«

Chester schmunzelte. »Stimmt. Allerdings hätte es ruhig länger dauern können.«

Benjamin stieg von seinem Pferd und ging auf eines der Reservoir-Becken zu. Chester überblickte von seinem Pferd Samurai aus ein paar Becken, die im umliegenden Gebiet verstreut lagen. Allerdings konnte er von dem Punkt aus nichts Ungewöhnliches erkennen.

»Hier ist das Kalb nicht gewesen«, hörte er Benjamin sagen. »Reiten wir ein Stück weiter.«

Der Vormittag verging wie im Flug. Immer wieder hielten Chester und Benjamin an verschiedenen Reservoirs an und untersuchten die umliegenden Wäldchen auf Spuren.

In der Mittagszeit schlug Chester eine Pause vor. Er setzte sich in den Schatten einiger Bäume nahe eines Reservoir-Beckens und packte Brote aus. Während die beiden aßen, unterhielten sie sich über die vergangenen Tage. Aber die unbeschwerte Stimmung, die sie sonst auf Ausritten teilten, wollte einfach nicht aufkommen.

Chester schaute gedankenverloren zu einem der Wäldchen auf der anderen Seite des Wasserbeckens, als er plötzlich eine Bewegung ausmachte. Zuerst dachte er, dass er sich getäuscht hätte. Doch als die Silhouette erneut auftauchte, machte er Ben darauf aufmerksam.

»Schau mal, Ben, in dem Waldstück zwischen den Becken ist etwas. Sieht aus wie ein Tier.«

»Ein Tier? Was für eins?«

»Lass uns nachsehen. Vielleicht haben wir Kalb Nummer 8 endlich gefunden.«

Chester kletterte auf Samurai und galoppierte los.

Als sie das Wäldchen erreichten, stoppte er sein Pferd. Er wandte sich zu Benjamin und gab ihm das Zeichen, anzuhalten. In einiger Entfernung von ihnen stand ein Kalb, das genüsslich graste. Es war so versunken in sein Festmahl, dass es Chester gar nicht bemerkte. Der aber schmunzelte, denn er wusste genau, welches vorlaute Tier dort stand.

Chester nahm sein Lasso vom Sattel und ließ es über dem Kopf kreisen. Als er das richtige Maß an Schwung erreicht hatte, zielte er auf den Hals des Kalbs und traf sein Ziel beim ersten Versuch.

Vor Schreck bäumte sich das Kalb auf und wollte loslaufen. Doch die Schlinge um den Hals zog sich zu und es fiel wieder zu Boden.

Chester näherte sich dem Kalb und winkte Benjamin heran. »Das ist Kalb Nummer 8! Bill hatte recht.« Er streichelte das Kalb zwischen den Ohren: »Du bist das abenteuerlustigste Wesen, das ich je kennengelernt habe. Wir sollten dich auf der Ranch einsperren.«

»Chester, da hinten ist noch was.« Benjamin ging zielstrebig an ihm vorbei. »Lass uns da mal nachschauen.«

Chester folgte Benjamins Weg mit den Augen. In einem der Reservoir-Becken standen ein paar Rinder im Wasser und kühlten sich ab. Chester sah zu Kalb Nummer 8 und fragte: »Sind das Freunde von dir? Bist du deswegen immer ausgerissen?«

Mit dem Kalb im Schlepptau näherten sie sich der Herde. Offenbar war sie herrenlos.

»Wie finden wir jetzt heraus, wer der Leitbulle ist?«, fragte Chester.

»Da vorne ist der Judasbulle«, entgegnete Benjamin mit selbstbewusster Stimme. »Ihm laufen die anderen hinterher.« Mit dem Lasso hatte er das kräftige Tier innerhalb kurzer Zeit eingefangen. Der Bulle zeigte Gegenwehr, hatte aber keine Chance gegen Benjamins muskulöse Oberarme.

Chester schenkte Benjamin ein anerkennendes Lächeln und meinte: »Du hattest recht. Wie konntest du das so schnell erkennen?«

»So etwas weiß ich einfach.«

Klar, als Sohn eines Ranchers war ihm diese Fähigkeit vermutlich in die Wiege gelegt worden. Wieder etwas, das Chester selbst noch lernen wollte.

Benjamin nahm einen der Trinkschläuche, die sie mit Wasser befüllen sollten, und näherte sich dem Becken.

Er bückte sich und erstarrte. »Oh mein Gott. Schau dir das an.«

Chester inspizierte das Becken und die nähere Umgebung. Auf dem Boden verstreut lagen

Tier-Fäkalien, die zum Teil schon im Becken schwammen.

»Wir müssen Marius holen«, rief Benjamin. »Ich glaube, wir haben dank Kalb Nummer 8 den Infektionsherd gefunden.«

☣ ☣ ☣

Chester, Lorena und Benjamin halfen Marius weiterhin bei den Patienten. Die Stadt mied das Wasser aus dem betroffenen Reservoir, an dem sich schlussendlich sogar Fanny angesteckt hatte. Es erklärte auch, weshalb die Krankheit sich so unspezifisch verteilt hatte.

Bereits am Ende der Woche wurden deutlich weniger Neuerkrankte eingeliefert und am Ende der zweiten Woche waren bis auf zwei Menschen alle gesund.

Marius räucherte die Kirche mit Schwefel aus. Chester und Benjamin halfen dabei, die kontaminierten Sachen zu verbrennen.

Am Sonntag darauf lud Reverend Clarke zu einer Stadtversammlung mit einem großen Fest auf dem Marktplatz ein, um mit allen Bewohnern das Ende der Epidemie zu feiern.

Im Zentrum von Huntsville reihten sich lange Tische aneinander. Die Menschen saßen beisammen, redeten und lachten. Dazwischen tänzelte Maggy umher und bewirtete die Einwohner mit Speis und Trank.

Chester saß an einem der Tische mit Benjamin, Lorena und Fanny. Früher hätte er allein gesessen, aber er hatte sich an deren Anwesenheit so sehr gewohnt, dass er das Alleinsein zunehmend als unangenehm empfand.

Reverend Clarke trat auf den Platz und räusperte sich. Die Gespräche verstummten nach und nach. Als die Aufmerksamkeit auf ihm lag, sprach er: »Guten Abend, liebe Einwohner von Huntsville. Es freut mich und auch den Herrgott sehr, euch alle wohlbehalten hier zu sehen. Hinter uns liegen turbulente Wochen. Es war eine Zeit voller Trauer, Verzweiflung, Finsternis, Einsamkeit. Ein düsterer Sommer, der sich wie ein kalter Winter anfühlte. Doch heute haben wir einen Grund zu feiern. Die Epidemie wurde gestoppt. Unser großer Dank gilt dabei unserem lieben Dr. Marius Barker, durch dessen Wissen und Erfahrung die richtigen Maßnahmen ergriffen wurden.«

Marius erhob sich verlegen und nickte den Stadtbewohnern zu. Die Menge dankte ihm mit Klatschen und Jubelrufen.

Der Reverend setzte seine Rede fort: »Unser Dank gilt auch den Helfern, die sich unermüdlich um die Erkrankten gekümmert haben.«

Chester war die Aufmerksamkeit unangenehm. Er war dankbar, in einem Zug mit den anderen genannt worden zu sein. So ertrug er den Applaus besser. Erst gestern hatte er von Fannys Vater die Anfrage erhalten, ob er nicht für weitere drei Jahre fest angestellt bleiben wolle – Trail-Aufträge inbegriffen. Aus irgendeinem Grund war ihm die Antwort sehr leicht gefallen. Vielleicht, weil er sich hier tatsächlich mittlerweile zu Hause fühlte.

Der Reverend hob die Hände, sprach einen Segen und fügte an: »Mein Dank gilt außerdem all den fleißigen Mitbürgern, die großzügig Matratzen, Laken und andere Sachen gespendet haben.«

Wieder klatschte die Menge.

»Nun habe ich noch einen letzten Dank auszusprechen. Er gilt einem ganz besonderen Tier, durch dessen Hilfe der Infektionsherd überhaupt erst gefunden wurde. Es ist das Kalb Nummer 8 von Sleepy Meadow, der Ranch der Familie Prescott. Ich darf verkünden, dass die Familie beschlossen hat, Kalb Nummer 8 zum Zuchtbullen auszuzeichnen. So bleibt ihm der Schlachter erspart.«

Reverend Clarke hielt ein Ehrenabzeichen in die Höhe und die Menge jubelte. Ben und Fanny erhoben sich, um das Geschenk entgegenzunehmen.

Chester hingegen lehnte von einem Seufzen begleitet den Kopf auf eine Hand und murmelte: »Schöner Mist. Jetzt werde ich das Vieh nie mehr los.«

Marissa Barks wurde 1982 geboren und lebt in Bad Neuenahr-Ahrweiler. Bereits früh entdeckte sie ihre Liebe zum Schreiben. Sie absolvierte eine Ausbildung zur Fachangestellten für Bürokommunikation und arbeitete als Büroangestellte. Erst vor ein paar Jahren fand sie den Mut, ihren Traum zu verwirklichen und Autorin zu werden. Über soziale Netzwerke fand sie schnell Anschluss an andere Autoren und Autorinnen. Durch den gemeinsamen Austausch kam während der Corona Lockdown-Zeit die Idee für diese Anthologie. Ihre Kurzgeschichte ist gleichzeitig auch ihre erste Publikation. Zurzeit arbeitet Marissa Barks an einer historischen Trilogie, die im Jahr 1865 in Texas spielt.

Das Virus

von Adrian R. Stiller

Klein, ja winzig auf der Schuppe,
ruhst du auf dem Chinamarkt,
der Moment ist dir recht schnuppe,
hast dem Leben schon entsagt.

Doch da kommen tausend Schlünder,
wollen das, auf dem du lebst,
lustvoll speisen sich die Sünder,
weil's die Lust nach oben hebt.

Und du, von dem neuen Raume,
voller Fraß und feuchter Kraft,
fühlst dich wie im höchsten Traume,
dir die Bronchie Leben schafft.

Sitzt fortan nun in der Enge,
harrend, auf den nächsten Stoß,
wartest auf die große Menge,
denn so fruchtbar ist der Schoß.

Ach das Leben ist so schöne,
in der Masse voller Saft
und schon hallen erste Töne,
durch die Medien, aller Kraft.

Menschen rennen durch die Läden,
drängen, schubsen, keuchen, niesen
und der Große, der zieht Fäden,
während dich die Leut' vermiesen.

Aus der Ecke kommt ein Stoßer,
dachst geschützt im engen Raum,
doch da sitzt ein alter, Großer -
Wesen aus des Elends Raum.

Und er lächelt, ob der Menge,
welche sich in's Trubeln stürzt,
hustend, redend in der Enge
und die GRIPPE unterstützt.

Bluthamstern

von Tanja Haas

Die Dämmerung lockte Kerstin aus ihrem Versteck. Ein paar letzte Sonnenstrahlen warfen den Schatten des Hausdaches an das gegenüberliegende Gebäude. Sie sah aus dem Fenster hinüber zum Nachbarhaus, das sich in einen Mantel aus Schweigen hüllte. Bald würden sie alle erwachen.

Kerstin erhob sich und klopfte den Staub aus ihrer Jeans. Sie wartete, bis die ersten Sterne über das Himmelszelt zogen, und wagte sich durch das Fenster hinaus auf das Dach. Geschickt maß sie den Abstand zum Nachbargebäude mit den Augen ab. Ihre Sehkraft trotzte der Dunkelheit wie die einer Katze. Kerstin sprang und landete sicher auf dem Balkon des Hauses.

Sie hielt inne, lauschte, reckte die Nase in die Luft.

Kein Blut. Keine Regung.

Ein Grinsen stahl sich auf ihre Lippen. Diese Langschläfer. Sie hob die Hand an die Balkontür und fuhr sacht mit den Fingern über den Rahmen. Kerstin erspürte mit der Kraft ihrer Gedanken den Griff auf der anderen Seite, nahm einen tiefen Atemzug und zog ihn herunter.

Nicht abgeschlossen. Dumme Langschläfer.

Sie trat ein, die Tür gab ein Quietschen von sich. Sofort versteifte sie sich, führte die Hand zu dem

Holster an ihrem Bein. Doch niemand reagierte auf den Lärm.

Erleichtert atmete Kerstin auf und verschloss die Tür hinter sich. Sicherheitshalber zog sie die Stiefel aus, um nicht weiteren Krach zu verursachen.

Das Obergeschoss war leer. An der Treppe stieg es ihr überdeutlich in die Nase. Schweiß und Angst. Sie zog das Messer aus dem Holster, hob den Arm in einer Abwehrhaltung an. Eine Stufe nach der anderen nehmend lauschte sie zwischen jedem Schritt in die unteren Räumlichkeiten hinein.

Nur das Schnarchen ihrer Zielobjekte war zu hören. Wo hatten sie sie versteckt?

Kerstin erreichte die letzte Stufe. Der Flur lag in schwarzen Schatten. Sämtliche Türen waren geöffnet. Eine hatten sie verschlossen. Bingo. Alle Sinne in Alarmbereitschaft ging sie auf diese zu und presste ihr rechtes Ohr daran.

Sie rümpfte die Nase. Hier hatten sie ihren illegalen Hamstervorrat eingesperrt. Kerstin zog die Klinke herunter. Das entlockte dem Schloss ein Klacken und ihren Mundwinkeln ein Lächeln. Wie gern hätte sie schallend über die Naivität ihrer Artgenossen gelacht.

Sie öffnete die Tür einen winzigen Spaltbreit. In der Finsternis erkannte sie acht Menschen, alle schliefen tief und fest.

Sie schloss die Tür wieder und wandte sich grinsend dem Raum zu, aus dem das Schnarchen tönte. Die Küche.

An den Fliesen klebten Essensreste, in der Mikrowelle entdeckte sie Spritzer einer rotbraunen Soße. Unter ihren Fußsohlen knirschten Kekskrümel wie Sand. Hatten die versucht zu kochen?

Auf einer Klappmatratze in der Mitte des Raumes lag ein massiger Körper. Die Arme auf der Brust gefaltet und den Mund weit aufgerissen, schlief er wie ein Toter. Hinter ihm sah sie die anderen, zwei Männer und zwei Frauen. Hatte die Zentrale nicht von einer gefährlichen Untergrundorganisation gesprochen? Rekrutierten die heutzutage die größten Deppen, die die Nacht hervorgebracht hatte? Kerstin schüttelte den Kopf.

»Na schön, die Herrschaften.« Ihre Stimme donnerte durch den Raum.

Zwei der Vampire stießen sich an einer Anrichte, der dritte rollte von seiner Behelfsmatratze. Aus einem Nachbarraum stürmten zwei Vampirinnen herbei. Ihre geweiteten Augen musterten Kerstin.

»Ich störe ja nur ungern, aber was ihr hier treibt, ist höchst illegal. Ihr seid festgenommen.«

Die Gruppe aus fünf Personen sah sie verwundert an. Sie tauschten Blicke, durchsuchten den Raum. Dann strafften sie ihre Schultern. Tiefes Knurren erklang aus ihren Kehlen.

»Du bist allein.«

Die Feststellung einer der Frauen zauberte ein Lächeln auf Kerstins Gesicht. Sie warf das Messer in die Luft und fing es geübt am Griff wieder auf. Wie sie dieses Spiel doch liebte.

Ohne zu zögern, stürmte sie auf die Gruppe zu. Der Mann neben der Matratze rappelte sich auf und hetzte auf Kerstin zu. Mit dem Messergriff schlug sie ihm auf den Hinterkopf und setzte ihn schachmatt.

»Schnappt sie euch!«, bellte eine der Frauen. Ihre Komplizin kreischte auf, die übrigen Vampire stürmten von zwei Seiten auf Kerstin zu.

Anfängerfehler.

Sie sprang in die Höhe über beide hinweg. Elegant wie eine Katze manövrierte sie sich hinter sie. Kurz bevor die beiden miteinander kollidierten, gab sie deren Köpfen einen Stoß. Stirn an Stirn sackten die Vampire bewusstlos zusammen.

Die Frau an der Zeile flehte um Erbarmen und hielt bereitwillig beide Arme in Kerstins Richtung.

»Du feige Nuss.« Die Befehlshaberin schoss an ihr vorüber zu Kerstin, streckte die Hand nach deren Kehle aus.

In letzter Sekunde trat Kerstin einen Schritt zur Seite, die Vampirin sauste an ihr vorbei und stieß mit dem Arm gegen einen Hängeschrank. Fluchend wandte sie sich um, während Kerstin die Handschellen zückte und der Angreiferin gegen das Handgelenk stieß. Das Metall schnappte zu.

»Die feige Nuss weiß sich immerhin zu benehmen«, flüsterte Kerstin am Ohr der Frau.

Sie griff nach dem anderen Arm und zog sie herüber zu ihren Kameraden. Behutsam fesselte Kerstin die Vampirinnen und deren bewusstlose

Kollegen. Die mutigere der Frauen knirschte mit den Zähnen und warf ihrer weinenden Komplizin giftige Blicke zu. Kerstin sollte es recht sein, solange sie sich ergaben.

»Brav, so macht man das.« Kerstin zückte ihr Handy. »Zentrale? Schickt mir einen Aufräumtrupp. Die haben hier ganz schön Unordnung hinterlassen. Situation unter Kontrolle.«

Sie hob den Blick und steckte ihr Handy zurück in die Hosentasche. Aus der Jacke zog sie ein paar Handschellen hervor und fesselte damit beide Frauen an den Heizkörper unter dem Fenster.

»Was habt ihr hier getrieben?« Mit dem Daumen deutete sie auf den Flur. Der Raum, in dem die Menschen schliefen.

Die beiden wichen ihrem Blick aus. Nicht schlimm. Das Verhör im Hauptquartier würde ihre Lippen lockern.

Kerstin wandte sich ab. Sie wollte nach den Menschen sehen, als sie es auf dem Boden sah. Die Ecke einer schwarzen Karte mit rubinrotem Rand. Sie drehte den Kopf, um die Aufschrift zu lesen.

»Club Noir?« Kerstin kniete sich hin und hob das Stück Papier auf.

Ihre Gefangenen kommentierten das nicht. Sie entschied, dem später auf den Grund zu gehen. Der Club war jedem ansässigen Mitglied ihrer Gemeinschaft ein Begriff. Auch wenn sie selbst nie dort gewesen war.

Ein Schrei erklang.

Die beiden Frauen im Raum stießen Flüche aus. Kerstin fuhr vor Schreck zusammen und sprang mit erhobenem Messer herum.

Ein taghelles Leuchten brannte sich in ihre Augen. Im Reflex riss sie beide Hände vor ihr Gesicht, zischte und bleckte die Zähne.

»Was …«, stotterte jemand in der Dunkelheit.

Ein Mensch. Kerstin drehte das Messer in ihrer Hand, sodass die Klinge ihr Gegenüber nicht treffen konnte, und holte aus. Sie traf etwas Hartes mit dem Handgelenk. Ein erschrockenes Keuchen erklang, Sekunden später schepperte Metall auf den Dielenboden im Flur.

Vor Kerstins Augenlidern kehrte wieder Schwärze ein. Mehrere Male blinzelte sie, bis ihre Sicht sich klärte. Ihre Schultern sackten herab. Wie hatte sie das übersehen können? Bei Nacht mochten ihre Augen immens nützlich sein. Doch wenn ihr jemand mit einer Taschenlampe direkt hineinleuchtete, waren sie so unbrauchbar wie die eines Menschen.

Das Klacken eines Schlosses erklang, Schritte von mehreren Personen näherten sich. Erleichtert atmete Kerstin auf. Die Verstärkung war da.

»O mein Gott, ich sehe nichts, ich sehe nichts!« Die Menschenfrau kreischte. Seufzend umrundete Kerstin sie und betätigte den Lichtschalter. Offensichtlich hatte eine der Gefangenen nicht wie erwartet geschlafen.

»Besser?«, fragte Kerstin.

Die Menschenfrau zuckte zusammen, sah über ihre Schultern zu Kerstin und schlich rückwärts in die Küche hinein. Kerstin folgte ihr mit verschränkten Armen. Sie war sich sicher gewesen, dass alle Menschen schliefen.

»Hören Sie. Es ist alles in Ordnung.« Ihre Stimme verfiel in einen feinfühligen Singsang.

»Nichts ist in Ordnung!« Die Frau stieß mit dem Rücken gegen eine Anrichte. Hektisch griff sie zur Seite. Die Besteckschublade öffnete sich scheppernd. Sie nahm ein langes Messer heraus und hielt es zitternd in die Höhe.

Kerstin schnaubte belustigt. »Schätzchen, damit treffen Sie mich nicht mal, wenn ich still stehenbleibe.«

»Bleib weg von mir!«

»Sind wir schon beim Du?«

»Bleib weg!« Völlig außer sich brüllte die ehemalige Geisel und fuchtelte dabei mit der Waffe.

»Alles in Ordnung bei dir?« Jemand aus der angeforderten Einheit streckte den Kopf zur Küche herein und betrachtete die Szene mit Argwohn in den Augen. Ein paar weitere Vampire kamen herein, sammelten die Bewusstlosen auf und trugen sie hinaus. Als die Frau die Körper sah, glitt ihr das Messer aus der Hand.

»Schon gut. Sorgt ihr euch um die anderen. Ich kümmere mich um die hier.« Kerstin deutete auf die Menschenfrau, die Gebete murmelnd die Hände vor den Lippen faltete.

Ihr Kollege nickte und verschwand.

»Also.« Kerstin senkte die Stimme, die Worte schmiegten sich wie Honig an ihre Zunge. »Hören Sie mir zu. Sie werden all das hier vergessen. Gehen Sie nach Hause, legen Sie sich schlafen. Wenn Sie aufwachen, erinnern Sie sich an einen Tag auf der Couch mit Netflix.«

Kerstin nutzte diese Methode nicht gern. Es kostete Energie, sich mit dieser Stimmmelodie in die Herzen der Menschen zu stehlen, ihre Gedanken und Gefühle neu zu sortieren.

Die Menschenfrau ließ die Arme sinken. In ihren Augen schimmerten Tränen. Dann drehte sie sich ruckartig um und übergab sich in das Spülbecken.

Kerstin verzog das Gesicht. Wenn sie eines mehr hasste als Schweißgeruch, war das Erbrochenes.

»Sophie.« Ein heiseres Krächzen drang aus der Kehle ihres Gegenübers. »Sie haben Sophie. Diese … diese …«

Kerstin trat näher an sie heran, hob ihr Gesicht und untersuchte die Augen. »Merkwürdig.«

»Ich muss sie retten!«

Ein Schlag genügte, Kerstins Hand landete an einem Hängeschrank. Sie nahm den Schmerz kaum wahr. Die Verwirrung umso mehr. »Warum vergisst du nicht?«

»Vampire.« Das Flüstern der Fremden jagte Kerstin einen Schauer über den Nacken. Eine Erinnerung kroch aus ihrem Unterbewusstsein an die Oberfläche.

Kerstin entfernte sich einige Schritte. »Ziemlich offensichtlich, oder?«

Innerlich rügte sie sich für ihre Worte. Verdammt, warum ließ diese Frau sich nicht manipulieren?

»Du bist auch eine von ihnen. Weißt du, wo sie sie hingebracht haben?«

Die Hände der Frau schnellten vor und umfassten Kerstins Arm. Ihr Körper erstarrte. In ihrem Kopf schrillten sämtliche Alarmglocken.

»Nein.«

»Aber gemeinsam können wir sie finden!«

»Nein?«

»Bist du eine der Guten?«

Eine Kante bohrte sich in Kerstins Rücken. Sie hatte nicht bemerkt, dass die Menschenfrau sie in die Ecke gedrängt hatte. Ein Knurren brach aus ihrer Kehle hervor. Die Fremde trat ein paar Schritte zurück.

»Wie man es nimmt«, murmelte Kerstin.

»Dann wirst du mir helfen, meine Nichte zu finden?«

Die Vampirin hob eine Augenbraue. Wie hatte ihr Gegenüber diese Schlüsse gezogen? Argwöhnisch musterte sie die Frau, aus deren Blick der Nebel der Angst verschwunden war. Stattdessen stach ein forsches Leuchten daraus hervor.

»Hören Sie, ich kann Ihnen nicht helfen. Und hören Sie auf, mich zu duzen!« Kerstin schob sich an der Frau vorüber.

Sollte sie jemanden rufen, der das Löschen der Erinnerung wiederholte? Reagierte die Fremde einzig auf ihren Einfluss nicht? Sie hatte nie davon gehört, dass die Gedächtnismanipulation versagte.

»Oh, entschuldige. Ich … Ich habe mich gar nicht vorgestellt. Edith Degen.« Sie presste ihre Lippen zu einer schmalen Linie und streckte die Hand aus. Die Finger krümmten sich unter einem deutlichen Zittern, Ediths sonstige Körperhaltung glich dagegen einer Salzsäule.

Kerstin schnaubte. »Vergessen Sie es. Das hier ist keine der Geschichten, in denen Sie auf diese Weise Sympathien erschleichen.«

Ihre Schläfen massierend wandte Kerstin sich zum Flur. Die Aufdringlichkeit dieser Frau bereitete ihr Kopfschmerzen. Ohne Edith weiter zuzuhören, die ungebändigt drauflos plapperte, eilte sie ins Obergeschoss. Mit den Stiefeln kehrte sie zurück. Die Menschenfrau wartete am unteren Treppenabsatz, ihre Hände kneteten das Holzgeländer. Als Kerstin die unterste Stufe erreichte, sprang Edith rückwärts davon. Sie starrte die Vampirin an, als hinge ihr Leben davon ab.

»Bitte, du musst mir helfen, Sophie zu finden!«

Kerstin zog die Stiefel über ihre Füße und verdrehte die Augen. Menschen. Im Normalfall reagierten sie anders, wenn sie von der Existenz von Vampiren erfuhren. Im Normalfall funktionierte allerdings auch das Löschen der Erinnerungen ohne Probleme.

»Dir helfen? Du bist ein Mensch.« Kerstin erhob sich. Sie sah zur Haustür, die offen stand. Der Trupp war abgezogen, sie würde sich später mit ihnen in Verbindung setzen. »Das wäre zu gefährlich.«

»Ich gebe dir alles! Du kannst mein Blut haben!« Mit fahrigen Fingern zupfte Edith am Kragen ihres T-Shirts.

Kerstin warf ihr einen vernichtenden Blick zu, woraufhin die Menschenfrau sich verkrampfte. Der Anblick zweier glühender Augen wirkte Wunder. Zufrieden wandte Kerstin sich ab.

»Hör zu, Edith.« Sie spuckte den Namen aus, der wie Blei auf ihrer Zunge lag. »Ich habe kein Interesse daran, mit dir zusammen nach deiner Nichte zu suchen. Geh nach Hause.«

Sie hob ihr Messer vom Boden auf und steckte es in das Holster. Über ihre Schulter warf sie einen letzten Blick zurück. Die Menschenfrau nickte zögerlich. Mit gesenktem Blick musterte sie den Fußboden. Kerstin neigte den Kopf zur Haustür. »Komm schon.«

Edith schniefte, würdigte Kerstin jedoch keines weiteren Blickes. Ohne Widerworte stürmte sie hinaus.

☣ ☣ ☣

»Kerstin! Du siehst gut aus, hast du etwa Zeit in der Sonne verbracht?« Malte empfing sie mit offenen Armen in seinem Büro. Sein Gesicht strahlte und die Reißzähne blitzten.

Kerstin verpasste ihm einen kräftigen Schlag gegen die Schulter. »Malte, noch so ein Spruch und ich hänge dich Schmierlappen zum Trocknen raus.«

Abwehrend hob ihr Bruder die Hände. Sein Lachen wärmte ihr Herz. Er vertrieb die quälenden Schatten der Vergangenheit, die Edith in ihr wachgerufen hatte. Bilder und Stimmen schlugen ihre Krallen in Kerstins Bewusstsein. Sie führte die Hand an die Stirn und schloss die Augen.

»Wie immer bester Laune.« Malte umrundete den Tisch. Er wies auf den Stuhl davor. Dankend nahm Kerstin das Angebot an.

»Deine Nachricht klang konfus. Wie war das, ein Mensch hat sich der Gehirnwäsche widersetzt?«

Sie nickte. »Edith Degen. Ziemlich quirlig für jemanden, der gerade von der Existenz von Vampiren erfahren hat.«

»Hast du niemand anderen zu ihr geschickt?« Malte zog eine Flasche aus der Schublade seines Schreibtisches und stellte zwei Gläser darauf. Die rote Flüssigkeit waberte lockend umher. Instinktiv leckte Kerstin sich über die Lippen.

Ihr Bruder grinste und goss ihr ein Glas ein.

»Ich werde jemanden schicken«, log Kerstin und schwenkte das Blut hin und her. In Wahrheit hatte sie seit Ediths Angebot vergessen, jemanden von der Sicherheitsbehörde zu kontaktieren.

Ihr Bruder runzelte die Stirn, fragte jedoch nicht weiter.

Kerstin beobachtete den zarten Glanz auf der Oberfläche des Blutes. Die Spiegelung der Deckenleuchten. Nicht, dass Licht dort notwendig wäre. Aber es erregte weniger Aufsehen unter den Menschen. Schatten, die bei Nacht durch das Büro huschten, erweckten den Eindruck von Einbrechern.

»Die Bundeskanzlerin hat am Abend ein Kontaktverbot ausgesprochen.« Er wechselte das Thema abrupt.

Kerstins Finger glitten am Glas auf und ab. Ihre Mundwinkel zuckten. Es war nur eine Frage der Zeit gewesen, bis die Menschen diese Maßnahmen gegen die Pandemie ergriffen.

»Und wenn schon. Nachts kann uns das egal sein. Außerdem bin ich eine Einzelgängerin und kann das menschliche Gedächtnis löschen.«

»Bis auf eins«, korrigierte er sie mit erhobenem Zeigefinger. »Du solltest vorsichtig sein. Es gehen ziemlich haarsträubende Geschichten um. Die Blutspenden gehen zurück. Vampire erleben eine nie dagewesene Angst. Es öffnen illegale Blutclubs und du hast mit jenen zu kämpfen, die Menschen hamstern.«

Kerstin tunkte ihren Finger in die Flüssigkeit und leckte ihn ab. Bitter kroch es ihre Kehle hinunter. Sie sah Ediths Hals vor sich. Das Pochen unter der zarten Haut.

»Kerstin.« Ein Seufzen drang aus Maltes Lippen. Sie erschrak, als er sich unerwartet vorneigte.

»Mir geht es gut«, nahm sie ihm die Antwort vorweg. »Es war ein anstrengender Abend. Diese Frau wollte, dass ich ihr bei der Suche nach ihrer Nichte helfe.«

Malte lehnte sich zurück, fuhr über den Drei-Tage-Bart. Sein Blick schweifte zur Fensterfront, durch die der Sichelmond ihnen vom Himmel aus zulächelte.

»Und? Hilfst du ihr?«

»Nein. Das ist nicht mein Problem. Früher oder später ist die Kleine doch eh wieder frei.« Kerstin erhob sich und trat zum Fenster. Ihr Glas ließ sie am Platz zurück.

»Der BSfV sieht es nicht gern, wenn Menschen von uns wissen. Schick schleunigst jemanden, der ihre Erinnerung löscht.« Malte gesellte sich zu ihr. Sein Ausdruck war ernst, die Gesichtszüge stählern. Darauf wollte er also hinaus.

»Mach dir keine Sorgen. Ich habe alles im Griff.« Kerstin schenkte ihm ein künstliches Lächeln.

Malte seufzte erneut.

In ihrem Bauch prickelte die Scham. Sie konnte ihren Bruder nicht zum Narren halten, dafür kannte er sie zu gut.

Als Vorsitzender des BSfV war er unter anderem für die Koordination der Blutspenden für Vampire zuständig. Der Verein kümmerte sich um die Versorgung der Vampirgesellschaft mit Spenderblut. Gleichzeitig baute er eine eigene Blutbank für Vampire auf. Nur wenige Menschen waren darin eingeweiht. Es ging eben doch nicht in völliger Abschottung. Allerdings war es dem Verein und sämtlichen Sicherheitsbehörden der Vampire ein Dorn im Auge, wenn Zivilisten unter den Menschen Wind von ihrer Existenz bekamen. Edith war ein Sicherheitsrisiko. In Zeiten von Corona brauchte ihre Spezies nicht noch mehr davon.

Eine Vibration in ihrer Hosentasche weckte Kerstins Aufmerksamkeit. Sie zückte das Smartphone. Ihre Züge verhärteten sich. »Verdammt!«

In ihrer Erinnerung stieg das Bild einer schwarzen Visitenkarte auf. Nach der Begegnung mit Edith hatte sie keinen Gedanken mehr daran verschwendet. Die Karte musste sie verloren haben, als die Menschenfrau mit der Taschenlampe herumgefuchtelt hatte.

Kerstins Schritte hämmerten auf den Boden ein. Sie nahm das volle Glas vom Tisch und leerte es in einem Zug. Das Blut rauschte in ihrer Kehle, seine belebende Energie vibrierte in ihren Gliedern.

»Muss los.«

Malte musterte sie mit verengten Augen. »Was ist passiert?«

»Da randaliert jemand im Club Noir.«

»Wer?« Malte verstummte, als Kerstin ihn mit loderndem Blick ansah. Seine Lippen verzogen sich zu einem wissenden Schmunzeln.

»Edith?«

»Halt die Klappe«, knurrte Kerstin und rannte zur Tür hinaus.

☣ ☣ ☣

»Bist du total übergeschnappt!« Es war keine Frage. Kerstin nickte den beiden Vampiren in schwarzen Anzügen zu. Sie verließen den Privatraum, in dem sie Edith vorübergehend untergebracht hatten. Den Berichten des Clubinhabers zufolge hatte die Menschenfrau vor dem Eingang für Unruhe gesorgt. Der Club war seit zwei Wochen für Menschen geschlossen. Vampire gingen gelegentlich ein und aus, um einen Blutcocktail to go zu genießen. Ein Kompromiss, der niemandem schmeckte.

»Du wolltest mir ja nicht helfen.« Edith zuckte mit den Schultern. Sie sank in die bordeauxroten Polster. Auf einem runden Tisch vor ihr lag die Visitenkarte, die ihr im Haus der Bluthamsterer aus der Tasche gerutscht war.

»Dir ist nicht mehr zu helfen!« Sie stützte sich auf die Tischkante, schob den Kopf bis zu Ediths Nasenspitze vor.

Die Menschenfrau lächelte zögerlich.

Stöhnend ließ Kerstin sich neben Edith auf die Couch sinken. »Jetzt mal ehrlich, wie hast du dir das gedacht? Du spazierst hier rein und die erzählen dir, wo Sophie ist?«

Edith öffnete den Mund, sagte jedoch nichts. Sie schüttelte den Kopf und drückte die Hände in ihren Schoß. »Ich dachte, die wissen was.«

»Du hättest auch einfach nach Hause gehen können.« Kerstin fuhr durch ihr zotteliges Haar. Die roten Strähnen endeten in dicken Knoten. Malte zog sie am laufenden Band damit auf, dass sie beim Kämmen mehr Haare verlor als eine Katze.

»Hättest du anders gehandelt?« Ediths starrer Blick ruhte auf ihr.

Kerstin stutzte. Mit verschränkten Armen musterte sie ihr starrköpfiges Anhängsel, ließ die Frage aber unbeantwortet in der Luft hängen. Eine dünne Nebelwand aus Worten, die Edith bei einer Bestätigung nur mehr Zündholz geben würden. Niemals würde Kerstin ihr die Wahrheit verraten.

»Wenn ich sie nicht morgen zu meinem Bruder zurückbringe …« Edith schniefte. Sie wischte mit dem Handrücken unter ihrer Nase entlang.

Mit Argwohn folgte Kerstin der Bewegung. Eilig zog sie ein Taschentuch aus der Innenseite ihrer Lederjacke. »An die Etikette musst du dich noch gewöhnen.«

Glucksend nahm Edith das Taschentuch an. »Scheiß Corona«, flüsterte sie in das Papier, ehe sie schnäuzte.

Ein Lächeln zupfte an Kerstins Lippen. Sie beobachtete, wie Edith das Tuch zerknüllte und in die hintere Hosentasche steckte. Die Finger im Schoß umeinander geschlossen, rutschte sie auf der Couch umher wie ein scheues Kind.

Kerstin verdrehte die Augen. Ihre Wut verrauchte bei dem Anblick und für einen Moment dachte sie ernsthaft darüber nach, Edith ihren Wunsch zu erfüllen.

»Ihr zwei solltet jetzt gehen.« Der Clubbesitzer stand in der Tür. Mit verschränkten Armen und gebührendem Abstand sandte er ein Signal in Richtung des ungleichen Paares. Menschen waren nicht erwünscht. Schniefende schon gar nicht. Auch wenn Schnupfen nicht zu den vorrangigen Symptomen der Krankheit zählte, zurzeit war den Vampiren jeder schnäuzende oder hustende Mensch ein Dorn im Auge. Ob Corona die Unsterblichen befiel, stand noch nicht fest. Angeblich gab es Fälle. Die Bestätigung der Gesundheitsbehörde ließ auf sich warten.

»Vorher hätte ich noch eine Frage.« Kerstin erhob sich. Vor dem wachsamen Blick des Inhabers wedelte sie das glänzende Stück Papier umher.

Seine Augenlider zuckten. Bingo. Er sah zu Edith, fixierte sie. Tiefe Falten zogen sich auf seine Stirn.

»Diese Karte habe ich bei Bluthamsterern gefunden.« Sie lenkte seine Aufmerksamkeit wieder auf sich.

Der Clubbesitzer schnaubte verächtlich. »Diese Vampire tun nur, was getan werden muss, um die Krise zu überstehen. Und Sie sollten sich lieber überlegen, wie die Sicherheitsbehörde uns tatsächlich schützen kann vor denen da.« Er deutete mit angespanntem Arm auf Edith.

In der Bewegung streifte er Kerstin. Sie wich nicht zurück, hielt seinem Blick stand. Einen Moment wägte sie ihre Chancen ab. Kam ein Alleingang infrage, um Informationen aus ihm herauszuquetschen? Seine Gunst galt den Bluthamsterern. Womöglich versorgten sie sein Etablissement mit frischem Spenderblut. Illegal gezapft von einem der Menschen, die sie wie Tiere in kümmerlichen Kammern hielten.

Kerstin zog die Nase kraus. Eine Meinungsäußerung reichte nicht für einen Erlass. Sie benötigte einen handfesten Beweis, um den Laden auf Links zu drehen.

»Lass uns gehen.« Die Vampirin streckte die Hand nach Edith aus. Dankbar sprang diese auf. Sie rannte an Kerstins Seite und suchte Schutz hinter ihrem Rücken. Gemeinsam schlichen sie an den drei stämmigen Männern vorüber. Aus ihren Kehlen drang tiefes Knurren. Kurz darauf fiel die Eingangstür des Clubs blechern hinter den Frauen ins Schloss.

Kerstin rammte die Faust gegen das kühle Metall.

»Und jetzt?«, sprach Edith die Frage aus, die durch Kerstins Gedanken kreiste. Sie hatte die einzige Spur verloren, die ihr geblieben war. Wegen der Menschenfrau.

»Jetzt fangen wir von vorne an.« Sie lehnte sich gegen die Wand. Ihr Körper sank zu Boden. Die Erschöpfung zeigte sich, kaum dass die Anspannung nachließ.

Mit dem Handballen rieb Kerstin über ihre schmerzende Stirn.

Edith trat von einem Fuß auf den anderen. Ihr Blick blieb an der Tür hängen. Schließlich setzte sie sich mit ehrfürchtigem Abstand ebenfalls.

Zwischen ihren Haarsträhnen hindurch betrachtete Kerstin die Menschenfrau, wie sie mit ihren Daumen kleine Kreise drehte.

»Darf ich dich etwas fragen?« Ediths Stimme bebte. Sie zog die Knie an den Körper, umfasste sie mit beiden Armen.

Kerstin verdrehte die Augen. In einer fließenden Bewegung zog sie die Lederjacke aus und reichte sie der frierenden Nachbarin. »Schieß los«, sagte sie und legte den Kopf in den Nacken.

Der Sichelmond warf seinen silbrigen Glanz in die Gasse hinein. Eine Laterne in der Nähe sorgte für mehr Licht, sodass Kerstin wenigstens nicht den Blindenvampir für Edith spielen musste. Bei diesem schwachen Leuchten war sie durchaus selbst in der Lage, die Umgebung wahrzunehmen.

»Was sind diese Bluthamsterer?«

Kerstins Lippen zuckten. Mit dieser Frage hätte sie rechnen müssen. »Eine Gruppe Verrückter, die glauben, dass die Menschen Corona erfunden hätten, um uns Vampire auszulöschen.«

»Oh.« Edith legte das Kinn auf die Knie. »Dann hamstern sie also Menschen statt Klopapier?«

Es fiel Kerstin schwer, das Lachen zu unterdrücken. Sie presste den Handrücken gegen ihren Mund.

Dass die Menschen Klopapier hamsterten, beobachtete sie seit Wochen mit Erstaunen. Desinfektionsmittel hatten sie als Erstes aus den Regalen geräumt, kaum dass Corona nach dem hiesigen Karneval Deutschland im Sturm erobert hatte.

Trotz Meldungen aus anderen Ländern war das Verständnis um ein hochansteckendes Virus nicht in das Bewusstsein der Menschen gesickert. Die ersten Fälle in Bayern traten ein paar Wochen vor den Feierlichkeiten auf und waren schnell in Vergessenheit geraten. Und plötzlich brachten Urlauber den Erreger aus Norditalien mit. Corona beschränkte sich nicht auf direkte Wege.

Zu Beginn der Pandemie war es dagegen in der Vampirgesellschaft entspannt zugegangen. Erst bei Rückgang der Blutspenden zeigte sich die Fratze der Panik zwischen den Fangzähnen.

»Ja. Wie Klopapier.« Flüsternd bestätigte Kerstin die Annahme ihres menschlichen Anhängsels. »Ich kann nicht fassen, was ihr alles glaubt. Euer Klopapier kann euch auch nicht retten, wenn ihr krank werdet.«

»Wem sagst du das?« Edith stöhnte auf. »Mein Bruder hat sich einen Jahresvorrat Klopapier zugelegt. Im Supermarkt hat er die Konserven- und

Nudelregale geräumt. Ich habe ihm gesagt, dass das Quatsch ist.«

Es war seltsam für Kerstin, mit einem Menschen über diese Dinge zu reden. In der Vampirgesellschaft beherrschte das Thema ihre täglichen Besprechungen. Malte hatte vor dem massiven Anstieg der Ansteckungen gepredigt, dass sie ein Problem mit den Blutspenden bekommen würden, wenn die Menschen aus Panik das Haus nicht mehr verließen. Welche Konsequenzen potenziell verunreinigtes Blut hatte, wusste zu diesem Zeitpunkt niemand. Leider war ihr Bruder nicht in der Position, die nötigen Entscheidungen zu treffen. Als Vorsitzender des BSfV war er lediglich derjenige, der die bestehenden Vorräte verteilte. Keine Vorräte, keine Verteilung.

»Was ist eigentlich mit deinem Bruder? Sophie ist seine Tochter, oder?« Kerstin hörte das schwere Schlucken ihrer Sitznachbarin.

»Er hat mir Sophie anvertraut, weil er und seine Frau im Home-Office arbeiten und ich habe Urlaub und soll in der Zeit auf sie aufpassen.«

»Klingt nach einem Plan.« Kerstin rückte näher an Edith heran, musterte ihr Gesicht.

»Toller Plan. Ich muss nächste Woche wieder zur Arbeit. Und die Schule fängt irgendwann annoschieß-mich-tot wieder an.« Stöhnend vergrub Edith ihren Kopf zwischen den Beinen.

Kerstin runzelte die Stirn. Anno, was? Sie verstand die Probleme der Menschen nicht. Nicht einmal die von Müttern, da sie keine war. Ein Urteil darüber würde sie sich nie erlauben, denn auf dem Fachgebiet war sie ahnungslos. Ihre Berufung bestand in der Verfolgung straffälliger Vampire. Sie bestaunte dagegen jede Frau, die es mit Kindern aufnahm.

»Sophie ist auch mein kleiner Engel, weißt du? Ich wohne alleine und sie ist …« Ediths Stimme brach sich am Stoff ihrer Jeans.

Einen Augenblick überlegte Kerstin. Sie streckte die Hand aus und legte sie auf Ediths Schulter.

Erschrocken richtete diese sich auf. In ihren Augen trugen Traurigkeit und Entschlossenheit einen Kampf aus. Diese Frau war noch sturer als sie selbst. Kerstin senkte den Blick. Wenn sie sie nun sich selbst überließe, würde Edith sich erneut in Gefahr begeben.

»Ok.« Kerstin rückte auf ihrem Platz hin und her.

»Ok?« Edith starrte sie verwirrt an.

»Ich helfe dir. Aber du tust, was ich dir sage!«

Ein triumphierendes Lächeln erschien auf Ediths Gesicht. Sie nickte hektisch. Ihre Hände schnellten vor, und ehe Kerstin ausweichen konnte, fiel Edith ihr um den Hals.

»Danke«, hauchte sie.

Kerstin unterdrückte ihren Fluchtreflex. Sie tätschelte Ediths Schulter und kniff die Lippen zusammen. Das konnte ja heiter werden.

Ein Klacken weckte Kerstins Aufmerksamkeit, sie fuhr herum, doch es war zu spät. Die Stahltür des Clubs stieß mit einem Ruck gegen sie und Edith.

Mit einem lauten Aufschrei sprang Edith auf, Kerstin verlor ihr Gleichgewicht und fiel um wie ein Dominostein. Knurrend sah sie zu der Tür und richtete sich auf, bereit zum Gegenangriff.

Eine Hand fuhr aus dem Spalt zwischen Tür und Rahmen hervor, zwischen ihren Fingern hing ein Zettel. Kerstin griff danach. Sie erkannte einen der Bodyguards von vorhin. Er nickte ihr zu und verschwand wortlos wieder im Club.

»Was war denn das?« Edith betrachtete erst die Stahltür und dann das Blatt Papier in Kerstins Hand.

»Schätze, wir haben eine Spur.« Ein triumphierendes Grinsen lag auf Kerstins Lippen. »Offensichtlich haben die vergessen mir zu sagen, dass wir schon einen Undercover-Agenten hier im Einsatz haben. Verfluchte Bürokratie und Geheimhaltungsstufen.«

Sie reichte Edith den Zettel, auf dem eine Adresse stand.

»Das kenne ich, aber da sind doch nur Lagerhäuser.«

»Exakt. Ich werde die Information …« Kerstin stockte, als sie das Strahlen der Hoffnung in Ediths Augen sah.

Verdammt, warum hatte sie ihr die Adresse gezeigt? Die Gedanken drehten sich im Kreis. Wenn sie sie zurückließ, würde Edith ohne sie zu der

Adresse aufbrechen. Und wie sollte Kerstin sie dort beschützen? Mit einem Menschen im Schlepptau sah Kerstin keine Möglichkeit, gegen eine unbestimmte Anzahl Vampire zu bestehen. Diese Information fehlte auf dem Notizblatt. Kopfschüttelnd nahm sie das Smartphone zur Hand und tippte eine Nachricht an die Zentrale. Es war zu gefährlich, dieses Nest im Alleingang auszuheben.

☣ ☣ ☣

Die Digitalanzeige auf Kerstins Armbanduhr näherte sich Mitternacht.

Sie sah zu dem Zielobjekt, das von außen betrachtet verlassen schien. Im Industriegebiet versank es zwischen einem Postverteilzentrum und einer Fabrikhalle.

Kerstin tippte die letzten Zeilen ihrer Nachricht an Malte und steckte das Handy zurück in die Tasche. Wie immer schärfte ihr Bruder ihr Vorsicht und Vernunft ein. Sie verdrehte die Augen.

Durch die Zentrale war die Verstärkung angekündigt worden. Sie würden erst innerhalb der nächsten Stunde eintreffen. Anscheinend gab es weitere Hamsternester, denen es in dieser Nacht an den Kragen ging. Ihr Bruder warnte sie in fünf einzelnen Nachrichten davor, die Halle ohne Unterstützung zu betreten. Als er anrief, drückte Kerstin ihn weg.

»Wann gehen wir rein?« Edith kauerte an der Fassade des Gebäudes, hinter dem beide sich versteckt hielten. Zu nah durften sie nicht an ihr Zielgebäude herankommen. Die Gefahr, dass die Vampire Edith witterten, war zu hoch. Andererseits wollte Kerstin sich aus der Nähe einen Überblick über die Lage verschaffen.

»Wenn ich sicher bin, dass ich reinkomme.«

»Ok, klasse. Moment, was? Ich dachte …«

»Du bleibst hier. Ich kann nicht dich beschützen und gleichzeitig gegen eine Horde Vampire kämpfen.« Kerstin warf ihrer menschlichen Begleiterin einen missbilligenden Blick zu. Edith würde ihn nicht sehen, dafür war es zu dunkel. Nicht einmal der Mond leistete ihnen noch Gesellschaft. Vor einer halben Stunde war er hinter der dichten Wolkendecke verschwunden.

»Ich werde mitkommen. Kannst du dich nicht einfach um die Vampire kümmern und ich hole in der Zeit Sophie da raus?«

Schnaubend hockte Kerstin sich zu Edith. »Klar, und da ich so genau weiß, wie viele da drin sind, wird das auch funktionieren. Ich mache alle gleichzeitig platt.«

Kerstin schnitt eine Grimasse. Menschen waren ein naives Volk. Ihre Gedanken schweiften zu den vergangenen zwei Wochen. Wenn sie es sich recht überlegte, büßte ihre Spezies in Anbetracht der Krise ihre Überlegenheit gegenüber den Menschen ein. Die Angst vor einem hochansteckenden Virus hatte die Vampirgesellschaft gezeichnet. Die schwächere Art war einmal im Vorteil, denn ihre Lieferketten für Lebensmittel brachen nicht zusammen. Dagegen versiegte die Nahrungsquelle der Vampire mit jeder Person, die sich nicht zu den Blutspenden wagte. Den Beschwörungen der Wissenschaftler und politischen Führer ihrer Gesellschaft schenkte eine Vielzahl kein Gehör. Eine Spezies mit den Sinnen eines Raubtieres und dem Körper eines Menschen erlag der Flut der Angst und ertrank in Panik.

»Ich kann dir helfen!« Edith sprang auf und ballte die Hände vor der Brust zu Fäusten.

»Du bleibst hier, ich werde mich umschauen.« Einen Augenblick überlegte sie, dann kam Kerstin eine Idee. »Ich werde dir Leuchtzeichen mit meinem Handy-Display geben, wenn es brenzlig wird. Dann rennst du weg.«

Die Frau kniff die Lippen zusammen. Eines musste Kerstin ihr lassen, sie bewies Mut. Oder war es vielmehr Leichtsinn? Schließlich nickte Edith.

»Warte hier«, wiederholte Kerstin mit Nachdruck. »Die Verstärkung ist unterwegs. Ich werde nur kurz nachsehen.«

Mit der einen Hand schob sie sich an der Gebäudewand entlang, mit der anderen nahm sie das Smartphone aus der Tasche. Mit langsamen Schritten näherte sie sich der Lagerhalle. Sie erreichte das Gebäude unbehelligt. Im Gegensatz zu

Menschen sonderten Vampire einen vagen Eigengeruch ab. Ab zwanzig Metern Entfernung zu der Halle war der Gestank von Menschenschweiß überdeutlich. Das brachte ihr einen Vorteil, denn der Geruch würde ihre Anwesenheit für ein paar Minuten überdecken. Sie reckte sich zu einem Fenster, erreichte es jedoch nicht und hielt Ausschau nach einer Alternative.

Ein Knirschen erklang. Kerstin schnellte herum. Sie hatte einen Fehler begangen. Nicht nur ihre eigene Anwesenheit wurde vom Geruch der Menschen verborgen. Ihr blieb keine Zeit, dem Schlag auszuweichen. Er traf ihren Kopf und das Sternenzelt des Himmels regnete aus den Wolken in ihr Bewusstsein. Das Letzte, das Kerstin hörte, war ein erstickter Schrei.

🦟 🦟 🦟

Ein quälendes Pochen zerdrückte Kerstins Gedanken zu Brei. Sie versuchte, die Hände an die Schläfen zu führen. Ihre Gliedmaßen stockten in der Bewegung. Zwischen den zitternden Augenlidern hindurch betrachtete sie die Umgebung. Schemenhafte Umrisse, mehr erkannte sie nicht.

»Du bist wach«, flüsterte eine Stimme.

Zäh floss die Erinnerung in Kerstins Bewusstsein zurück. Edith. Ediths Schrei. Die Vampirin schnellte hoch, Metall presste sich gegen ihre Haut. Fesseln?

»Was ist passiert?«

»Sie haben uns erwischt.« Ediths Stimme klang feucht von Tränen.

»Verdammt.« Kerstin presste den Fluch zwischen zusammengebissenen Zähnen hervor. Ihre Fänge kratzten über ihre Unterlippe. Sie sah sich um. In ihrem Sichtfeld vibrierten die Silhouetten von Regalen und einem massiven Tisch. Sie erkannte einzelne Behältnisse, ein Strich lehnte an der Wand. Vermutlich ein Besen.

Der Geruch von Lacken und Bleiche stieg in Kerstins Nase. Mit einem Ruck zog sie an den Fesseln, woraufhin der Schmerz bis in ihren Kopf hineinzuckte. Den zweiten Fluch verkniff sie sich. Die Nachtsicht versagte ihr den Dienst. Sie hatte keine Kraft mehr. Verdammt. Das hätte ihr beim Club schon auffallen müssen.

»Wo sind wir? Was siehst du?«, fragte Edith.

»Nicht viel. Eine Kammer.«

»Aber du siehst doch im Dunklen besser, oder nicht?«

Kerstin gelang es nicht, das bittere Lachen zu unterdrücken. Es gab kaum Momente, in denen ihr der Schweiß auf der Stirn stand. Der letzte war viele Jahre her.

»Nicht, wenn ich nicht genug Energie habe.« Sie sank gegen das Ding, an das sie gefesselt war. Ein Heizkörper? Rohre? »Ich hätte mir einen dieser Blut-Cocktails to go aus dem Club mitnehmen sollen.«

Ein schleifendes Geräusch drang an Kerstins Ohren. Es kam aus Ediths Richtung. Ob sie versuchte, vor ihr zu fliehen? Kerstin schloss die Augen und stöhnte. Sie hätte sich nie mit einem Menschen zusammentun sollen. Nicht nach allem, was damals geschehen war.

»Und wenn du von mir trinkst?«

Das Angebot der Menschenfrau rauschte durch Kerstins Adern. Die Lösung des Problems saß in Reichweite. Reflexartig leckte sie sich über die Lippen. Bis die Bilder durch ihre Gedanken blitzten wie in einem Daumenkino. Kerstin lehnte sich zurück und verpasste ihrem Hinterkopf dabei einen leichten Stoß.

»Vergiss es. Kommt nicht in Frage.« Es war mehr ein Knurren als eine Antwort.

»Aber wenn du Blut trinkst, dann könntest du uns befreien? Ich komme bestimmt nah genug an dich ran, dass du …«

»Welchen Teil von *Vergiss es!* kapierst du nicht?«

Die Stille zog eine Mauer zwischen ihnen herauf.

Kerstin schnaubte und wandte sich ab. Ediths Duft reizte ihre Nase. Warum hatte sie ihr Blut angeboten? Warum musste sie die sorgsam aufgebaute Kontrolle zum Einsturz zwingen?

»Warum?« Die Worte der Menschenfrau drangen wie aus dichtem Nebel zu Kerstin.

Sie zog die Beine enger an den Körper. »Ich trinke nicht von Menschen. Nicht mehr.« Kerstin spürte, wie ihre Fassade unter dem Hungergefühl bröckelte. Sollte sie Edith die Wahrheit sagen, um ihr Angst einzuflößen? Um sie fernzuhalten?

»Aber du würdest mir doch damit nicht schaden, oder?«

Die Vampirin schnaubte. Ja, vermutlich sollte sie ihrer sturen Begleiterin davon erzählen.

»Ich habe einen Menschen getötet, als ich von ihm trank.«

Fetzen aus der Vergangenheit stiegen vor Kerstins innerem Auge hervor. Ihre Flucht aus dem Heim für Vampirwaisen. Die Menschenfrau, die nach Anbruch der Dunkelheit am Brunnen Wasser holte. Das zarte Fleisch ihrer Kehle, das sich an Kerstins Lippen schmiegte. Warm, köstlich und sättigend.

Kerstins Körper spannte sich an. Ein Zittern fuhr in ihre Glieder. Ihre Augen fokussierten Ediths Umrisse. Fast glaubte die Vampirin, das Pochen am Hals ihres Gegenübers zu hören. Der Puls lockte sie wie eine Essensglocke.

Edith rührte sich nicht. Gut, sie hatte erkannt, welche Gefahr von ihr ausging. Hitze wallte in Kerstins Brust auf und wechselte sich mit Kälteschüben ab. Ihr Atem raste wie bei einem Marathon, ihre Kehle brannte. Warmes Fleisch. Heißes Blut. Ungebändigter Durst.

»Was ist passiert?« Die sanfte Stimme ihrer Mitgefangenen riss Kerstin aus der Erinnerung. Sie blinzelte ein paar Mal.

»Ich … ich war damals noch ein Kind. Es ist ewig her.« Ihre Gedanken klärten sich. Die Hitze erlosch.

»Wie lange?«

Kerstin sah zur Decke des Raumes. Als würden dort die Antworten auf Ediths Fragen stehen. Nur Malte kannte die Geschichte. Doch darüber zu reden, linderte den Schmerz, den die Bilder in ihrem Kopf auslösten.

Innerlich lachte Kerstin über sich. Sie war eine lausige Vertreterin ihrer Art.

»Ein paar Jahrhunderte.« Sie machte eine Pause und nahm einen tiefen Atemzug. »Ich bin aus einem Waisenhaus ausgebrochen und habe vollkommen ausgehungert eine Menschenfrau angefallen. Malte hat mich damals gefunden. Er kam zu spät und macht sich deswegen bis heute Vorwürfe.«

»Wer ist Malte?«

»Mein Bruder.« Die Vampirin lächelte. »Adoptivbruder«, korrigierte sie.

»Also hat seine Familie dich aufgenommen?«

Kerstin nickte. Dann erinnerte sie sich, dass Edith in der Finsternis diese Geste nicht sehen konnte. »Ja.«

Minuten der Stille vergingen. Zufrieden sank Kerstin in sich zusammen. Es hatte funktioniert. Edith hatte Angst. Vielleicht würde es ihr das Leben retten.

»Trink ruhig von mir. Ich vertraue dir.«

Kerstin schreckte auf. Sie stemmte sich gegen die Fesseln, lehnte sich zurück. Ediths Duft war zu nah.

»Was?« Die drei Buchstaben traten bebend über ihre Lippen.

»Ich vertraue dir. Du wirst mich schon nicht umbringen.«

»Vergiss es«, wiederholte Kerstin ihre Worte vom Beginn der Diskussion. Hatte diese törichte Menschenfrau denn gar nichts begriffen?

»Du warst damals ein Kind und du warst hilflos und allein.«

»Ganz schön naiv von dir. Ich bin ein Raubtier.« Eine Berührung an ihrem Bein ließ Kerstin zusammenzucken. Verdammt, war diese Frau ihr wirklich so nah?

»Du hast mich doch schon mal gerettet. Ich denke nicht, dass du gefährlich bist.«

Das Lachen schmeckte sauer auf Kerstins Zunge. »Sag ich doch: naiv.«

»Wenn du es nicht tust, sterben wir vielleicht beide.« Ediths Worte sickerten in Kerstins wirre Gedanken. Die Möglichkeit, dass Edith in dieser Nacht auf zwei Weisen wegen Kerstin sterben konnte, loderte in ihrem Kopf auf. Sie schluckte schwer, denn sie würde sich für eine Bürde entscheiden müssen, die an ihr kleben blieb.

Ein Poltern erklang. Hinter der Tür lärmten die Vampire, brüllten durcheinander. Die Tür wurde aufgerissen. Einer der Bluthamsterer trat herein.

»Schnell!«, flehte Edith. »Tu es!«

»Entsorg die zwei. Mit dem Rest hauen wir hintenraus ab!«, schrie ein anderer Vampir seinem Kameraden zu.

Kerstin bleckte die Zähne. Sie zischte ihrem Gegenüber zu. Er hielt Abstand und näherte sich stattdessen Edith. Die Menschenfrau kreischte los, trat um sich.

Kerstin erstarrte. Sie riss an ihren Fesseln. Das Rohr hielt sie zurück. Mit einem kräftigen Ruck gelang es ihr, einen Arm zu befreien. Soweit möglich streckte sie sich zu dem Vampir und verpasste ihm einen Kratzer an der Hand.

In einer flinken Drehung wich er aus, wandte sich an Kerstin und schlug zu. Sie fiel rücklings gegen das Rohr, das unter ihrem Aufprall ein Stück nachgab.

Ediths fassungsloses Schreien machte ihr klar, dass sie die Wahl an das Schicksal abgegeben hatte. Es hätte in ihrer Macht gelegen, sie zu retten. Stattdessen ließ sie sich vom Selbstmitleid in die Knie zwingen.

Sie ballte die freie Hand zu einer Faust und zerrte erneut an den Fesseln. Das Rohr brach an einer Stelle und gab ihren Arm frei. Kerstin packte das Endstück, riss es aus der Verankerung. Sie zielte auf den Kopf des Bluthamsterers, dessen Umrisse vom Licht außerhalb der Kammer in blassem Orange leuchteten. Mit Schwung warf sie ihm das Metall entgegen.

Er stöhnte. Ein Krachen erklang, Dosen schepperten, Bretter barsten. Der Angreifer rührte sich nicht mehr.

Schritte näherten sich. Kerstin richtete ihren Oberkörper auf, bereit, erneut anzugreifen.

»Alles in Ordnung?«

Sie erkannte die Silhouette eines Mannes mit Waffe. Erleichterung flutete ihre gespannten Glieder. Von einem plötzlichen Schwindel erfasst sackte sie zu Boden. Ihr Schädel pochte unerträglich.

»Wie man es nimmt«, murmelte sie.

Er trat näher, drückte etwas an ihre Lippen. Eine Notration.

Dankbar stieß Kerstin ihre Zähne in den Beutel, während der Vampir Edith befreite. Der Lebenssaft belebte Kerstins geschwächten Körper. Die Schmerzen lösten sich, ihre Sehkraft kehrte zurück. Ein sanftes Kribbeln rauschte von ihren Lippen über die Wangen und Ohren in ihre Glieder.

»Wir haben die Situation jetzt unter Kontrolle. Mensch, Kerstin, dein Bruder killt mich!«

Sie lachte, rieb ihre Handgelenke. »Ich rede mit ihm.«

»Was ist mit ihr?«

»Bring sie nach Hause.« Kerstin ignorierte den Protest aus Ediths Mund. Sie hörte nicht mehr hin, als sie die Kammer wankend hinter sich ließ. Ihre Beine zitterten bei jedem Schritt. Das Sondereinsatzkommando räumte das Lager, die Bluthamsterer wurden abgeführt. Drei Vampire unterzogen die Menschen - auch Edith - einer Gedächtnislöschung. Sie betrachtete die Szene wie durch einen Schleier. Dann verschwand Kerstin in den tröstenden Umhang der Nacht.

»Hast du jetzt total den Verstand verloren?« Malte tigerte von einem Ende des Büros zum anderen und wedelte dabei wild mit den Armen.

Unterdessen schob Kerstin das Glas mit Blut vor sich her. Mit der Wange lag sie auf der kühlen Tischplatte. Das Holz vibrierte unter ihrem rechten Ohr. Sie hörte bloß Stichworte der Standpauke ihres Bruders.

»Hörst du mir überhaupt zu?«

Sie zuckte zusammen, seine Stimme donnerte unmittelbar über ihr. Mit einem Seufzen wandte sie sich ihm zu. In Maltes Gesicht spiegelten sich Wut und Angst. Seine Augen loderten golden. Eine Farbe, die sich unter Vampiren ausschließlich in Momenten größter emotionaler Regung zeigte.

»Ich hatte alles unter Kontrolle.« Kerstin klemmte die Hände zwischen ihre Knie. Sie erwiderte den Blick ihres Bruders nicht.

»Das habe ich gehört. Du bist alleine zu dieser Lagerhalle gegangen. Zusammen mit der Menschenfrau. Ohne vorher noch einmal Blut zu trinken. Kerstin, das war gefährlich!«

Die Vampirin massierte ihre Schläfen. Wenn ihr Bruder loslegte, beruhigte er sich tagelang nicht. Ihr wurde warm ums Herz. Er hatte sie stets verteidigt, sie immer beschützt.

»Sie wollte, dass ich von ihr trinke.« Sie flüsterte das Geständnis. Ihre Augen brannten. Starke Vampire weinten nicht.

Maltes Gesichtszüge erstarrten. Er kniete sich vor Kerstin und nahm ihr Gesicht in die Hände.

»Weiß sie ...«

Kerstin nickte. Sie sah, wie er die Lippen zusammenpresste. Sah seine verkniffenen Augen. Dann plötzlich entspannten sich seine Züge und er zog sie in eine feste Umarmung.

»Du hättest sie nicht mitnehmen dürfen.«

Kerstin erwiderte die Geste zögerlich. »Sie wollte ihre Nichte retten. Und sie hat mich gefragt, was ich an ihrer Stelle tun würde.«

Sein Kichern kribbelte an ihrem Hals. »Cleverer Mensch. Hat deinen weichen Kern gleich gefunden.«

»Arsch.« Kerstin boxte ihm gegen die Schulter.

Daraufhin gab Malte sie frei. Seine Hände verharrten einige Sekunden an ihren Armen, ehe er sie losließ. »Ich sage nur, wie es ist. Du bist eine nette Vampirin.« Er richtete sich auf.

Ein Grinsen stahl sich auf Kerstins Lippen. »Sag noch ein Wort und du sagst nie mehr was.«

Malte hob die Hände, sein Lachen füllte den Raum mit dem Gefühl von Geborgenheit und Familie. Kerstin trank einen Schluck Blut. Was wäre passiert, wenn sie Ediths Angebot angenommen hätte? Sie vollendete den Gedankengang nicht.

»Du brauchst keine Angst zu haben, dir wird so etwas wie damals nicht mehr passieren.« Ihr Bruder vergrub die Hände in den Hosentaschen.

Mit geweiteten Augen sah sie ihn an. Kopfschüttelnd erhob sie sich.

»Du hast sie nicht gebissen, oder? Auch auf mehrfachen Wunsch ihrerseits nicht.«

»Aber wenn ich es getan hätte, hätte ich nicht mehr aufhören können.«

Er zuckte mit den Schultern. »Du hast es seit damals nicht mehr versucht. Du hast einen starken Willen.«

Sie trat neben ihren Bruder. Er sah hinaus, ließ ihr einen Augenblick zum Nachdenken. Diese Seite liebte sie an ihm. Er schenkte ihr die Zeit, die sie brauchte.

»Ich weiß noch nicht, ob ich das glauben kann«, murmelte sie.

Er holte zu einer Antwort aus, da unterbrach das Klingeln ihres Handys das Gespräch. Eine Nachricht.

»Oh Mist, nicht schon wieder.« Kerstin brummte und steckte das Smartphone zurück in die Tasche. Sie goss sich ein weiteres Glas Blut ein, leerte es in einem Zug und warf sich die Lederjacke über die Schultern.

»Was ist los?« Malte folgte ihr zur Tür.

»Offensichtlich ist ein Vampir aus der Lagerhalle mitsamt einer Geisel entkommen.« Sie ballte die Hände zu Fäusten. »Thomas meldet, dass das Einsatzkommando die Laube umstellt hat. Anscheinend macht eine Menschenfrau dem Entführer gerade Feuer unterm Hintern.«

Malte hob die Hände an den Kopf. Er zischte einen Fluch.

Kerstin stimmte darin ein. Offensichtlich war Edith weitaus sturer, als sie erwartet hatte. Wie zum Teufel war sie an die Adresse gekommen? Und wieso hatte die Gedächtnislöschung schon wieder nicht funktioniert?

»Ich hole sie da raus.«

»Keine Dummheiten dieses Mal.« Maltes warnender Ton vibrierte in jeder Silbe seiner Worte. Er zog sie ein letztes Mal in eine Umarmung und küsste sie auf den Scheitel. »Sei vorsichtig, Schwesterherz.«

Kerstin murmelte einen Protest. Sie verbarg ihr Lächeln an seiner Brust.

»Das bin ich doch immer.« Mit einem Ruck machte sie sich los und stürmte durch die Tür hinaus.

☣ ☣ ☣

Die Schrebergartensiedlung wirkte so spät in der Nacht wie ein Friedhof. Stumme Häuschen, überwucherte Beete. Die Gartenzwerge starrten Kerstin argwöhnisch an. Nur aus einer Laube schien Licht heraus und es waren lautstarke Stimmen zu hören.

»Wie ist die Lage?«, fragte Kerstin an Thomas gewandt.

Der Vampir schenkte ihr einen entschuldigenden Blick. Sie winkte ab und nickte ihm auffordernd zu.

»Die Hütte ist umstellt. Es geht heiß her. Wir wissen nicht, was genau passiert ist. Die Menschenfrau ist anscheinend mit einem Messer bewaffnet und beschützt ein Kind vor einem Bluthamsterer.«

Kerstins Mundwinkel zuckten. Mittlerweile traute sie Edith alles zu.

»Und es ist nur einer?«

»Vermutlich ja.« Er deutete auf die Hütte, durch deren geschlossene Fensterläden Licht nach draußen drang. »Wir haben in der Umgebung bereits vier weitere festgenommen. Sie hatten Menschen bei sich.«

Kerstin schnaubte. »Na schön. Ich gehe rein.«

»Bist du sicher, dass du …«

Sie hob die Hand. Thomas seufzte. In dieser Sache stand sie eine Befehlsstufe über ihm und ihren Starrkopf kannte er ebenso gut wie ihr Bruder. Er nickte in Richtung der Laube und gab dem Rest der Einheit per Funk durch, dass Kerstin sich hineinbegeben würde.

Sie wählte den direkten Weg. Je näher sie kam, desto deutlicher verstand sie das Stimmengewirr.

Das heisere Brüllen eines Vampirs peinigte ihre empfindlichen Ohren. War es nur der eine? Er stotterte, schrie Edith an, die ihrerseits wüste Beschimpfungen in den Mund nahm.

Das Grinsen auf Kerstins Gesicht wurde breiter. Sie nutzte das Überraschungsmoment und trat die Tür ein.

Sechs Augenpaare fuhren zu ihr herum. Nur eines davon begann, vor Freude zu leuchten.

»Du bist spät dran«, schimpfte Edith.

»Und du hast offenbar den Verstand verloren.«

Das Mädchen, das sich hinter Ediths Rücken versteckte, sah Kerstin mit großen Augen an. Sie konnte nicht älter als acht Menschenjahre sein.

»Du da.« Kerstin wandte sich an den Bluthamsterer. Es war tatsächlich nur einer. Erleichtert atmete sie auf und schenkte ihm ein bittersüßes Lächeln. »Gib dich freiwillig geschlagen oder ich wende Gewalt an. Deine Entscheidung.«

Der Vampir sah zwischen ihr und Edith hin und her. Während Edith ein riesiges Küchenmesser in der Hand hielt, hatte der Vampir keine Waffe zur Hand. In der Laube gab es nicht einmal eine Gartenschere. Auf dem Boden lag ein Seil, dessen beide faserigen Enden von Ediths Hals-über-Kopf-Befreiungsaktion zeugten.

Kerstin rümpfte die Nase, mit wachsamen Augen scannte sie den Raum. Irgendetwas roch verdammt falsch. Angespannt führte sie die Hand zum Holster an ihrem Bein.

»Wollt ihr denn nicht weiterleben?« Der Blick des Vampirs hetzte durch die Hütte. »Wir haben demnächst kein Blut mehr! Damit wollen die Menschen uns ausrotten!« Er faltete die Hände und richtete sich an Kerstin. »Der Impfstoff ist eine Lüge, Mann! Die Menschen bekommen nur irgendein wirkungsloses Zeug gespritzt. Aber uns Vampiren werden sie einen Chip einpflanzen, um uns zu überwachen und zu kontrollieren!«

Kerstin schüttelte den Kopf. »Über diese Fantasiegeschichten kannst du dich in der Zelle mit deinen Kollegen austauschen.«

Sie trat auf ihn zu, er machte einen Satz zurück. Sein Blick blieb für eine Sekunde an einer Tür hängen, an der ein verrutschtes WC-Schild baumelte. Kerstin behielt den Bluthamsterer im Auge und trat langsam auf den verschlossenen Raum zu. Seine Augenlider zuckten, die Mundwinkel hob und senkte er in einem unsteten Rhythmus.

Das Messer im Anschlag griff Kerstin nach dem Knauf. Die Tür flog abrupt auf und knallte gegen ihre Stirn. Sie taumelte zurück, im Reflex hob sie die rechte Hand an den Kopf und ließ dabei das Messer fallen. Fluchend sah sie zu Edith.

Nun hielt der Vampir die Waffe in der Hand, mit der die Menschenfrau sich zuvor verteidigt hatte, und drückte sie an ihre Kehle. Sophie kauerte stocksteif in einer Ecke.

Ehe Kerstin sich auf ihn werfen konnte, um ihn zu entwaffnen, stieß etwas Schweres gegen ihren

Rücken. Kerstin stürzte zu Boden, ein Gewicht presste ihren Körper gegen den kalten Stein.

»Hättest deine Hausaufgaben machen sollen, Schätzchen.« Ein weiterer Vampir. Sein fauliger Gestank traf Kerstins Nase unvorbereitet. Feuchte Erde rieselte neben ihr auf den Fußboden, sie erkannte verdorbenes Gemüse dazwischen.

»Hast mich nicht gerochen, was? Guck dir das an, Frank. Die dachte echt, die könnte uns drankriegen.«

Kerstin zischte und versuchte, ihr Messer zu erreichen. Doch der muffelnde Vampir hockte auf ihren Schultern und drückte mit den Knien ihre Arme auseinander. Er hatte sich auf der Toilette verborgen, getarnt durch den herben Geruch eines Komposthaufens.

»Kerstin!« Thomas Stimme drang von der Tür an ihre Ohren.

Ihr Kopf pochte, sie spürte das Glühen in ihren Augen und die Hitze auf den Lippen. Als Thomas über die Türschwelle trat, schüttelte sie den Kopf. Sofort hielt der Vampir inne.

»Kommt nicht rein, oder die drei Mädels hier sind Geschichte!«, warnte Frank und streichelte Ediths Hals mit der Klinge.

»Was wollt ihr?« Thomas lenkte das Gespräch in die Verhandlungsphase, was Kerstin Zeit zum Nachdenken verschaffte. Dabei fiel ihr gerade das in diesem Moment am schwersten. Ihre Augen hafteten an der Waffe an Ediths Kehle. Zwar hatte sie längst keinen Durst mehr, doch das hektische Pochen an Ediths Hals entging ihr nicht. Die Blicke der Frauen kreuzten sich. Im Gesicht der Menschenfrau stand die bleiche Panik.

»Wir wollen hier raus. Lasst uns mit den Menschen zusammen gehen.«

»Das geht leider nicht. Die Menschen bleiben hier, ihr könnt gehen.«

Die Geiselnehmer wechselten einen Blick. Frank umfasste Ediths Kinn mit der freien Hand und zwang sie, ihn anzusehen. »Die Forderungen stellen wir. Die beiden kommen mit.«

Kerstins Gedanken rasten. Sie durfte Edith nicht wieder im Stich lassen. Mit einem tiefen Atemzug füllte sie ihre Lungen.

»Lass gut sein, Thomas.« Kerstin stemmte sich gegen das Gewicht auf ihrem Körper, doch der Angreifer ließ ihr kaum Bewegungsfreiheit. »Die zwei versuchen auch nur, uns zu helfen.«

Einige Sekunden herrschte Stille in der Laube. Thomas starrte Kerstin entgeistert an.

»Was meinst du damit?« Das Knurren des Vampirs auf ihrem Rücken kratzte in Kerstins Ohren.

»Ich meine nur, wenn ich ehrlich sein soll, geht mir das auch gegen den Strich.« Sie machte eine Pause, um die Worte sacken zu lassen. Frank ließ die Klinge wenige Millimeter sinken. Zufrieden redete Kerstin weiter. »Die Menschen in den oberen Regierungsrängen wissen doch von unserer Existenz. Da ist es doch logisch, dass die Angst kriegen. Bestimmt sehen sie ihre Position als mächtigste Spezies gefährdet. Und was wäre besser geeignet, uns klammheimlich auszuschalten, als ein modifiziertes Virus?«

Die Worte hinterließen einen pelzigen Geschmack auf Kerstins Zunge, den sie krampfhaft ignorierte.

»Das hab ich doch eben versucht zu erklären!«, schimpfte Frank. »Warum machst du erst eine auf Polizei, wenn du doch eigentlich unserer Meinung bist?« Er hob die Klinge wieder ein Stück höher. Edith keuchte.

Kerstin kniff die Lippen zusammen. Sie suchte Blickkontakt zu Edith und flehte innerlich, dass diese die Botschaft verstand. »Sorry, aber wie sollte ich euch denn sonst hier rausholen? Da draußen steht ein ganzes Einsatzkommando von bewaffneten Vampiren. Die einzige Möglichkeit, euch da heil durchzubringen, ist in Handschellen und in meinem Wagen.«

Der Vampir auf ihrem Rücken rutschte hin und her. Mit geballten Fäusten wartete Kerstin auf ihre Chance. Sie hielt weiterhin Ediths Blick fest, dabei zuckte sie mehrmals mit den Augen herab zu dem Messer. Die Menschenfrau hob eine Augenbraue, sie presste die Lippen zu einer Linie. Die Augen fest geschlossen, hob und senkte sie schließlich langsam den Kopf.

»Also?«, brach Kerstin das Schweigen, das sich zwischen den beiden Männern ausgebreitet hatte.

»Wie geht es weiter? Jetzt musste ich vor meinem Kollegen hier alles erzählen, damit ihr es rafft. Wie sollen wir jetzt hier rauskommen? Eure Blutgier scheint echt euren Verstand zu vernebeln!«

Wie aufs Stichwort riss Edith eine Hand hoch und griff damit um die Messerklinge ihres Geiselnehmers. Das Metall schnitt in ihre Handfläche. Der Vampir erschrak, sein Blick klebte an der roten Flüssigkeit und er lockerte den Griff um seine Geisel.

»Sophie, mach die Augen zu!«, schrie Edith.

Sie warf sich gegen den Vampir, der irritiert zur Seite taumelte.

Kerstin drückte ruckartig den Rücken durch. Das Gewicht auf ihr fiel polternd herunter. Ihre Sinne nahmen den blumigen Duft von Ediths Blut überdeutlich wahr. Sie verdrängte die Gedanken daran, versicherte sich mit einem hektischen Blick der Sicherheit der beiden Menschen und sprang auf den Geiselnehmer mit dem blutbeschmierten Messer zu. Mit einem Schlag entwaffnete sie ihn. Kerstin verpasste dem Gegner einen Tritt in die Magengrube und schnappte das Seil vom Boden. In einer fließenden Bewegung spannte sie es um seine Handgelenke und band sie um seinen Hals.

»Alles klar bei dir?«, fragte Thomas atemlos.

Irritiert sah Kerstin zu ihm herüber. Er fixierte die Arme des Kompostvampirs auf dessen Rücken und schloss gerade die Handschellen um dessen Gelenke.

»Ja«, murmelte sie.

Thomas sprach einige Befehle in sein Funkgerät, das Einsatzkommando stürmte die Hütte. Als sie die Bluthamsterer abführten, brüllten diese erbost ihre Theorien in die Welt.

»Die Menschen wollen uns vernichten! Sie wissen doch längst, dass es uns gibt! Sie haben Corona erfunden, um uns alle zu vernichten! Erkennt ihr nicht die Lüge? Corona wurde von Fledermäusen übertragen? Fledermäuse! Sie wollen uns zum Narren halten, sie …«

»Du hast uns betrogen, du hinterhältige …«

Eine Autotür wurde zugeknallt und die Rufe endeten. Mit Daumen und Zeigefinger rieb Kerstin über ihre Stirn.

»Ich fasse es nicht.« Sie trat auf Edith zu und umfasste ihre Schultern. »Bei dir alles in Ordnung? Bist du verletzt?«

Die Menschenfrau lächelte. »Nein, alles gut. Ich habe ihn überrascht, als er von Sophie trinken wollte. Nachdem die Lagerhalle geräumt war, habe ich einen Funkspruch mitbekommen. Ich habe vorgegeben, dass die Gehirnwäsche funktioniert hat, und bin dann zu dieser Adresse gefahren.«

»Das war ziemlich dumm, einfach so zwei Vampire zu stellen«

Edith zog den Kopf ein. Ihre Wangen färbten sich rosig. Einer der Kollegen reichte Kerstin einen Verbandskasten. Sie bedeutete Edith, sich auf einen Stuhl zu setzen.

»Den zweiten habe ich gar nicht bemerkt. Der war wohl die ganze Zeit da drin.«

»Er hätte jederzeit rauskommen und dich verletzen können!«

Mit zitternden Händen nahm Kerstin das Verbandszeug aus dem Kasten und umwickelte die blutende Wunde. Der Geruch kribbelte in ihren Nasenflügeln.

Sie schloss die Augen und nahm einen Atemzug durch den Mund, ehe sie erneut Ediths Hand betrachtete. Kopfschüttelnd sah sie den kleinen, roten Fleck an, der sich im Weiß ausbreitete. Das musste sicher genäht werden.

»Ich habe vielleicht etwas laut verkündet, dass ein Einsatzkommando der Vampirpolizei unterwegs ist.« Ein schüchternes Lächeln zeichnete Ediths Lippen.

Kerstin lachte auf. »Brauchst du ein Taxi zum Krankenhaus?«, fragte sie.

Ihr Kunstwerk wirkte halbwegs stabil, nur wenig Blut trat durch den Stoff hervor. Für den Transport würde es reichen.

Sophie lugte neben Edith hervor. Kerstin zwinkerte dem Mädchen zu, das den Saum von Ediths Jacke vor sein Gesicht zog.

»Mein Auto steht drüben auf dem Schotterplatz.«

Kerstin winkte ab. »Nichts da, mit der Hand solltest du nicht selbst fahren. Ich bringe dich in ein Krankenhaus und dein Auto lasse ich zu deiner Wohnung fahren.«

»Bist du dir wirklich sicher?« Edith seufzte und erwiderte ihren Blick. Dabei umfasste sie die verletzte Hand mit der unversehrten.

Einen Moment zögerte Kerstin. Die Hitze vom Kampf wallte noch immer in ihrer Brust und sie spürte die Spitzen ihrer Eckzähne, die fordernd gegen ihre Unterlippe stachen. Sie schnaubte und streckte die Hand aus. »Autoschlüssel«, befahl sie.

Edith verdrehte die Augen und gab sich geschlagen. Der Schlüsselbund klimperte protestierend, als sie ihn aus der Hosentasche zog. »Ich bin nicht dein Pausensnack, damit das klar ist.«

Kerstin hob die Mundwinkel und grinste schelmisch. Sie schnappte nach den Schlüsseln. »Keine Sorge. Ich fresse dir noch lange nicht aus der Hand.«

Empört öffnete Edith den Mund, antwortete jedoch nicht. Sie wandte sich an Sophie. Ihre Züge wurden weich.

»Du, Kerstin?«, fragte sie.

»M-mh.« Kerstin hob das blutige Messer vom Boden auf und reichte es einer Kollegin, die mit der Sicherung von Spuren begann.

»Dieser Club … ich habe vor dem Betreten des Gartenhauses gehört, dass er telefoniert hat. Er sagte etwas vom Club Noir.«

Ruckartig wandte Kerstin sich an Edith. »Bitte, was?«

Edith zuckte zurück. »Ja. Ich habe nicht alles verstanden, aber er sagte etwas von einem Lieferverzug, weil das Lager hochgenommen worden war.«

Triumphierend grinste Kerstin. Sie drückte Ediths unverletzte Hand dankbar und wandte sich an einen Kollegen.

»Hast du das mitbekommen? Gib das bitte weiter und schick einen Trupp zum Club Noir. Wir haben auch einen Mann vor Ort. Ich stoße dann für die Vernehmung in der Zentrale zu euch.«

Er nickte und verließ die Laube. Seine Worte verhallten in der Nacht, während Kerstin sich das Gesicht des Clubbesitzers ausmalte, wenn er sie in dieser Nacht zum zweiten Mal sah.

☣ ☣ ☣

Die Situation unter den Vampiren beruhigte sich in den kommenden Wochen geringfügig. Es gab nach wie vor Nester von Bluthamsterern, doch Kerstins Einheit gelang es, die abtrünnigen Gruppen nach und nach festzusetzen. Der Siegeszug hatte mit den Festnahmen im Club Noir begonnen. Seitdem waren erst drei Wochen vergangen, die sich anfühlten wie drei Minuten.

Ihr Handy vibrierte. Ein Anruf ihres Bruders.

»Was macht das Geschäft?«, fragte sie. Maltes Lachen kitzelte in ihren Ohren.

Die Nacht war sternenklar und von ihrem Balkon aus hatte Kerstin den besten Blick auf das Sternzeichen des Schützen.

Egal, wie das Himmelszelt stand. Ihn fand sie immer sofort.

»Es wird. Die Blutlieferungen organisieren wir jetzt von unterschiedlichen Verteilzentren aus. Mit den Blutbanken der Menschen herrscht reger Austausch, aber es laufen noch Klärungen. Verständlich, die wollen uns nicht mehr so viel abtreten, wo sie es selbst dringend brauchen«, erklärte Malte. »Wir arbeiten mittlerweile mit allen Behörden zusammen und versuchen ein Netzwerk aufzubauen, um die Vampire mit besseren und transparenteren Nachrichten zu versorgen. Dass sie sich auch den Regeln der Menschen unterordnen müssen, macht es schwierig.«

Kerstin seufzte. Sie lehnte sich mit dem Rücken gegen das Geländer. Das waren bessere Nachrichten, als sie erwartet hatte. Die Versorgung mit Blut würde so schnell nicht zusammenbrechen, in dieser Sache vertraute sie ihrem Bruder aus tiefstem Herzen. Sie bewunderte ihn für sein Organisationstalent.

»Klingt doch gut, nur warum machen die solchen Aufstand? Wir sind nachtaktiv und überschneiden uns höchstens um wenige Stunden mit den Menschen.«

Sie hörte Maltes Stöhnen in der Leitung. Vor dem inneren Auge sah sie ihren Bruder, der mit dem Kopf auf dem Tisch lag.

»Tja, anscheinend fehlt vielen das rege Nachtleben. Die kleinen Snacks zwischendurch oder das

Feiern in den legalen Blutclubs. Das Kontaktverbot schränkt auch uns ein und das führt zu Ungeduld. Aber wir können diese Einrichtungen nicht unter den zurzeit wachsamen Augen der Menschen weiterbetreiben, nur, weil wir jetzt erwiesenermaßen immun sind. Wenn die laufenden Demos der Menschen nicht tagsüber stattfänden, würden auch einige Vampire mitgehen.«

Diesen Konflikt konnte Kerstin nachvollziehen. Es war ein Drahtseilakt. Die Vampire mussten sich anpassen, obwohl das nicht notwendig war, um ihre eigene Spezies vor der Pandemie zu schützen. Vor der Entdeckung durch die Menschen aber sehr wohl.

»Sie werden es schon noch verstehen.«

»M-mh.« Ein Rascheln störte die Verbindung zu Malte. »Das hoffe ich. Zurzeit versuchen unsere Wissenschaftler herauszufinden, inwiefern das Vampir-Gen die Pandemie aufhalten kann.«

Das ließ Kerstin aufhorchen. Sie hatte darüber nachgedacht, ob es möglich war, die Menschen durch den Vampirismus von Corona zu heilen. Eine naive Idee. Das würde bedeuten, dass sie einen Großteil der Menschheit zu Vampiren wandeln müssten. Keine optimale Lösung für das Problem.

»Es ist möglich, dass wir einige Eigenschaften extrahieren können. Das wird aber dauern«, fuhr Malte fort. »Die Forschung an einem Impfstoff läuft parallel weiter. Wir sind auch mit der Regierung der Menschen in Kontakt.«

»Das dachte ich mir. Mit denen müssen wir ja leider von Zeit zu Zeit reden, um eine gewisse Ordnung aufrechtzuerhalten.« Kerstin trat zur Balkontür und fuhr mit den Fingern den Rahmen nach. »Auch wenn das diese Verschwörungsideologen weiter anheizt. Hab ich das richtig gelesen, dass die jetzt Verbindungen zwischen unseren Anführern und den menschlichen Politikern nachverfolgen?«

Die Leitung rauschte, als Malte einen Schwall Luft ausstieß. »Hör mir bloß damit auf. Die Behauptung des Chippens geht mittlerweile so weit, dass Menschen gechippt werden sollen und wir den Chip durch das Trinken direkt von der Quelle aufnehmen.«

Kerstin verkniff sich ein Lachen. Sie hatte sämtliche dieser Geschichten gelesen und erfuhr dennoch alle paar Tage eine neue Variante.

Die Nachtluft zupfte an den Haaren auf ihren Armen. Als Vampirin fror sie nicht wie ein Mensch. Doch der Durst trieb sie wieder hinein.

»Wie geht es eigentlich Edith?«

Die Frage traf Kerstin unvorbereitet. Sie nahm einen Blutbeutel aus dem Kühlschrank und füllte den Inhalt in ein Glas.

»Ganz gut. Wir wissen noch nicht, warum sie gegen die Gehirnwäsche immun ist. Es gibt Spekulationen, aber das Institut für menschliche Biologie hat noch keine neuen Erkenntnisse. Sie haben sie praktisch auseinandergenommen, dreimal durch den Computertomografen gejagt und ihr gefühlt einen Liter Blut abgenommen. Nach dem psychologischen Gutachten war sie dann so fertig, dass sie Zuhause direkt auf der Couch eingeschlafen ist.«

»Ich habe auch mal nachgeforscht. In den Aufzeichnungen taucht kein solcher Fall in der Vergangenheit auf. Vielleicht eine Genmutation?« Die Neugier ihres Bruders verleitete Kerstin zum Augenrollen.

»Keine Ahnung. Wir werden sehen.«

Edith und sie hatten nach dem Vorfall im Schrebergarten die Nummern getauscht. Seitdem hielten sie regelmäßigen Kontakt.

»Halt mich auf dem Laufenden«, fügte Malte hinzu. »Besuchst du sie denn noch oft? Ihr zwei habt euch ja auch so immer wieder getroffen.«

»Ja. Wobei ihre Nichte mir nicht glauben will, dass ich mich nicht in eine Fledermaus verwandeln kann.«

Schallendes Lachen drang an Kerstins Ohren. Sie zog das Handy vom Ohr und betrachtete das Display argwöhnisch.

»Sie gefällt mir. Aber sei weiterhin achtsam. Bleib auf Abstand, bevor sich demnächst auch um dich wüste Gerüchte ranken.«

Mit der freien Hand schob Kerstin eine Strähne hinter ihr Ohr. Sie trank ein paar Schlucke Blut, ließ sich dann auf der Couch nieder.

»Mach dir keine Sorgen. Ich passe auf.«

»Ich vertraue dir«, antwortete Malte. Seine Stimme klang barsch, dennoch entging Kerstin die Fürsorge darin nicht. »Muss jetzt auflegen. Wir haben gleich noch eine Videokonferenz mit dem Institut. Die sind lustig, das so kurz vor Sonnenaufgang zu machen.«

»Rette weiter die Welt, Bruderherz«, verkündete Kerstin kichernd.

Malte verabschiedete sich mit einem Schmatzen, das wohl ein Kuss sein sollte.

Kerstins Blick glitt zum Fenster, sie sah hinaus und suchte ihr Sternbild. Es waren harte Zeiten, die Vampire und Menschen erlebten. Wie die Zukunft aussah, wusste sie sich nicht auszumalen. Doch eines war sicher: Es würde weitergehen. Die Welt stand nicht plötzlich still wegen einer Pandemie. Irgendwann würde der Alltag wieder einkehren. Oder eine neue Version davon.

Am Horizont erschien das erste Glühen der Morgenröte. Kerstin gähnte. Sie stand auf und ließ die Rollläden herab. Am Abend würde sie erfahren, welche neuen Ergebnisse es rund um das Coronavirus gab. Und vielleicht war die Welt dann eine Spur weniger verrückt, als am Morgen.

Tanja Haas wurde 1992 in Andernach geboren und entdeckte erst spät die fantastische Welt der Bücher. Vampire, Götter, Engel und Dämonen sind ihre ständigen Begleiter. Als Autorin liebt sie es, Magie in der realen Welt zu erwecken und Leser in einer Achterbahn der Emotionen mitzureißen.

Ihre erste Veröffentlichung erschien mit dem Sweek Kurzgeschichtenbuch Band 1 - eine Mikrogeschichte zum Thema »Tanz«. Darauf folgten weitere Kurzgeschichten in Broschüren des Schreibkurses der Volkshochschule Andernach in Zusammenarbeit mit dem Literaturwerk und zuletzt auch mit dem Weinort Leutesdorf.

Zurzeit arbeitet sie an ihrem ersten Roman im Self-Publishing, der noch dieses Jahr erscheinen soll. Weitere Informationen findet ihr unter:

https://tanja-haas.jimdosite.com

Von heute auf morgen anders

Von Luna Day

Benni, Jack und ich kamen an der Küste von Frankreich an. Bei den letzten hundert Meilen streikte der Motor des Schiffes und wir mussten die Paddel benutzen. Sie waren so kurz, dass wir damit nur gerade so das Wasser erreichten.

»Warum?«, fluchte Benni mal wieder, als wir gefühlt nicht vorankamen. Ich hatte es satt, ihm zu erklären, wieso der Sprit leer wurde, das Segel gerade nichts brachte oder weshalb wir wieder nach Deutschland zurückwollten. Jack schwieg wie immer.

☣ ☣ ☣

2 Monate zuvor

»Nein«, rief ich aus, als ich sah, wer sonst noch mit mir arbeiten würde. Mein Blick ging zu Mark. »Wie kannst du mir das antun, du weißt, wie sehr ich ihn hasse!«

Mein Ersatzpapa ging sich durch die dunklen Haare, die bereits schon graue Strähnen zeigten. Der Mann, der mich stark an den MacGyver aus den Neunzigern erinnerte, sah zu der Planke, wo gerade vier neue Kollegen das Schiff betraten. »Ach, das ist er?«

»Haha«, grummelte ich.

Es war ja nicht so, dass ich Benni wirklich hasste. Aber mehrere Wochen mit ihm auf engstem Raum zu verbringen, war etwas, das ich nie auf einen Wunschzettel schreiben würde.

Mark stand auf und nahm mich in den Arm. »Ach, das wird schon werden.«

Ich konnte es nur hoffen.

Dreißig Studenten mieteten die Yacht von Mark, einem der Ex-Männer meiner Mutter. Da sie mal wieder zu tief ins Weinglas geschaut hatte und mal wieder clean werden wollte, reichte sie mich an ihn weiter. Er wurde so gesehen mein Ersatzpapa. Meinen ehemaligen Mitschüler Benni kannte ich vom Sehen. Er war der typisch beliebte Schüler mit seiner ach so tollen sportlichen Leistung. Mir war es einfach zu wider.

Mark zog mich mit zu den Neuen. Benni kam gleich auf mich zu und umarmte mich. Ich schob den dunkelblonden Mann von mir. Binnen kürzester Zeit schmerzten meine Handballen vom Druck meiner Fingernägel. »Du auch hier?«

»Ja, es ist schön, jemanden schon zu kennen, oder?«

Ich wollte schon etwas sagen wie: Auf dich hätte ich verzichten können - oder so was wie: Hier musst du arbeiten. Aber Mark meinte: »Es ist von Vorteil. Schön, dass ihr da seid.« Während er anfing, die Regeln unserer Überfahrt bekannt zu geben, brachte ich mehr Abstand zwischen mich und Benni. »Das Satellitentelefon ist nur für Notfälle«, betonte er besonders oft. Ich war ja gespannt, wann die Ersten jammerten, weil es auf dem Meer kein Netz gab.

Zu allem Überfluss bekam Benni auch noch die Kabine neben meiner. So kamen wir dann doch ins Gespräch und irgendwie konnte ich verstehen, warum die Mädels auf unserer damaligen Schule diesen türkisfarbenen Augen nicht widerstehen konnten. Nicht, dass ich mit ihm etwas auf der Yacht angefangen hätte. O Gott, nein, definitiv nicht! Ich war da schon eher etwas gehemmter, für mich gehörte Liebe oder Sexualität nicht zur Schau gestellt. Ich war nie prüde oder so, aber fast vierzig Personen hören zu lassen, wie man einen Orgasmus erlebt, war nicht meins. Zu oft hatte ich das mitanhören müssen.

☣ ☣ ☣

Nach der Überfahrt des Atlantik kamen wir an der Küste von Miami an.

»Was ist los?«, fragte ich Mark.

Mein Ersatzpapa stand fluchend am Funkgerät. »Sie antworten nicht und uns geht der Sprit aus!«

»Was ist das Problem? Wir legen an und holen uns neuen.«

»Diese Anlegestellen kann man nicht einfach anfahren, Kleines.«

Ich knurrte, denn ich hasste es, wenn er mich so nannte. Mit fast ein Meter achtzig war ich nicht klein. Dazu hatte ich einen Namen: Sandra - oder wie mich jeder nannte: Sandy. Benni lachte schon im Hintergrund. Schneller als mir es lieb war, hatte er dieses Wort übernommen. Er wechselte es auch ganz gerne mit Papagei ab, weil meine langen roten Haare ihn daran erinnerten. Daraufhin hatte ich ihn geschlagen. Zwischendurch rutschte es ihm immer noch heraus, wo er gleich auf Abstand ging.

»Und jetzt?«, fragte ich.

»Ihr schippert rüber und schaut, warum der Trottel nicht antwortet.«

Benni stöhnte auf. »Nur, weil ich Sport getrieben habe, heißt das nicht, dass ich ein King im Rudern bin.«

»Oh, hat Benni Bunny Angst, dass sein Krönchen verrutscht und an seiner Männlichkeit gezweifelt wird?«, höhnte ich.

»Pah, du traust dich nur nicht, dich mit mir in ein Boot zu setzen!« Angeberisch spannte er seinen Bizeps an und küsste ihn, was in mir lediglich ein Gähnen hervorrief. Nur gut, dass das Boot einen kleinen Motor hatte und er nicht wirklich aktiv sein musste.

☣ ☣ ☣

Knapp eine halbe Stunde danach betraten wir einen Steg. Ich hasste die ersten paar Minuten an Land. Man gewöhnte sich an den Wellengang und bewegte sich automatisch mit. Doch die Erde blieb an Land eben still und das hatte zur Folge, dass wir aussahen, als wären wir total betrunken.

Lachend gewöhnten wir uns an die neue Situation und liefen zu dem Haus, das am Gitter des Piers stand. Der Zahlmeister, so nannte Mark diese Menschen, machte aber auch nach starkem Klopfen nicht auf.

»Und nun?«

Benni drehte den Knauf und die Tür ging auf. »Hallo?«, rief er hinein. Er blickte zu mir, ich zuckte mit den Schultern. »Wir wollen anlegen, wir brauchen Sprit und etwas Proviant!«

Ich wandte mich um und musterte die Gegend. »Sag mal, findest du es nicht komisch, dass es hier so leise ist?«

»Vielleicht ist in der Stadt irgendetwas, wo alle hin sind.« Er betrat das Haus. »Hallo?«

Ich hatte keine Zeit, mich zu wundern. Diese Stille machte mir irgendwie Angst. Ich klammerte mich an den Arm von Benni. »Lach nicht«, grummelte ich, als ich bemerkte, dass er mich breit angrinste.

»Suchen wir das Funkgerät.« Ich bejahte diesen Vorschlag. Ein Rauschen ließ uns das Gerät schnell finden. Während er die Yacht anfunkte, sah ich mich um. »JollyJumper, bitte kommen.«

Auf dem Herd stand ein Topf mit Wasser. Eine leichte Staubschicht war auf den Sachen. Ich klappte die Zeitung auf. Sie war von vor knapp einem Monat. Was war hier los? Ich hörte Benni reden, er hatte sie also erreicht. Gerade als ich mich ihm zuwenden wollte, erstarrte ich. Am Fenster stand ein Wolf.

»Benni«, schrie ich.

»Was ist denn los?« Meine Hand ging zittrig nach oben. »Oh!« Er griff nach meinen Fingern. »Was bitte macht ein Wolf so nah an Häusern und das am Tag?«

»Sehe ich aus wie eine Biologin?«

Ohne auf meinen Sarkasmus einzugehen, zog er mich aus dem Zimmer. »Wollen wir hoffen, dass er keinen Hunger hat und durch das Glas springt.« War ja so klar, dass er meine Angst eher schürte, als mich zu beruhigen. »Wir sollen zurückkommen, aber ich bezweifle, dass wir so weit kommen.«

»Boah Benni, kannst du mal nicht so negativ sein?«

»Der Schnellere von uns überlebt«, sagte er und grinste mich an, frei nach dem Motto: positiv genug?

»Wenn ihr …« Ich schrie auf vor Schreck und wandte mich um, »… genug geredet habt, würde ich vorschlagen, wir beeilen uns!«, sagte ein fremder bulliger Mann mit Vollbart und langen zotteligen Haaren.

Kurz kam mir der Gedanke, dass Neandertaler wohl auch so aussahen.

»Was?«, gab Benni von sich.

»Das Rudel ist hungrig und ihr seid leichte Beute, also könnten wir bitte zurück aufs Meer?«

Ich nickte nur. Als Futter zu enden, fand ich nicht wirklich prickelnd.

»Bei drei reiße ich die Tür auf, ihr rennt zu eurem Boot und fahrt los, ich halte sie so lange auf, wie ich kann.« Er sah zu Benni. »Beschütze deine Freundin, keine Späße.«

»Ich bin nicht seine Freundin!«

Benni stöhnte auf. Ja, okay, es war nicht gerade die passende Situation, das auszudiskutieren, aber mir gefiel es eben nicht, als seine Freundin bezeichnet zu werden.

Der Mann lachte leise und fing dann an zu zählen. Bei zwei holte er unter seiner Jacke eine Pistole hervor. Benni nahm meine Hand. »Drei!« Die Tür ging auf. Adrenalin pumpte durch meine Adern. Ein Jaulen. Ich wollte einfach nur noch da weg. Ein Schuss fiel, gerade, als wir den Steg erreicht hatten.

»Starte den Motor«, schrie Benni.

Ich sprang ins Boot, drehte den Schlüssel, ein Poltern hinter mir.

»GIB GAS!«

Das ließ ich mir nicht zweimal sagen. Unser Motor heulte auf und wir bretterten Richtung Yacht.

Ich blickte über die Schulter, ein zweites, etwas größeres Boot folgte uns. Es erleichterte mich. Besorgt stand Mark an Deck. »Was ist passiert?«, fragte er, als wir das Beiboot festmachten. »Ich habe einen Schuss gehört!«

»Wir wurden fast gefressen«, erklärte Benni. »Wölfe! Der Wahnsinn.«

Mark runzelte die Stirn.

Das zweite Boot kam an. Unser Retter warf mir das Seil zu und kletterte zu uns an Bord. »Das ist Mark Metzer unser Kapitän und Besitzer der JollyJumper«, stellte ich vor. »Das ist …«

»Sebastien Richard.« Sie reichten sich die Hand. »Mich wundert es, Menschen zu sehen.«

»Wie?«, gaben wir drei wie aus einem Mund von uns.

Er zog eine Augenbraue hoch. »Wie lange seid ihr schon auf See?«

»Gut zwei Monate, warum?« Mark übernahm das Reden.

»Vor knapp einem Monat trat ein Virus auf, nach gut einer Woche hatte es so gut wie jeden dahingerafft. Es gibt nur Wenige, die überlebt haben oder immun sind. Ich bin nur aufmerksam auf euch geworden, weil mein Funkgerät Geräusche von sich gab.«

»Klar doch«, vernahm ich von Benni spottend.

Doch ich hatte nur eines im Kopf. »Mama!«, keuchte ich. Was war mit ihr? Lebte sie noch? Das durfte nicht wahr sein.

»Nimm das Satellitentelefon«, sagte Mark.

Dankend nickte ich ihm zu und lief zu seiner Kabine.

»Wir sollten die anderen informieren«, meinte Benni, der mir gefolgt war. Seine Stimme klang neutral und ich wusste, warum ihn das hier kaltließ. Er hatte niemanden mehr.

»Rede mit Mark«, brüllte ich ihn an, »oder mach, was du willst, es ist mir gerade vollkommen egal. Gerade du müsstest verstehen, dass meine Mutter mir wichtiger ist, als diese Fremden.«

Ich wusste, dass ich ihn gerade verletzt hatte. Er hatte seine Eltern verloren, aber darauf konnte ich keine Rücksicht nehmen. Allein beim Gedanken daran, sie vielleicht nie wiederzusehen, brannte es unter meinen Lidern.

Zu Hause ging nicht einmal der Anrufbeantworter an, also war da kein Strom mehr. Ich versuchte, die Klinik zu erreichen, wo sie immer hinwollte, aber auch da war nichts. Dann gab es nur noch zwei Möglichkeiten: meine Tante, die eh nie da war oder die Hütte in den Bergen. Letztere hatte kein Telefon.

Ich betete zu allem, dass jemand an das Telefon meiner Tante ging. Aber Fehlanzeige. Gerade als ich heulen wollte, sprang das Band an. Schnell wählte ich die Nummer, um es aus der Ferne abzuhören. »Sandy mir geht es gut, der Berg ruft.« Erleichtert sackte ich zusammen.

»Sie lebt?«, fragte Benni.

Ich nickte.

»Und jetzt?«

Ich spielte die Nachricht noch mal ab. Vor zwei Wochen hatte sie diesen Anruf getätigt. »Ich muss zurück!«

»Bist du wahnsinnig? Das schaffst du nicht alleine. Wie willst du das machen?«

»Es ist meine MUTTER!«

»Was ist denn los?«, mischte sich Abby ein. Mit ihr hatte ich die letzten Wochen eine Kabine geteilt.

Benni rieb sich die Lider. »Okay, ich helfe dir, aber ich sage dir gleich, das ist absoluter Wahnsinn!«

Abby schnaubte. »Hallo, ich bin da und will wissen …«

»Gäste und Crew haben sich vollzählig auf das Deck zu begeben«, schallte die Stimme von Mark durch das Mikro.

»Komm«, sagte Benni. Ich stand auf und folgte ihm.

»Ist etwas passiert?«, fragte sie.

»Abby du hörst es gleich, sei einfach mal still!« Es hörte sich nicht nur so an, es war wirklich so, dass er sie nicht leiden konnte.

Das lag vermutlich auch stark daran, dass ich nur noch genervt von ihr war. Ich hatte unzählige nackte Hintern gesehen und dazugehörige Penisse. Ich kannte Seiten an Abby, die mich als Frau nicht interessierten.

Wie oft ich deswegen zu Benni und seinem Kabinenmitbewohner Jon flüchtete, konnte ich an zwei Händen nicht mehr abzählen. Da war es zwar auch nicht so ideal, da Jon meist Eine rauchte, aber besser als dieses Bild vor Augen zu haben.

Auf dem Deck, wo meist Partys stattfanden, war eine eisige Stimmung. Die meisten waren vermutlich gerade erst wach geworden.

Mark kam auf mich zu. »Und?«

»Vor zwei Wochen hat sie auf den AB von Tante Jenifer gesprochen, sie ist in der Hütte. Ich muss zurück!«

»Das besprechen wir gleich. Lass mich erst mal die anderen informieren.« Ich gab mein Okay und er ging zum Mikro. »Wir wollten auftanken und neuen Proviant besorgen. Die Ereignisse in der Welt haben aber unser Vorhaben geändert.« Warum mussten Menschen, bei so etwas immer anfangen zu reden? »Das ist Sebastien, er wird euch erzählen, was vorgefallen ist.«

Der Neandertaler trat vor, einige der Gäste wollten schon gehen. »Eure Familien sind vermutlich tot.« Sie zeigten ihm den Vogel oder winkten ab. »Ein Virus brach aus.«

»Wir sind hier nicht bei Resident Evil«, höhnte einer. Einige fanden das witzig.

»Nein, keine Zombies.« Er räusperte sich. »Aber Tote, so viele habe ich noch nie in meinem Leben gesehen, und ich bin Bestatter.«

»Wie?«, fragte eine Frau.

»Laut Zeitung haben sich die ersten über die Luft angesteckt, die in einer kleinen Stadt gelebt haben. Es soll durch Aerosole übertragen worden sein. Nur wenige Menschen haben das überlebt und noch viel weniger sind immun. Ich habe bemerkt, dass ein hoher Salzgehalt in der Luft das Virusvorkommen verringert oder gar zerstört. Wie genau bin ich mir aber nicht sicher. Ihr seid seit drei Wochen die Ersten, die ich sehe.«

Jetzt brach Panik aus. Heulen und Schreie waren nun zu hören. Wie auch ich zuvor dachten einige an ihre Familien und dass sie diese doch erreichen wollten.

Mark versuchte sie zu beruhigen, aber so richtig funktionierte es nicht. Mein Magen verkrampfte sich immer wieder, ich hatte keinen Plan, was ich wirklich machen sollte.

»Wie willst du es anstellen?«, fragte Benni neben mir.

»Ein Boot kapern und zurück?«, sprach ich meinen ersten Gedanken aus.

Sebastien setzte sich zu uns.

»Ist es eigentlich noch gefährlich?«, wollte ich wissen. Sicherlich wollte ich nichts mehr in diesem Moment, als meine Mutter in den Arm nehmen und wissen, dass es ihr gut ging. Doch, wenn wir hier sicher waren, wusste ich nicht, ob ich diesen Schritt wagen sollte. Mein Kopf kämpfte gegen mein Herz.

»Ich bin kein Wissenschaftler.«

»Du willst das Risiko trotzdem eingehen?«, fragte Benni.

Mein Blick ging zu ihm und ich nickte. Ich war froh, dass er mir zusprach.

»Was habt ihr vor?«

»Über das Meer nach Deutschland«, antwortete ich.

»Ihr kommt von da?«

»Wir beide zumindest und der Kapitän« erklärte Benni. »Die Gäste kommen hier aus den USA, der Rest der Crew von überall her.«

»Es werden mehrere zurückwollen.«

Das bezweifelte ich etwas.

☣ ☣ ☣

Und so war es auch. Sie verstanden es nicht, da es keine Garantie gab, dass meine Mutter noch lebte, und ich zurückwollte. Die Gruppe müsse doch zusammenhalten, darum blieb Mark dann bei ihnen, statt mit mir und Benni zurück nach Deutschland zu fahren. Sebastien schloss sich ihnen an.

Bei uns blieb einer der Steuermänner, der zurück nach Frankreich wollte. Jack war etwas älter als wir, hatte aber schon viele Jahre auf See verbracht. Zu meinem Glück hatten Benni und ich viel bei Mark gelernt, sodass wir zu dritt gut vorankamen. Da das Schiff von Sebastien auch Segel hatte, kamen wir mit dem Sprit aus, was wir gelagert hatten. Schon erstaunlich, was Benni bereits alles an Sport gemacht hatte. Dass selbst Segeln darunter war, kam uns jetzt mehr als zugute.

Immer wenn ich keinen Dienst hatte, stand ich am Bug und hoffte, Land zu sehen.

»Denkst du, sie lebt noch?«, fragte mich Benni.

»Sie muss.«

Er drückte meine Schulter. Diese kleine Geste tat mir gut.

»Hey, nicht rumstehen, ich habe Hunger!«, rief Jack, der Dienst am Steuer hatte.

»Ich bring dir was«, sagte Benni. Ich wusste nicht, wen er meinte, da er nicht laut war, deswegen nickte ich. Der Horizont und das Meer vermischten sich, genau wie Tag und Nacht.

☣ ☣ ☣

Heute

Wir schoben das Boot an den Strand von Frankreich. Ich hatte sämtliches Zeitgefühl inzwischen verloren. Waren es zwei Monate oder schon drei? Immer dasselbe zu sehen, war nicht förderlich.

»Geht es dir gut?«, fragte Benni mich.

»Wir müssen durch Frankreich durch oder wir gehen am Strand der französischen Küste entlang über Belgien und die Niederlande bis zur Nordsee.«

»Hast du gedacht, es ist einfach?«

Ich zuckte mit den Schultern. »Um ehrlich zu sein, ich habe einfach nur Angst.«

»Ich auch.« Was konnte uns hier erwarten? Hatten sich die Tiere aus den Zoos befreit? Was lauerte Tödliches in den Wäldern und Städten? Waren vielleicht Hunde und Katzen zu Bestien geworden? Plötzlich lachte Jack.

»Was ist denn so komisch?«

»Weißt du«, meinte Jack, »wie oft ich mir *I'm Legend* angesehen habe und dachte, was für ein geiles Leben das doch wäre, wenn keiner mehr da wäre?« Jack schmunzelte, er war nie so der Gesprächige gewesen. Er wollte auch nur noch diese Nacht mit uns verbringen und dann sofort nach Paris weiterziehen.

»Ich fand das nie toll, es ist so einsam. Da siehst du auch, wie verrückt er geworden ist, als er mit den Puppen redet.«

»Ich habe geheult, als er den Hund töten musste«, sagte Benni.

Ich war erstaunt über diese Aussage. Er war kein kaltherziger Mensch, aber dies zu gestehen, war nicht typisch für ihn.

Sein Blick ging zu mir. »Ich bin froh, dass du bei mir bist, Papagei.«

Ich verdrehte die Augen und ließ mich in den Arm nehmen. »Danke, dass du mitgekommen bist.«

»Schlaf etwas, ich übernehme die erste Wache.«

Er musste ja wieder den starken Mann spielen.

☣ ☣ ☣

Wir entschieden uns, an der Küste entlangzulaufen. Das war zwar um einiges länger, aber garantiert ungefährlicher.

»Ich vermisse eine Dusche«, jammerte ich.

Wir gingen zwar ins Meer, um uns zu waschen, aber Schaum und ein anderer Duft wären sehr prickelnd gewesen.

Benni lachte. Bei ihm kam der Naturbursche zum Vorschein. Ich musste ihn schon immer ins Wasser schieben, damit er sich mal wusch. Ich konnte nicht mal sagen: »Du stinkst«, weil er es gar nicht mehr wirklich wahrnahm.

»In der nächsten Küstenstadt können wir ja schauen, ob wir ein Haus finden, in dem du duschen kannst.«

Vor wenigen Tagen hatten wir Le Havre passiert. Da bereute ich unseren längeren Trip, mir wurde klar, dass wir noch etliche Kilometer laufen mussten. Monate würden wir zusammen verbringen müssen. Was ja nicht das Schlimmste wäre, aber nur mit ihm war dann etwas, worauf ich gern verzichtet hätte.

Er blieb stehen und hielt mich fest. »Hast du das gehört?«

»Nein?« Er fing an zu grinsen und rannte in den Wald, der zu unserer Rechten verlief.

»Bist du bescheuert?«, rief ich ihm hinterher. »Benni!« Ich war ja so feige! Panisch sah ich die Baumreihe hin und her, aber ich konnte ihn nicht sehen. Gerade als ich beschlossen hatte, ihm zu folgen, hörte ich ein Wiehern. Er kam mit zwei Pferden angeritten.

»Wo hast du die denn her?«

»Jetzt sind wir schneller!«, sagte er stolz.

»Wow, also das hast du echt gut gemacht.«

Sein Grinsen wurde breiter. »Na komm.«

O Gott, reiten ohne Sattel, das hatte ich noch nie gemacht.

»Ich helfe dir hoch«, meinte er, als ich mich umsah, wie ich darauf klettern konnte. Locker ließ er sich hinuntergleiten und kam zu mir. »Bereit?«

»Nicht wirklich!«

Er fasste mich an der Hüfte. Immer, wenn er das tat, wurde ich zappelig. Egal ob beim Ärgern, wenn er mich zu sich zog oder wie jetzt, wenn er mir helfen wollte.

»Halt still.«

»Dann fass mich nicht an«, gab ich von mir.

»Du stellst dich echt an!« Er beugte sich runter und zog mit dem rechten Arm meine Beine weg. Reflexartig umklammerte ich seinen Hals. »So kommst du aber nicht auf das Pferd.« Ich wimmerte. »Beine auseinander!«

»Du und deine Fantasie«, zischte ich. Jetzt saß ich mit dem Hintern auf der schwarzweißen Stute, wie damals die edlen Frauen.

»Das kommt später.«

Ich streckte ihm die Zunge heraus, während er lachend zu dem anderen Pferd ging. Immer öfter kamen solche Andeutungen von ihm. Oder: »Du magst mich doch, gib es zu.«

Was ja auch wahr war, ich aber deswegen noch lange nicht einsah, auf seine Anmachen einzugehen. Erstens, weil sich zwischen uns eine Freundschaft gebildet hatte, die ich nicht ruinieren wollte. Aber genau das taten Gefühle nun mal. Zweitens hatte ich mich jahrelang über ihn und die Mädchen, die sich ihm an den Hals warfen, lustig gemacht und wären wir nicht hier unterwegs, würde er mit Mark in den USA sein und eine von den Studentinnen beglücken. Ich war also nur eine, die gerade da war und das war Punkt drei, weswegen ich diesen Mist abriegelte.

☣ ☣ ☣

Bei Boulogne-sur-Mer banden wir die Pferde in einer Scheune am Stadtrand fest, brachen in einen Laden ein und suchten uns etwas zu essen. Zum Glück war Dosenfutter wirklich sehr lange haltbar.

»Schau mal, Mehl und Toilettenpapier stehen hier noch«, sagte Benni.

»Vergleichst du gerade diesen Mist mit Corona damals?«

»Warum nicht, es war doch auch tödlich, laut Medien, wenn man bedenkt, was die für einen Heckmeck gemacht hätten.«

»Der hier war wohl schlimmer«, seufzte ich. Von einer auf die andere Sekunde hielt er mir den Mund zu und zog mich zum Boden.

»Da ist was!«, flüsterte er mir zu. Ich hatte kein Gehör dafür, daher vertraute ich ihm. Langsam ließ er mich los und zog das Messer. Ich hatte mich immer lustig darüber gemacht, dass er sein Taschenmesser dabei hatte. Mittlerweile hatte es uns nicht nur einmal geholfen. Er schlich zum Ende des Regals.

Ein Klicken ließ mich zur anderen Seite sehen. »Benni«, gab ich von mir.

»Sei leise!«

»Benni!«, wimmerte ich. Gefühlt machte ich mir gerade in die Hose.

»Wa…« Er hatte sich zu dem Fremden mit dem Gewehr und mir gedreht. Das Metall an meiner Stirn. »Wir wollen nur etwas zu essen und mal wieder duschen«, gab er beschwichtigend von sich. »Sehen Sie, keine Bedrohung.« Ein Klacken, wie wenn er das Messer zusammenklappt. »Lassen Sie meine Freundin bitte in Frieden.«

»Bitte«, jammerte ich.

»Verschwindet!«, dröhnte die Stimme des Fremden. Nichts lieber als das. So schnell ich konnte, krabbelte ich zu Benni.

»Alles gut, er wird uns nichts tun.«

Meine Beine gaben immer wieder nach. Der Fremde lief uns einige Straßen hinterher, dann war er verschwunden.

Als wir uns sicher waren, dass er weg war, musterte Benni mich. »Atme tief durch.«

Ich schüttelte den Kopf und fing an zu weinen. Noch nie in meinem Leben hatte ich in den Lauf einer Waffe gesehen und das wollte ich auch nie wieder tun. Ich schlang meine Arme um ihn und meine Tränen nässten sein Shirt.

»Das ist eine Ausnahme«, schniefte ich. Er lachte leise und strich mir über den Rücken.

☣ ☣ ☣

Ab jetzt teilten wir uns auf. Ich blieb bei den Pferden und er besorgte das Essen, alleine. Heilfroh lief ich immer zu ihm, wenn er wieder kam.

Ich verlor das Zeitgefühl, die Tage verschwammen. Wir wussten nicht mehr, wie lang wir unterwegs waren. Ich bezweifelte inzwischen auch, dass dies eine Rettungsaktion mit Happy End werden würde. Immer öfter konnten wir nicht mal Rast machen, weil die Wildtiere auch an den Strand kamen.

Wir hatten Belgien betreten und waren schon fast an der Grenze zu den Niederlanden. Da wurde Benni krank. Immer wieder hustete er. Besorgt sah ich ihn an, als ich das Feuer machte.

»Keine Angst, das ist nur eine Erkältung«, hustete er.

»Ich habe keine Angst, will nur sichergehen, dass du mich nicht ansteckst.« Ich streckte ihm die Zunge heraus. Aber ich hatte Panik. Was war, wenn er dieses Virus hatte oder etwas anderes, das ihm das Leben nehmen konnte. Ich wollte mir das gar nicht ausmalen, ganz allein unterwegs zu sein.

»Ist es warm genug?«, wollte ich wissen, als die Flammen emporschlugen.

»Ja danke.«

Ich kniete mich zu ihm, machte seine Jacke zu. »Ich beeile mich.« Heiß und nass legte sich seine Hand auf meine Wange, nur kurz. Seine Zähne klapperten, das Fieber hatte ihn in der Mangel. Er nickte auch nur kurz. Jetzt lag es an mir, uns am Leben zu erhalten.

Nervös lief ich an den Wänden der Häuser entlang. An jeder Ecke oder Haustür blieb ich stehen, um zu lauschen und hineinzusehen. Erst, wenn ich wirklich sicher war, dass dort nicht wieder jemand mit einer Waffe lauerte, ging ich weiter.

Ich entdeckte eine Apotheke. Nur mühsam unterdrückte ich den Drang vor Freude »Endlich!« auszurufen. Vor allem da sie verschlossen war und ich zusehen musste, wie ich die Tür aufbrach. Wie Benni mit einem Tritt gegen das Schloss brachte mir nur Schmerzen. Ein Ast als Hebelmechanik wirkte rein gar nicht. Dann entdeckte ich einen Stein in Keilform.

Ich setzte ihn an das Schloss an. Nach mehreren Versuchen, ihn zwischen Türblatt und Zarge zu drücken, wurde ich wütend und schlug auf den Stein, dabei rutschte ich ab und schnitt mir in den Handballen, bis zum Zeigefinger. Noch aggressiver trat ich dagegen und ging weinend in die Knie. Jetzt musste ich nicht nur Medizin besorgen, sondern auch Verbandsmaterial.

»Ich bin so eine Niete«, gab ich laut von mir. Jammernd lief ich weiter. Er verließ sich auf mich und ich wollte ihn nicht enttäuschen.

Weiter die Straße entlang entdeckte ich ein Geschäft. Von außen sah es wie eine Drogerie aus. Ich konnte nur hoffen, dass es auch eine war. Zumindest standen Putzmittel, Tiernahrung und anderes erkennbar in den Regalen.

Statt mich jetzt am Schloss zu probieren, wollte ich brachiale Gewalt anwenden. Ich nahm einen großen Stein in die Hand und warf ihn gegen das Glas. Den gewünschten Effekt erzielte es nicht. Zu langsam war ich, als er zurückkam und auf meinen Fuß knallte. Wenigstens hatte das Glas Risse bekommen. Nach zwei weiteren Wurfversuchen klirrte das Glas zu Boden und ich konnte einsteigen. In einer Ecke entdeckte ich Tees. Den mit einem Eukalyptusblatt steckte ich ein. Weiter den Gang entlang fand ich Pflaster, Verbände und anderes Gesundheitszeug. Von allem steckte ich etwas ein.

Benni lachte mal wieder, als ich humpelnd das Zimmer betrat, wo ich ihn verlassen hatte. Gerade mal mit Nüssen und Verbänden kam ich zurück.

»Lach nicht, ich bin eine Niete.«

»Du versuchst es und das ist doch das, was zählt.« Seufzend zuckte ich mit den Schultern. »Mir geht es auch schon etwas besser.« Er zog mich zu sich. »Was hältst du davon, erst mal ein paar Tage hierzubleiben, den Pferden geht es unten gut. Die Gitter vor den Fenstern schützten sie vor Tieren und wir haben seit tausend Jahren nicht mehr in einem Bett geschlafen.«

»Du liegst ja gerade gar nicht in einem Bett und ...«

»Kleines, sei nicht immer so eine Kleinigkeitskrämerin. Sag einfach ja.«

»Denkst du wirklich, wir sind hier sicher?«

»Schon. Wir müssen nur schauen, dass die Pferde was zu fressen bekommen.«

Seufzend nickte ich. Jeder Tag, der verging, war ein Tag weniger, den ich es schaffen konnte, meine Mutter wiederzusehen.

☣ ☣ ☣

Erst als es Benni wirklich besser ging, ritten wir weiter. Unsere Rucksäcke waren voll und wir hatten neuen Elan. In Amsterdam füllten wir unsere Vorräte wieder auf und den nächsten größeren Stopp machten wir in Delfzijl.

»Sandy«, rief Benni. Er war in der Stadt, um uns etwas zum Essen zu besorgen. In seiner Stimme war eine Aufregung zu hören - als wenn er einen Schatz gefunden hätte.

Ich blickte von den Pferden zu ihm. Er kam zu mir geeilt. Hinter ihm lief eine Frau, schlank, mit langen schwarzen Haaren und ein Mann mit Glatze. Trotz Bennis Lächeln machte sich Angst in mir breit.

Wer war das und was hatten sie vor? Er vertraute ihnen anscheinend, aber konnten wir das wirklich?

»Das sind Sam und Chris«, stellte er die beiden vor.

Sie reichten mir die Hand.

Zögerlich nahm ich an. »Was macht ihr hier?«, wollte ich wissen.

»Wir kommen aus dieser Gegend. Als das Virus auftauchte, waren wir mit Freunden auf einem Schiff unterwegs«, erklärte sie in gutem Deutsch.

»Sie leben in einem Hotel. Sandy, das heißt Dusche und weiche Betten!«

Mein Blick ging zu den beiden Fremden. Es hörte sich alles gut an, aber ich war irgendwie nicht überzeugt. Warum waren sie so freundlich zu uns?

Benni zog mich weg. »Was ist los?«, fragte er mich leise.

»Ich weiß nicht, ich traue der Sache nicht so.«

»Wolltest du nicht endlich mal wieder eine Dusche haben?«

»Ja, aber wie funktioniert das?«

Der Mann, der anscheinend Luchsohren hatte, räusperte sich. »Das Hotel hat einen eigenen Generator, der mit Benzin und Solarenergie funktioniert. Da wir nicht viel brauchen, ist er immer noch intakt. Wir wollen euch nichts Böses. Benni hat uns erzählt, was so bei euch ablief. Deswegen wollten wir euch etwas Gutes tun.«

»Na ja, auch uns«, erklärte sie weiter. »Es ist selten geworden, Menschen zu treffen. Sich mit jemand anderem zu unterhalten tut gut. Ich verstehe, dass du Angst hast und vorsichtig bist.

Manchmal sollte man aber etwas wagen, vor allem in so einer Zeit.« Benni lächelte mir zu, es sagte mir, ich lass dich nicht im Stich.

Zugegeben, mal wieder richtig duschen zu können, klang mehr als gut. »Was ist mit den Pferden?«, wollte ich wissen.

»Das Gelände ist abgezäunt und nachts können wir sie im großen Saal einsperren«, sagte die Frau.

Jetzt hatte ich keine Argumente mehr, es doch nicht zu tun. Deswegen nickte ich.

»Super«, rief die Frau aus und klatschte in die Hände. Sie hakte sich bei mir ein und zog mich von den beiden Männern fort. »Also ich bin Sam und ich bin echt froh, mal wieder mit einer Frau zu reden. Du weißt gar nicht, wie sehr ich das vermisst habe.«

Hilfesuchend blickte ich zu Benni, dieser schmunzelte und redete mit dem Mann, der also dann Chris war.

☣ ☣ ☣

Im Hotel gaben sie uns eines der Zimmer. Ein Bett!

Ich hätte nie gedacht, mich mal über so einen Anblick derartig zu freuen wie in diesem Moment. Noch mehr allerdings über die Dusche. Heißes und kaltes Wasser, und dazu fließend. Ich fühlte mich wie im Himmel, als es sich über meinen Rücken ergoss.

Benni saß auf dem Bett, als ich herauskam. »Und?«

»Wahnsinnig gut.«

»Ich weiß, dass du deine Mutter suchen willst, dass wir deswegen unterwegs sind. Aber die beiden haben uns angeboten hierzubleiben.«

»Ich kann dich nicht zwingen, mit mir zu gehen«, sagte ich und nahm neben ihm Platz.

Er gab einen genervten Ton von sich und ließ sich nach hinten fallen.

»Ich meine damit, dass ich verstehen kann, wenn du hierbleiben willst.«

»Ich geh auch mal duschen«, meinte er und sprang auf.

»Herr Gott, Benni, ich will zu meiner Mutter, verstehst du das nicht?«

Er blieb stehen. »Dann ist das ja geklärt.«

Wieder einmal verstand ich diesen Mann nicht. Warum war er jetzt so negativ? »Benni?«

»Was?«

Toll, jetzt klang er auch noch gereizt. »Ich will nicht, dass wir streiten. Auch würde ich ungern allein weiter ziehen, aber, wenn du dich hier wohlfühlst und bleiben willst, kann ich dich nicht zwingen. Verstehst du, was ich meine?«

Er wischte sich über sein Gesicht und wandte sich zu mir. »Wir haben gesagt, wir stehen das zusammen durch. Wo du hingehst, werde auch ich hingehen. Ich wollte dir das auch nur sagen, damit du es weißt.«

»Ein paar Tage können wir hier schon verbringen.«

Gott sei Dank, er lächelte wieder. »Gern. Ich bin dann auch mal duschen.« Kurz bevor er die Tür schloss, sagte er: »Sam hat übrigens unsere Sachen in die Waschmaschine gepackt und uns neue besorgt.«

»Danke.«

☣ ☣ ☣

Nachdem wir beide sauber waren, gingen wir in die Küche. Sam war am Kochen.

»Danke für die Kleidung«, sagte ich und stellte mich zu ihr.

»Kein Problem. Im Hotelshop gibt es noch einiges. Ich glaube nicht, dass sie die Klamotten vermissen werden.« Sie zwinkerte mir zu. »Zwei Straßen weiter ist auch ein Laden, da können wir gerne mal hin. Eure waren ja schon recht löchrig. Wie lange seid ihr schon unterwegs?«

Ich zuckte mit den Schultern. Wie lange es wohl her war, dass Benni und ich uns auf Marks Schiff getroffen hatten? Es fühlte sich wie eine Ewigkeit an.

»Weißt du es?«, fragte ich ihn.

»Keine Ahnung, zu lang irgendwie.«

Ich stimmte ihm zu und wandte mich an Sam. »Kann ich dir helfen?«

»Da drüben sind die Teller.«

Ich holte Geschirr aus dem Schrank und stellte es auf den Tisch, an den Chris und Benni sich gesetzt hatten. »Wie lange seid ihr eigentlich zusammen?«, fragte Benni ihn.

»Wir haben in der Siebten zusammengefunden, also bald fünfzehn Jahre. Und ihr beide?«

»Wir sind nur zusammen unterwegs, nicht zusammen!«, sagte ich schnell.

Er lachte und lehnte sich zurück. Benni gab keine Antwort und seufzte nur.

»Was denn?«, fragte ich. »Willst du was Gegenteiliges sagen?«

»Nein, aber ich glaube, wir brauchen noch Besteck.«

Ich verdrehte die Augen. Auch Sam grinste, als ich zu ihr kam. »Was denn?«

»Es ist fast nicht zu glauben, dass ihr nicht zusammen seid. Ihr wirkt sehr vertraut.«

»Sind ja auch schon lange gemeinsam unterwegs, da wächst man zusammen. Ohne ihn wäre ich nicht so weit gekommen. Dafür bin ich ihm sehr dankbar.« Als sich unsere Blicke trafen, war sein Gesicht leicht gerötet. Aber ich bezweifelte, dass es wegen meiner Aussage war, denn Chris flüsterte ihm etwas zu.

»Hast du das Besteck?« Verwirrt wandte ich mich an Sam.

»Äh nein, vergessen.« Ich griff in die offene Schublade und holte Messer und Gabeln heraus. »Was gibt es hier zu tuscheln?«

Benni zuckte mit den Schultern und gab sein übliches Grinsen zur Schau. Aber ich kannte ihn inzwischen besser. Es war etwas, das er mir nicht sagen wollte und ich konnte nichts tun, um ihn umzustimmen.

☣ ☣ ☣

Genau zwei Nächte hielt ich es aus, dann wollte ich weiter. Auch wenn Sam und Chris uns immer wieder anboten hierzubleiben, konnte ich nicht anders.

Andererseits hatte ich das Gefühl, dass Benni gerne bleiben wollen würde. Was wie immer dazu führte, dass wir stritten.

»Wenn ihr sie nicht findet, würden wir uns freuen, wenn ihr wiederkommt«, sagte Sam. Ihre Augen waren glasig.

Ich drückte sie. »Passt auf euch auf.«

»Und ihr aufeinander«, meinte Chris.

»Ich passe immer auf sie auf.« Benni plusterte seine Brustmuskeln auf.

»Angeber«, gab ich von mir und boxte dagegen.

Chris lachte und schüttelte den Kopf. Sie hatten noch ein paarmal gefragt, ob wir wirklich nicht zusammen waren. Was ich natürlich verneinte und Benni, wie auf Knopfdruck dann diesen Ton von sich gab, der mich jedes Mal nervte.

»Seid vorsichtig!«, erwiderten beide wie aus einem Mund.

Ich umarmte Sam und Chris noch mal, Benni ebenso. Dann ging es auf die Pferde und weiter den Strand entlang.

☣ ☣ ☣

Schließlich betraten wir deutschen Boden. Das Komische war, dass es sich immer noch nicht als endlich anfühlte. »Was wirst du machen, wenn du sie gefunden hast?«, fragte mich Benni.

»Sie umarmen und nicht wieder loslassen.« Ich blickte zu ihm. »Und du?«

Er zuckte mit den Schultern. »Keine Ahnung.« Er legte sich hin und sah in die Sterne.

»Bleib bei uns.«

»Du bittest mich doch nur darum, weil du ohne mich aufgeschmissen wärst.«

»Das leugne ich nicht. Ich wäre niemals hier angekommen ohne dich.« Ich zog meine Beine an. »Wir sind seit einem halben Jahr zusammen.«

»Seit einem halben Jahr zusammen, ja?«

»Du weißt, wie ich das meine, unterwegs und so.«

»Klar, was auch sonst.«

»Es fühlt sich komisch an, der Gedanke, dass du nicht da bist, wenn ich aufwache.«

Er wandte sich zu mir. »Ich dachte, du bist froh, wenn ich weg bin.«

»Wann habe ich das gesagt?«

»Als Sam sagte, dass wir ein süßes Paar sind.«

»Wow, Moment, ich habe gesagt, ich bin nicht deine Freundin und ich werde dich nicht aufhalten, wenn du deinen Weg gehen willst.«

»Ist das Gleiche«, murrt er.

»Nein!«

»Für mich schon«, gab er von sich.

»Ach? Warum?«

»Weil du mich gehen lassen würdest, was heißt, dass ich dir nichts bedeute, und somit bist du froh.«

»Dreh den Spieß ja nicht um! Ich kann dich nicht aufhalten, wenn du gehen willst.«

Er schloss die Lider. »Wenn du wollen würdest, dass ich bleibe, würdest du kämpfen.«

Ich atmete tief durch. »Willst du, dass ich dich anflehe?«

Er gab einen verächtlichen Ton von sich und richtete sich auf. »Weißt du eigentlich, wie sich das anfühlt, nach allem, was wir durchgemacht haben? Wir kennen uns schon so lange und du tust immer noch so wie in der Schule - als würdest du mich hassen!«

»Ich habe dich nicht gehasst, ich fand es nur sehr übertrieben, so ...«

»Da, schon wieder, kannst du das mal sein lassen!« Er stand auf und packte seinen Rucksack. »Den Rest schaffst du ja alleine.«

Toll gemacht. »Benni.«

»Was?«

Ich nahm seine Hand. »Es tut mir leid.«

»Was tut dir leid?«

»Du bist mir nicht egal und ich hasse dich nicht.«

Er betrachtete mein Gesicht. »Ich weiß manchmal absolut nicht, woran ich bei dir bin, und das geht mir langsam so auf die Eier.«

»Ich will nicht, dass du gehst.«

»Warum nicht?«

»Ich würde keinen Tag überleben. Könntest du das wirklich mit deinem Gewissen vereinbaren?«

»Der einzige Grund?«

»Wir würden vor Einsamkeit verrückt werden.«

Er seufzte. »Du weißt ganz genau, worauf ich aus bin.«

Würde er mir glauben, wenn ich nein sage? Denn ich wusste wirklich nicht, was er hören wollte. »Reicht es nicht, dass ich dich brauche und nicht will, dass du gehst?«

»Nö.« Er verschlang unsere Finger und legte meine Hände hinter meinen Rücken, zog mich dadurch nah an sich. »Komm schon, Kleines.«

»Ich bin nicht klein«, gab ich von mir.

»Warum darf ich nicht gehen?«

»Die Punkte habe ich aufgeführt.«

»Du bist so stur.«

Das war ich. Mein Kopf lehnte sich an seine Schulter. »Was willst du unbedingt hören?«

»Denkst du, das hier würde ich für jede machen?«

Um ehrlich zu sein, dachte ich bis zu dieser Frage, dass er einfach auch nach Hause wollte.

»Du bist meinetwegen hier?«, fragte ich.

»Ist das dein Ernst?«

»Ich weiß, dass deine Eltern einen Unfall hatten, doch …« Ich schloss meine Lider. »Darum hast du nichts gesagt, als Sam fragte.«

In mir herrschte Chaos, hieß das nun, dass ich ihn auch liebte, oder war es einfach Gewohnheit geworden?

Sicherlich schmerzte es mich, wenn ich daran dachte, dass er von mir ging, aber tat es das nicht auch bei einem guten Freund?

»In der Schule gab es ein Mädchen, sie war die Einzige, die mich sah und mich anspornte mehr zu tun, trotzdem reichte es nie, um ihre Aufmerksamkeit zu bekommen.«

»Ich habe dich nie angespornt, ich habe dich ignoriert.«

»Genau das meine ich. Als ich zu euch an die Schule kam, hingen sie mir schon am Hals, aber du … Es hat mir imponiert und meinen Ehrgeiz angestachelt. Du lässt dir nichts sagen, was einerseits verdammt nervig ist und anderseits total süß.«

»Ich mag dich wirklich, aber ich weiß nicht, ob das tatsächlich Liebe ist.« Ich blickte ihm in die Augen. »Mir ist klar, dass es nicht das ist, was du hören willst, aber mir wäre lieber, wenn wir es erst einmal unter Freundschaft laufen lassen.«

Er atmete tief durch. »Mir bleibt nichts anderes übrig.« Er ließ meine Hand los und fuhr zu meinem Kinn. »Ich bin vollkommen verrückt nach dir.«

Fühlten sich so diese berühmt berüchtigten Schmetterlinge an, wenn man das Gefühl hatte, hunderte von Würmern wühlten im Bauch herum? So gesehen klang es ekelig, aber dieses Feeling war berauschend.

»Was grinst du jetzt so?«

»Nichts«, antwortete ich und umarmte ihn. »Danke, dass du bleibst.« Irgendwie war mir peinlich, dass mich das glücklich machte.

☣ ☣ ☣

Bis Wilhelmshaven hatten wir dieses Thema nicht wieder aufgegriffen, was mich einerseits nervte und anderseits auch freute. Zusammen waren wir in der Stadt auf der Suche nach etwas für uns und die Pferde.

»Hast du eigentlich mal daran gedacht zu heiraten?«, fragte Benni.

Mein Blick ging zu der kaputten Scheibe des Juweliers, an der wir gerade vorbeigingen. »Nein, liegt aber vermutlich daran, dass Mama auch nie verheiratet war.«

»Du hast dir nie einen Papa gewünscht, der bleibt?«

Meine Gedanken gingen zu meiner Mutter und meinem Ersatzpapa.

Sicherlich wünschte ich mir manchmal, ihn als wirklichen Vater zu haben. Aber anderseits war es auch so cool zwischen uns, dass ich vermutete, es hätte etwas geändert, wenn es offiziell zwischen den beiden geworden wäre.

»Ich glaube, dass ich mich deswegen so gut mit Mark verstanden habe.«

»So gut, dass die meisten dachten, ihr seid zusammen.«

Mich schüttelte es. »Iih.«

Benni lachte. »Ich war sogar eifersüchtig.«

Ich blieb stehen und musterte sein Gesicht. »Was?«

»Ja, ich habe ihn sogar geschlagen, weil du heulend aus seiner Kabine gekommen bist.«

»Du meinst am Anfang, als er mir den Brief von Mama gab?«

»Jep, genau da.« Er fuhr sich durch sein dunkelblondes Haar, inzwischen war es so lang, dass es ihm bis unter die Schulterblätter ging.

Ich hatte ihn schon aufgezogen und meinte, wenn er jetzt noch spitze Ohren hätte, würde ich ihn Legolas nennen. Woraufhin er antwortete: »Ja ja mein Papagei.« Diesen Spitznamen mochte ich immer noch nicht, mit »Kleines« hingegen hatte ich mich angefreundet.

»Schlimm, du Raudi!«, gab ich gespielt entrüstet von mir. Doch ich fand es süß.

»Keine Ahnung, wovon du gerade sprichst.«

Ich lachte und hakte mich bei ihm ein.

☣ ☣ ☣

Meine gute Laune war verflogen, als wir zu der Stelle kamen, an der unsere Pferde gestanden hatten.

»Jipsi«, rief ich die Stute.

»Wir müssen weiter«, drängte er mich und zog mich weg.

»Unsere Pferde?«

»Komm jetzt.«

Ich riss mich los. »Was verdammt ist gerade dein Problem?«

Er rieb sich die Schläfe. »Da sind Spuren von Wölfen!«

»Nein«, gab ich entsetzt von mir und ging in die Knie.

»Sie werden noch in der Nähe sein, wir müssen hier weg.«

Er hatte recht, trotzdem tat es mir weh, sie waren jetzt so lang bei uns und nichts war geschehen und nun auf einmal waren sie fort.

Wir liefen, bis mich die Erschöpfung packte. Eines der Häuser am Strand war schließlich eine Übernachtungsmöglichkeit.

Bis ich mich vollkommen beruhigt hatte, streichelte er meinen Rücken.

»Sind wir schuld?«, fragte ich leise.

»Nein.«

»Wenn wir sie lockerer gemacht hätten …«

»Wären sie uns davon gerannt. Das ist der Lauf dieser Welt.«

»Ich wünschte, ich könnte die Zeit zurückdrehen.«

»Ich nicht.« Ich sah zu ihm und wollte erst fragen, warum nicht. Aber ich wusste warum, deswegen waren wir hier und quasi zusammen.

»Bereust du es, damals nicht in den USA geblieben zu sein?«

»Mh, schon.« Ich senkte den Blick. »Dort herrscht definitiv besseres Wetter als hier. Und die ganzen Studentinnen.«

»Hast du mich irgendwann in den zwei Monaten auf der Yacht mit einer anderen in meiner Kabine gesehen, als mit dir?«

»Ja, diese Blonde …«

Seinen Finger legte er auf meine Lippen. »Bei mir, nicht in der Kabine. Dass Jon ziemlich viele gevögelt hat, wissen wir beide.«

O Gott, ja, zum Glück war er nicht so schlimm wie Abby. Ich legte mich an seine Brust. »Ich vermisse die Zeit irgendwie.«

»War schon witzig.« Er fuhr mit den Fingern über meinen Arm. »Aber ich will es nicht eintauschen gegen das hier.«

»Schleimer.«

Benni zuckte mit den Schultern. »Für dich vielleicht. Aber für mich ist es die Wahrheit.« Ich schmunzelte. Regen prasselte gegen das Fenster.

☣ ☣ ☣

Bremerhaven die letzte große Stadt vor unserem Zuhause, wir hatten gefühlt tausende Kilometer hinter uns. Ein paar Wochen noch und ich konnte auf die Suche nach meiner Mutter gehen. Dadurch, dass wir die Pferde nicht mehr hatten, kamen wir schleppender voran und übernachteten jetzt in Häusern.

Manchmal hatten wir den Luxus, dass einer der Unterschlüpfe einen eigenen Generator hatte und die Schränke voller Essen waren. Manchmal musste Benni jagen, worin er inzwischen recht gut war. Beim Ausnehmen musste ich trotzdem gehen, an das ganze Blut würde ich mich nicht gewöhnen.

Aber dieses Haus hier war der Wahnsinn. Mit Pool, einem gigantischen Wintergarten, Schränke voll mit Essen und anderem, das ewig hielt. Dazu eine riesige Eckbadewanne, die ich mit Wasser füllte. Es war mir egal, ob kalt oder warm, ich wollte nur aus Prinzip darin baden.

»Soll ich uns etwas kochen?«, fragte Benni mich, als ich den Fuß in das dampfende Wasser streckte.

»Was hast du denn zu bieten?«

Er zog sein laszives Grinsen auf, seit ich gesagt hatte, dass ich es süß fand, bekam ich es öfter zu sehen. »Führe mich nicht in Versuchung.«

Ich legte mich hin und schloss die Lider. »Es ist traumhaft.«

»Ja, finde ich auch.«

»Vorsichtig, mein Lieber, das könnte man miss-verstehen.«

»Die Warnung könntest du dir selbst mal geben, ansonsten werde ich dich einfach mal rannehmen.«

Bei jedem anderen hätte mir diese Drohung Angst eingejagt, aber bei Benni wusste ich, dass das nie passieren würde. Bald ein dreiviertel Jahr war es her, dass wir die JollyJumper betreten hatten. Nicht ein einziges Mal hatte er mich irgendwie bedrängt. Was ich ihm wirklich mehr als hoch anrechnete. »Was hat denn die Küche anzubieten?«

»Nudeln, Soßen im Glas, Suppen in Tüten. Wenn wir uns hier niederlassen würden, könnten wir einige Zeit überleben.«

Ich legte meine Arme auf den Badewannenrand. »Jeden Tag, den wir hier genießen, ist ein Tag mehr, an dem die Chance sinkt, meine Mutter wiederzusehen.«

»Dann kommen wir wieder hier her.«

»Nur wir zwei?«

»Wenn du das willst?« Er kam zu mir und kniete sich hin. »Willst du das denn?«

»Werden wir sehen, wie brav du dich meiner Mutter gegenüber verhältst.« Ja, doch. Die Vorstellung, mit ihm zusammenzuleben, gefiel mir. Mir war auch klar, dass ich ihn mehr als nur mochte. Doch ich hatte Angst, den Schritt weiterzugehen.

»Ich werde der perfekte Schwiegersohn sein.«

»Du kennst meine Mutter schlecht.«

»Wenn sie so ist wie du, habe ich eine harte Nuss zu knacken, aber machbar.« Er stand auf. »Aber jetzt habe ich Hunger.«

Ich lachte. Gerade als ich meine Sachen anhatte, hörte ich Radau von unten. Panik stieg in mir hoch. Ich suchte etwas, mit dem ich mich verteidigen konnte. Haarspray und ein Feuerzeug. Perfekt.

Vorsichtig schlich ich die Treppe hinunter. Doch ich warf alles über den Haufen, als ich Benni auf dem Boden liegen sah. »Nein«, keuchte ich und rannte zu ihm, an seinem Kopf war eine Wunde, die blutete. »Nein«, gab ich wieder von mir. Wirr suchte ich etwas, um es daraufzulegen. Da bemerkte ich zwei Männer. Der eine trug ein Gewehr, das auf mich zielte.

»Woher kommt ihr?«, fragte einer der beiden, er war muskulöser und älter.

»Wir sind auf der Durchreise, wir wollen nach Hamburg. Wir wussten nicht, dass dieses Haus noch bewohnt ist. Bitte, lassen Sie mich die Blutung stillen.«

»Von wo kommt ihr?«, wollte der Jüngere wissen und reichte mir ein Handtuch.

»Als das alles begann«, fing ich an zu erzählen, während ich mich um Benni kümmerte, »waren wir auf einer Yacht, wir sind in den USA an Land gegangen und da erfuhren wir, was passiert war. Wir sind nach Frankreich und von da an gelaufen.« Bennis Puls war da, zum Glück.

»Das klingt wie die Geschichte von Mark«, sagte der Jüngere leise.

»Mark? Ist er bei euch? Hat er Mama gefunden?«

War es wirklich mein Ersatzpapa? Warum war er jetzt auch hier? Wollte er nicht in Amerika bleiben? War den anderen etwas passiert? Immer mehr Fragen wirbelten in meinem Kopf umher.

»Das kann nicht sein, dass sie …«

Der Jüngere schubste ihn. »Wie heißt du?«

»Sandra, aber jeder nennt mich Sandy. Na ja, alle bis auf den hier und Mark, sie sagen immer Kleines zu mir.«

»Dann ist das …?«

»Benjamin, oder Benni, je nachdem.«

Der Ältere hob das Gewehr hoch. »Ja, Mark ist bei uns.«

»Ah«, gab Benni schmerzverzerrt von sich und bewegte sich.

»Gott sei Dank, du bist wach«, rief ich freudig aus.

»Kommt mit«, brummte der Alte.

Benni griff sich an den Kopf. »Was ist passiert?«

»Zu eurem Glück habt ihr dieses Haus ausgewählt«, meinte der Junge. Ich blickte zu ihm und zog Benni zu mir. »Es ist eines unserer sicheren Häuser, die mit unserem sicheren Bereich verbunden sind.«

☣ ☣ ☣

Eine halbe Stunde später kamen wir mit einem Auto in eine Wohngegend mit hohen Zäunen und Menschen mit Waffen. Auf der Fahrt hatte ich

Benni erzählt, was vorgefallen war und das sie Mark kannten.

An einem Haus hielten wir. »Sandy?«

Ich drehte mich um. »Abby!« Freudig nahm ich sie in den Arm. »Du bist hier?«

»Mark hat die Amerikaner abgeliefert und gefragt, wer mit wolle, er fahre jetzt zurück nach Hamburg. Jon, Carla und ich sind eingestiegen.« Sie drückte mich. Und dafür latschten wir durch halb Europa, toll. Er hätte das ja auch mal erwähnen können.

»Und hier sind wir«, vernahm ich die Stimme von Mark. Wut hin oder her, ich war gerade mehr als froh ihn wiederzusehen, fest drückte ich mich an ihn. »Ich freu mich auch, dich wiederzusehen«, flüsterte er mir zu.

»Und was ist mit mir?«

Langsam löste ich mich von Mark und sah zu der Frau, die nicht mal einen Meter von mir weg stand. »Mama?« Sie war um einiges schlanker und nicht mehr so aufgedunsen vom Alkohol.

»Ja.«

»Mama«, gab ich jetzt verheult von mir und zog sie fest an mich.

»Benni, du bist auch da«, meinte Mark.

»Denkst du, ich lass meine Kleine allein?«, knurrte er.

»Deine?«, wiederholte meine Mutter mit hochgezogener Augenbraue. Ich hasste es, die gesamte Aufmerksamkeit zu haben.

»So quasi«, meinte ich.

Benni stand auf und wandte sich ab.

»Ja verdammt, willst du das jetzt hier unbedingt hören?«

Er drehte sich zu mir und verschränkte die Arme. »Was ja?«

Gedanklich erwürgte ich diesen Kerl gerade. »Müssen wir das jetzt besprechen?«

»Du hast damit angefangen.«

»Ne du, du hast laut und deutlich gesagt *meine*.«

»Da muss ich ihr recht geben«, mischte sich Abby ein.

Aber seine türkisfarbenen Augen waren auf mich fixiert. »Bitte.«

Ich atmete tief durch. »Du weißt es doch.«

»Was weiß ich?«

Mann, Sack, auf den Mond! »Muss das hier sein? du weißt, was ich davon halte.«

»Jap, dieses Mal musst du da durch, du hattest so viele Möglichkeiten etwas zu sagen und jetzt …«

»Verdammt, ja!«, schrie ich. »Ich habe mich in dich verliebt und ich habe nichts gesagt, weil ich Angst habe, dass sich etwas ändert zwischen uns, dass du anders fühlst, dass …«

Vor allen Anwesenden küsste er mich.

»Du bist so dumm manchmal.«

»Toll, noch etwas?«

»Ja.« Ich schnaubte. »Ich liebe dich auch.«

»Das mit euch war echt eine schwere Geburt«, hörte ich Mark. Noch peinlicher ging es nicht mehr.

☣ ☣ ☣

Ich hatte gezweifelt, ob es eine Chance gab, sie je
wieder zusehen, und nun waren wir hier. Neue
Stadt, neues Leben und eine bessere Zukunft, für
Mensch und Tier, zumindest war das meine Hoffnung.

Hinter dem Zaun

von Adrian R. Stiller

Wild tanzte das Vorpostenboot in den Wogen des Südatlantik. Schimmernde Tropfen spritzten empor, wenn das Heck ins Wasser brach. Die Maschinen bollerten dumpf und ließen die Gräting vibrieren.

Dr. Heinrich Wehrle löste die Finger vom Geländer und bewegte die steif gewordenen Glieder. »Sapperlot! Welch rasante Fahrt.« Mit dem Hemdsärmel wischte er sich die Gischt von der bleichen Stirn. »Ich bin so etwas nicht gewohnt.«

»Doktorchen, wie sind Sie denn damals nach Windhuk gekommen? Per pedes?« Ein Herr mit grauer Uniform wandte sich ihm zu. Auf dem sonnenverbrannten Gesicht lag ein Lächeln. Die nach oben gebogenen Spitzen des Schnauzers wippten.

Wehrle kniff die Augen zusammen. »Ich wäre Ihnen sehr verbunden, sich solche Kommentare zu sparen, Hauser.« Erneut hob sich das Schiff und fiel mit einem Ruck ins Wellental hinab.

Panisch griff Wehrle zur Reling. »Ich verfluche den Professor dafür!« Sein Schrei verschwand im Tosen.

Hauser zuckte mit den Schultern und balancierte die Bewegung des Rumpfes mit der Hüfte aus. »Sie haben sich doch freiwillig gemeldet.«

»Sie sind mir ja ein ganz lustiger Kamerad.«

Der Doktor wankte näher zu dem Soldaten und musterte ihn. Die Rangabzeichen auf dem Kragenspiegel deuteten auf einen Leutnant hin. »Wissen Sie, dass es Taten gibt, die man als Mann zu erfüllen hat?«

Er fixierte ihn mit seinem Blick, konnte jedoch nichts in den grauen Augen lesen.

Hauser wandte sich von ihm ab. »Doktorchen, Sie sollten vorsichtig sein. Ich bin keiner Ihrer Laboranten, die Sie herumscheuchen können und «, langsam wandte er sich zu ihm, »reden Sie mir nicht von Pflichterfüllung.«

Doktor Wehrle zuckte vor der Härte in der Stimme zurück und biss sich auf die Lippe.

»Verzeihen Sie, Herr Leutnant, es war anmaßend von mir.« Fahrig nestelte er am Saum seiner Jacke. »Diese Schleuderei bringt mich glatt um den Verstand.«

Hauser schnaufte. »Haben Sie eigentlich mehr Informationen über unsere Mission als ich?«

»Ganz und gar nicht. Professor von der Kron gab mir nur dieses Schreiben.« Er kramte aus seiner Tasche einen Umschlag hervor.

»Na dann öffnen sie ihn, Mann!«, drängte Hauser.

Wehrle schüttelte den Kopf. »Ich wurde angewiesen, den Brief erst zu lesen, wenn wir in East London ankommen.«

Der Soldat knirschte mit den Zähnen. »Und wer bitte kontrolliert Ihre Diensttreue hier auf hoher See?«

Wehrle musterte den Soldaten. »Sie vielleicht, mein Lieber?« Auf den grimmigen Blick, der folgte, fügte er hastig hinzu: »Ich bin ein treuer Gefolgsmann und der Brief stammt geradewegs vom Medizinalrat des Ministeriums. Nachfragen wurden mir schon bei der Übergabe nicht beantwortet. Ich habe Treue gelobt und so werde ich mich auch verhalten.«

Hausers Mimik zeigte eine Mischung aus Skepsis und Unverständnis.

Also mit dem hat mir der Gouverneur keinen Gefallen getan. Erst kurz vor dem Auslaufen hatte man ihm den Leutnant per Dekret als Partner zur Seite gestellt. *Es wird schon Gründe haben*, dachte Wehrle, nahm sich aber dennoch vor, vorsichtig zu bleiben.

»Schauen Sie, Wehrle, Land.« Hauser packte ihn an der Schulter und schüttelte ihn aus den Gedanken. Seine Brille verrutschte.

»Besten Dank«, nuschelte er. Lächelte jedoch, als er den Hafen von East London im Dunst schimmern sah. *Endlich.*

☣ ☣ ☣

»Kapitän, wir bedanken uns für die Überfahrt.« Der Doktor reichte dem Kommandanten des Vorpostenbootes die Hand und verabschiedete sich. Wankend und mit ihren Seesäcken beladen gingen sie von Deck.

East London war eine typische koloniale Kleinstadt. Gepflegte Straßen, Gebäude aus Holz, nur das Rathaus war aus rotem und weißem Stein im viktorianischen Stile erbaut worden.

»Wir müssen eine Bleibe finden, sonst grillt uns die Sonne«, schlug Hauser vor und beschirmte seine Augen.

Wehrle nickte und trat auf die Straße, da klingelte es schrill.

»Vorsicht!« Hauser zog ihn zurück und ein Schatten glitt an ihnen vorbei.

Menschen schrien.

Aufgebracht klopfte Wehrle sich den Staub vom Anzug und musterte das zweistöckige Fahrzeug, von dem er fast überfahren worden war. »Sapperlot ...«

»Verdammt, können Sie nicht aufpassen?«

Er fuhr herum und sah, dass Hauser auf dem Boden lag und aufgrund seiner Seesäcke nicht hochkam. Das Bild mutete so lustig an, dass Wehrle kurz auflachte.

Der Leutnant funkelte ihn an. »Das nächste Mal lasse ich Sie ins Verderben laufen.«

Wehrle verkniff sich das Grinsen und half ihm hoch. »Ich bin Ihnen wohl zu Dank verpflichtet, Hauser.«

Sein Kamerad funkelte ihn böse an. »Gern geschehen.«

»Ach!« Wehrle reckte den Zeigefinger. »Auf dem Omnibus, oder was auch immer das war, stand etwas von einer Pension in der Oxford Street. Dort sollten wir einkehren.«

Hauser blickte ihn an und deutete dann an ihm vorbei. »Sie steht direkt hinter ihnen, dafür hätten Sie sich nicht gleich überfahren lassen müssen.« Gehässig sah er ihn an.

Vorsichtiger geworden, überquerten die beiden Männer die Straße und betraten eine hölzerne Veranda. An deren Dach war ein Schild mit der Aufschrift ›Pension Rosemary‹ befestigt. Hauser stieß die Flügeltür auf und Wehrle folgte ihm an einen Tisch in der hintersten Ecke des überfüllten Gastraumes.

Sie warteten lange, ehe jemand kam, um sie zu bedienen.

»Was darf es sein, die Herren?«, fragte der Kellner in einwandfreiem Deutsch.

Wehrle spitzte die Lippen. »Wie kommt es, dass Sie unsere Sprache so gut sprechen?«

Der Mann lächelte. »Mein Vater war einst im Gefolge der britisch-deutschen Legion während des Krimkrieges und ließ sich danach hier nieder.«

Hauser blickte auf. »Dann sag mir, Junge, was sind das hier für Leute? Ich kann mir nicht denken, dass dies Kerle aus East London sind.«

Wehrle schaute sich die Gäste genauer an.

Sein Kamerad hatte recht, die Männer trugen alle militärische Haarschnitte und manche von ihnen die typischen Khaki-Uniformen der britischen Armee.

»Nein, nein, Ihr seht richtig, Leutnant. Die meisten meiner Gäste sind Soldaten aus dem nahen Lager.«

Hauser schaute verblüfft. »Lager? Aber der Krieg mit den Buren ist doch seit einem Jahr vorbei? Müssten die Truppen nicht in ihren Garnisonen stehen?«

Wehrle musterte das Gesicht des Kellners. Dessen Kiefer arbeiteten und er wich den Blicken aus. »Ja schon, die Herren müssen es selbst sehen.« Die Ernsthaftigkeit verwandelte sich zu einem geschäftstüchtigen Lächeln. »Was wollen Sie trinken?«

Nachdem der Kellner ihnen Getränke und etwas Essen gebracht hatte, legte der Doktor den Umschlag auf den Tisch. »Dann schauen wir mal, was der Herr Professor von uns möchte.« Eilig öffnete er das Papier und las die ersten Zeilen. Seine Stirn kräuselte sich und die Finger zitterten. »Das kann nicht sein …«, stotterte er und ließ den Brief sinken.

»Mhm?« Hauser riss ihm das Schreiben aus der Hand. Nach einer Weile schnaufte er und schlug auf den Tisch. »Solche Schweinekerle!«

Die Soldaten drehten sich kurz um, dann tranken sie weiter, als sei nichts geschehen.

»Schweinekerle, Bastarde …«, murmelte der Leutnant.

Beruhigend legte ihm Wehrle die Hand auf den Unterarm und drückte zu. »Seien Sie still, verdammt! Wir haben unsere Mission.«

Hauser schnaufte und las nochmalig. »Zuallererst müssen wir diesen Buren finden, von dem die Rede in diesem Schreiben ist«, flüsterte er ihm zu.

Wehrle deutete mit einem Nicken auf den Kellner. »Angeblich weilt er im Afrikaanse Pub. Unser Freund hier wird doch sicher wissen, wo sich diese Kneipe befindet.«

☣ ☣ ☣

»Was kann ich für die Herren tun?«, fragte eine dralle Dame mit breitem holländischem Akzent und lehnte sich über den Tresen.

Sie hieß Antje Mussert und war die Besitzerin des *Afrikaanse Pub*, wie sie bereits herausgefunden hatten.

Wehrle wollte soeben antworten, aber Hauser kam ihm zuvor.

»Wir suchen einen Herrn mit Südwester, an dem eine blaue Blume hängt.«

Der Doktor stieß ihm in die Rippen. *Verdammt, warum sagte er ihr das so direkt?*

»Ach«, dieses Wort zog sie besonders lang. »Ihr sucht den alten Säufer.« Sie lachte schallend, als sie die verdrießlichen Gesichter vor sich sah. »Was wollt ihr denn von Marinus?«

Wehrle hob die Hand, als Hauser ansetzte zu erklären. »Mit Verlaub, werte Dame, dies ist unsere Angelegenheit. Doch sagt uns, wo können wir ihn finden?«

Antje lief rot an. »*Werte Dame,* so hat mich noch niemand genannt. Den Marinus findet ihr wie jeden Abend am Tisch dort hinten links.« Sie zwinkerte Wehrle zu. Diesmal war es an ihm, rot anzulaufen.

Hauser lachte schallend auf.

Die Sonne neigte sich allmählich der Erde entgegen und in die kleine Kneipe flutete das orangefarbene Licht des Abends. Wehrle wippte mit dem Fuß und beobachtete den Leutnant, der mit einem martialisch anmutenden Messer spielte. Staub flirrte in der Luft.

Knarrend öffnete sich die Vordertür. Betont lässig drehten sie sich um, doch derjenige, der eintrat, hatte weder eine Blume noch einen Hut. Also warteten sie weiter. Langsam füllte sich der Tresen und die Wirtin hatte allerlei zu tun. Aber von dem Mann war nichts zu sehen.

»Pssst, die Herren.« Zischte es hinter einem Vorhang hervor. Wehrle hob die Braue, die Stimme gehörte der drallen Antje. Mit einem raschen Blick zur Theke stellte er fest, dass mittlerweile ein Mann die Gäste bediente.

»Hauser!« Energisch stieß er seinen Kollegen an, dieser schnitt sich vor Überraschung fast in die Hand.

»Zur Hölle, was-«, er unterbrach sich, als er die nervös wirkende Wirtin erspähte.

Eilig standen sie auf und huschten hinter das verblichene Stück Stoff in einen Gang hinein. Es roch nach Knoblauch und Zwiebeln. Wehrle vermutete die Speisekammer.

»Wurde ja auch mal Zeit, Herr De Jonge erwartet euch.«

Mit hochgezogener Braue sah Wehrle sie an. »Wer?«

Sie schüttelte den Kopf und bedeutete ihnen, ihr zu folgen. Hauser kniff die Augen zusammen und nestelte an seiner Luger. Offenbar fürchtete er einen Verrat. Der Doktor war nun auch aufmerksamer, obwohl es ihn wunderte, wie ein einfacher Leutnant an diese moderne Pistole kam. Er hatte sich damals privat mit Waffenkunde beschäftigt und wusste, dass diese Art von Waffe nur von hohen Offizieren und Agenten der Abteilung IIIb getragen wurde. Letztere bezeichnete den militärischen Geheimdienst. War sein Kamerad etwa ein Agent? Wehrle zuckte resignierend mit den Schultern. Er würde es nicht herausfinden, obwohl er zu gerne wüsste, was er wohl hier suchte.

Antje führte sie eine hölzerne Treppe empor. Vor einer Tür blieb sie stehen und klopfte dreimal, bis eine Stimme ertönte.

»Losung?«

»Ohm am Tore.« Kaum hatte sie die Worte gesprochen, öffnete sich die Tür und Licht flutete in den dunklen Flur. »Kommt herein, alle!«, befahl jemand und sie traten ein.

Marinus De Jonge war ein Mann mittleren Alters, gezeichnet vom harten Leben unter der Sonne

Südafrikas. Narben bedeckten seine muskulösen Unterarme ebenso wie das kalte Gesicht, das von einem dichten Bart bewachsen war.

Nein, nicht kalt, verbesserte sich Wehrle. Es wirkte eher verbittert.

»Ich freue mich, dass die beiden Herrschaften zu mir gefunden haben. Antje, meine Liebe, du darfst jetzt gerne gehen«, wandte er sich an sie und setzte sich hinter einen alten Schreibtisch.

Nachdem die Wirtin mit einem Nicken den Raum verlassen hatte, ergriff er erneut das Wort. »Verzeiht, dass ich mich nicht vorstellte. Mein Name ist Marinus De Jonge und ich bin die Person, die Sie suchten.« Er zeigte auf Bett und Stuhl in seinem kleinen Zimmer, Wehrle und Hauser setzten sich. »Doch damit Sie nicht denken, ich belüge Sie«, er kramte in einer der Schubladen, »habe ich hier noch ein Schreiben von einem gemeinsamen Freund.« Doktor Wehrle griff nach dem Papier und las. Es stammte tatsächlich von seinem Professor aus Berlin. Dem Briefe beigefügt war eine genaue Personenbeschreibung von ihm. Aber nur von ihm.

Sein Kamerad schaute ihn fragend an und er nickte bestätigend. »Er ist der Mann.« *Wer ist dieser Leutnant und wieso stört sich De Jonge nicht an seiner Anwesenheit?* Wehrle fluchte innerlich über seine Skepsis.

De Jonge lehnte sich im Stuhl zurück. »Da wir nun alle Förmlichkeiten erledigt haben, kommen wir zu Ihrer Aufgabe.« Schatten legten sich über seine Augen und er starrte durch die beiden hindurch. »Wie Sie dem Schreiben von Professor von der Kron entnehmen konnten, geht es hier um das Leben unzähliger Menschen.« Er schluckte. »Ich war es, der Ihre Regierung kontaktierte und von den Abscheulichkeiten unterrichtete, die in den Lagern der britischen Besatzer geschehen. Sie lasen es ja bereits in dem Schreiben, Herr Doktor.«

Wehrle nickte und sah, wie Hauser die Hände zu Fäusten ballte. »Stimmt es, dass tausende Frauen, Kinder und Alte dort umkamen seit Beginn des Krieges?«

»Ja, erst waren es nur gefangene Soldaten, doch dann deportierten sie unsere Familien, verbrannten unsere Farmen und nun das …« Seine Augen schimmerten. »Als wäre alles nicht schlimm genug, verbrennen sie noch die Toten!« De Jonge hieb auf den Tisch. »Ich sah es selbst, in der Nacht werden die Leichen in großen Haufen zusammengetragen. Meilenweit sind dann die Feuer zu sehen«, er schluckte und murmelte: »Wider unserem Glauben, unchristlich.«

Hauser brummte etwas und Wehrle schaute beklommen in eine Ecke. Dann straffte er sich. »Aber mit welcher Bewandtnis sollten die Soldaten dies tun?«

»Je weniger Menschen, desto weniger Rechte auf gewisse Landstriche«, sprach Hauser und richtete sich auf. »Es ist wie immer«, donnerte er. »Kaum tauchen irgendwo in der Welt Bodenschätze auf, kommen bestimmte Armeen und in ihrem Rücken die raffgierigen Krämer. Verdammt noch mal! Der Krieg ist vorbei, wieso hört das Sterben nicht auf?«

»Ich kann es Ihnen sagen, Leutnant.« De Jonge fuhr sich durch den Bart. »Die treibende Kraft hinter alledem ist Cecil Rhodes, ein windiger englischer Politiker, der nicht nur den ersten Krieg gegen uns anstachelte, sondern noch davon profitierte! Und jetzt sucht er ein neues Betätigungsfeld.«

Wehrle nickte. »Ich habe bereits von ihm gehört, seine Gesellschaft zur Förderung von Diamanten hat ja beste Verbindungen nach Paris und London. Freimaurer soll er ebenfalls sein.«

»Aber was hat er davon, dass weiterhin so viele Menschen krepieren?«, knurrte Hauser dazwischen. »Das Empire hält doch den Großteil des Grund und Bodens besetzt?«

Der Bure musterte sie. »Das gilt es eben herauszufinden.«

Eilig zog er eine Papierrolle unter dem Schreibtisch hervor und rollte sie auf der Platte aus. Die Ecken fixierte er mit seinem Dolch und einem Buch.

»Und hier beginnen wir, werte Herren.« Sein Finger stieß auf die Mitte des Planes.

Wehrle begutachtete die Linien auf dem Papier, es war der Bauplan eines Lagerkomplexes. Aus der Überschrift entnahm er, dass es sich um jenes Lager handelte, von dem der Kellner gesprochen hatte. Es war nur wenige Meilen von East London entfernt.

»Gut gebaut, kaum Schwachstellen.« Der Leutnant musterte die Anlage. »Ach doch!« Grinsend deutete er auf das große Gebiet vor den Baracken, das mit *Prisoners* überschrieben war. »Zu gewaltig, um es komplett zu überblicken, die Türme stehen zu weit auseinander.«

De Jonge nickte. »Ich habe in den Reihen der Gefangenen ehemalige Kameraden, die uns sicher liebend gern die *Khakis* ablenken.«

Grinsend schlug ihm Hauser auf die Schulter. »Na dann, wo fangen wir an?«

Wehrle bedachte den Leutnant mit einem nachdenklichen Blick, hatte dieser nun das Kommando übernommen? Diese Person tauchte einfach so per Dekret bei ihm auf und forderte restloses Vertrauen. Und jetzt übernahm er auch noch die Leitung! Seine Gedanken wurden von De Jonge unterbrochen.

»Zuerst müssen wir jemanden in den Komplex schleusen, der für uns die Umgebung erkundet und mit meinen Freunden Kontakt aufnimmt.« Der Blick des Buren fiel natürlich sofort auf ihn. Wehrle schluckte. *Na ausgezeichnet.*

»Die Idee ist gut! Die Briten benötigen sicher noch einen Arzt in ihren Reihen, können Sie denn Englisch, Doktorchen?«, schlug Hauser in die gleiche Kerbe. Wollten sie ihn loswerden? Ihm kam dies alles recht eigenartig vor. Doch sie benötigten jemanden dort. Wehrle rückte sich die Brille zurecht und wischte sich den Schweiß von der Stirn. »Freilich, aber wird keen Kingsenglish, wenn Se verstehen?«, berlinerte er theatralisch und lachte gezwungen.

»Muss reichen!« De Jonge klatschte in die Hände. »Dann telegrafieren wir mal an unseren Professor, damit er einen ordentlichen Amtsschein für Sie besorgt, Wehrle.«

☣ ☣ ☣

»Und Sie kommen direkt aus Johannesburg, Doktor …?« Fragend sah ihn Major Baker an.

»Doktor Steenmayr, meine Familie lebt dort schon seit der Besiedelung unserer Vorfahren, doch im Gegensatz zu den anderen Buren flohen wir nie vor den Briten. Wir passten uns an.« Wehrle fasste die Aktentasche fester, um das Zittern seiner Finger zu verbergen.

Von der Kron hatte alle Hebel in Berlin in Bewegung gesetzt, um einen britischen Amtsschein auf den Namen *Hubertus Steenmayr, Johannesburg* für ihn auszustellen. Zum Glück hatte Cecil Rhodes sich viele Feinde im Empire gemacht, die danach trachteten ihm zu schaden. Vermutlich hatte der Professor einen von ihnen aufstöbern können.

»Dann freut es mich, dass Sie für uns arbeiten möchten, Mister Steenmayr. Normalerweise vermeiden wir Buren in unserer …«, Baker unterbrach sich und schien zu überlegen, »… in unserer speziellen Einheit, aber da Sie eine hochgradige Reputation haben, kann ich Ihnen Ihr Angebot nicht abschlagen.« Lächelnd rieb er sich den ordentlich gestutzten Schnauzer. »Eines muss ich Ihnen sagen, auch wenn sie Zivilist sind, in meinem Lager unterstehen Sie den Befehlen der Army, haben Sie mich verstanden?«

Mit kalten Augen musterte er Wehrle, der ungelenk salutierte. »Jawohl, Sir!«

Der Major nickte und wandte sich wieder seinen auf dem Schreibtisch drapierten Papieren zu. »Dann sind Sie entlassen, Doktor. Ich erwarte Sie morgen früh auf dem Hof der Kommandantur. Wenn wir im Lager ankommen, wenden Sie sich bitte an Professor Cohen, er wird Ihnen alles Weitere erklären.«

Wehrle bedankte sich und verließ das große Gebäude der Kolonialkommandantur von East London. Als er den letzten Posten passiert hatte, lehnte er sich gegen einen Balken und atmete auf. Der erste Teil ihres Planes hatte geklappt! Er war in die Lagereinheit aufgenommen worden, auch wenn es ihn fast die Nerven gekostet hatte. Ein Kichern ließ ihn aufgeschreckt herumfahren.

»Starr den Mann nicht so an, Lizzy! Er ist sicher krank«, schalt eine Dame das kleine Mädchen, das ihn während seines Zusammenbruchs beobachtet hatte.

Wehrle wurde sich seines ramponierten Zustandes bewusst, straffte die Schultern und strich sich die Haare zurück. Bei den Göttern, was sollte das erst morgen werden?

Mit diesen weniger erfreulichen Gedanken machte er sich auf den Weg zu ihrem Unterschlupf im *Afrikaanse Pub,* um den Kameraden von dem Gespräch zu berichten.

☣ ☣ ☣

Als er das Zimmer über der Wirtsstube betrat, fand er die beiden Männer Pfeife schmauchend am Tische vor. Sie wirkten gelöst und entspannt.

Wehrle räusperte sich erbost.

Hauser wandte sich zu ihm um und grinste. »Doktorchen, Sie sehen sehr mitgenommen aus. Hat Sie wieder ein Bus über den Haufen gefahren?«

Wehrle wollte soeben aus der Haut fahren, da kam Antje jeweils mit einem Krug Bier in der Hand ins Zimmer gestolpert. »Hier, die Herren! Die dritte Runde geht aufs Haus.« Grinsend drückte sie ihren gewaltigen Hintern an Wehrle vorbei, er lief rot an, als sie ihm zuzwinkerte.

Kaum hatte sie das Bier vor Hauser gestellt, da schnellte der Doktor vor und griff danach. In raschen Zügen war der Becher geleert. »Das braucht man eben, wenn man überfahren wird, um lebendig zu bleiben.« Wild funkelte er den Soldaten an, der perplex auf das leere Gefäß starrte. Seine breiten Schultern begannen zu beben.

Wehrle fürchtete, zu weit gegangen zu sein, und trat zur Vorsicht einen Schritt zurück. Doch plötzlich füllte ein donnerndes Lachen den kleinen Raum. Hauser stand auf und klopfte ihm auf den Rücken. »Verdammich, Wehrle! So viel Mut hätte ich Ihnen gar nicht zugetraut.«

Der Doktor schaute ihn an, als hätte er den Verstand verloren. »Habe ich was verpasst?«

De Jonge schüttelte den Kopf und deutete auf einen leeren Hocker, seinen Krug schob er dem Leutnant zu, der sich soeben wieder setzte. »Berichten Sie bitte, wie das Gespräch verlief.«

Wehrle fasste den Inhalt kurz zusammen und endete damit, dass er ab morgen im Lager Dienst tat. Das dürfte die beiden ja freuen. Der Doktor verzog die Lippen.

De Jonge lehnte sich erleichtert zurück. »Gott sei Dank! Dann können wir mit der nächsten Phase beginnen. Auf diesem Zettel hier ...«, er schob ihm einen kleinen Umschlag zu, »... finden Sie die Namen meiner ehemaligen Kameraden, ich hoffe, dass noch einige von ihnen am Leben sind.« Ernst sah er ihn an. »Es ruht jetzt alles auf Ihren Schultern, denken Sie, Sie schaffen das?«

»Mir bleibt wohl nichts anderes übrig, oder?«

Lachend schlug ihm Hauser aufs Kreuz, sodass seine Brille verrutschte. »Keine Sorge, ich bin in Ihrem Schatten.«

Wehrle lächelte schief. Er wusste nicht ganz, ob er das gut finden sollte. Erneut stahl er sich einen Schluck aus dem fremden Becher.

☣ ☣ ☣

Die Luft war kühl und rein, Wehrle zitterte. Ob aus der Frische des anbrechenden Tages heraus oder weil ihm vor Nervosität das Herz bis zum Hals schlug, wusste er nicht. Wehrle war gegen vier Uhr morgens zusammen mit Major Baker und fünfzig weiteren Soldaten zum Lager aufgebrochen. Ihr Tross war natürlich weitaus größer, da sie noch Gepäckträger und Lastentiere mit dabei hatten, anders war die Einheit in der Ebene nicht zu versorgen.

Der Major hatte ihm einen Platz bei den Versorgungstieren und Zivilisten zugewiesen, Letztere setzten sich aus den Beamten der Verwaltung und dem Küchenpersonal zusammen. Der Doktor versuchte, mit ihnen ins Gespräch zu kommen, aber die gänzlich blassen und glatzköpfigen Schreiber des Empires erwiesen sich als wortkarge Gesellen. Daher ließ er es bei wenigen Versuchen bleiben, er wollte keinen Verdacht erregen.

Immer wieder schaute er zurück, ob Hauser auch wirklich folgte. Doch in den Schatten der weichenden Nacht erkannte er nichts, zumal das Gelände zuhauf mit Felsen übersät war, hinter denen sich ein Mensch verbergen konnte. Wehrles Herz

pochte. Er hoffte, dass Hauser seinen Auftrag er-
füllte und in der Nähe war. Vertrauen konnte und
wollte er nicht darauf.

»Ist etwas mit Ihnen, Sir?«

Wehrle fuhr ertappt auf, wieder hatte er zurück-
gestarrt und einer der Beamten musste es bemerkt
haben. Einer von den Beamten? Er blinzelte. Neben ihn war ein Mann mit schwarzem Talar und
breitkrempigem Hut getreten, der ihn unverwandt
musterte. *Ein Priester.*

»Sir?«, fragte der Geistliche erneut und schreckte
ihn aus den Gedanken.

»Verzeihen Sie, Pater. Ich dachte gerade über
etwas nach.«

Milde nickte der Mann. »Schon gut, mein Sohn.
Die Steppe ist ein seltsamer Ort, voller böser Geister.« Angstvoll bekreuzigte er sich. »Ich habe Sie
hier noch nie gesehen, sind Sie ein Rekrut?«

Die hellen Augen des Priesters beruhigten ihn
und vielleicht konnte er ihn als Verbündeten gewinnen. Für einen Christenmenschen dürfte das,
was in diesem Lager geschah, nicht hinzunehmen
sein. Daher antwortete er lächelnd: »Nein Pater,
ich bin der neue Arzt. Mein Name ist Hubertus
Steenmayr und ich komme aus Johannesburg. Sind
Sie schon länger hier im Dienst?«

Sein Gegenüber lächelte ebenfalls und reichte
ihm die Hand. »Ich bin Pater Mosley, der Priester
der Einheit. Ich freue mich, Sie kennenzulernen.
Und ja, ich bin schon seit zwei Jahren dabei. Für

Anfänger kann dies alles ziemlich bedrückend wirken«, er stockte kurz und wandte sich nach vorne, ehe er weitersprach. »Die Zustände im Lager sind besonders, lassen Sie sich nicht unterkriegen!«

Wehrle nickte bloß und schwieg dazu.

Nach einer Weile entspann sich ein anregendes Gespräch zwischen den beiden Männern. Der Priester war wahrlich ein Mann von Welt, er war viel herumgekommen im Empire und hatte schon in einigen Gemeinden gelebt und studiert. Sein Geist war angenehm frisch und flexibel. *Nicht so wie Hauser.*

»Solch einen Komplex wie das Lager kannte ich bisher noch nicht. In Indien gab es Gefangenenlager, aber das hier ist anders.« Mosley schaute Richtung Horizont, der aufgehenden Sonne entgegen. Es wurde merklich wärmer.

»Wieso sagen Sie mir das? Und was hat es damit auf sich?« Wehrle war von der Offenheit des Priesters überrascht. Wenn er noch mehr solcher Männer im Lager finden würde, könnte er vielleicht die Lagerleitung überreden, etwas zu ändern.

»Da, schauen Sie!« Mosley deutete geradeaus und entwich damit seiner Frage. Aus der flirrenden Hitze schälten sich die Spitzen von Holztürmen.

»Endlich! Die Sonne ist wirklich unerbittlich«, stöhnte Wehrle und beschleunigte seinen Schritt.

»Daran werden Sie sich gewöhnen müssen, mein Freund«, erwiderte der Priester und gemeinsam erstiegen sie die Erhebung. Jetzt konnte der Doktor das Ausmaß des Komplexes überblicken.

Das Areal war einige Quadratmeilen groß und erstreckte sich von einer Seite des öden Tales zur nächsten. Zäune umfriedeten in mehreren Quadraten den gesamten Bereich und nur in der Mitte beherrschten Barackenbauten das Bild. Die große abgesperrte Ebene davor war der Sonne Südafrikas schutzlos ausgeliefert. Hunderte dunkle Punkte bewegten sich darauf.

Fragend blickte er zu Mosley. »Wenn hier Tiere gehalten werden, weshalb benötigen wir den Proviant?«

»Der Herr sorgt für alle seine Schäfchen und gibt ihnen das Nötige.« Sprach's und beeilte sich, die Kolonne der Soldaten einzuholen.

Je näher sie dem Lager kamen, desto mehr wandelte sich Wehrles Irritation über das Verhalten des Paters zu schierer Wut auf die Lagertruppen. Es waren keine eingepferchten Tiere, die sich auf der Steppe in Gruppen unter die wenigen Bäume geschart hatten, es waren Menschen. Von der Sonne verbrannte, eingefallene Gesichter musterten die Soldaten, als sie zwischen den Zäunen zum Tor des Lagers marschierten.

Der Doktor erwehrte sich dürrer Finger, die nach dem Mantelsaum fassten. Sanft schob er sie beiseite. Zerlumpte Kinder begleiteten sie schweigend bis zum Tor des Komplexes, ihre großen Augen in den vernarbten Schädeln brannten vor Pein und

Elend, hoffend auf etwas Nahrung hielten sie die Hände auf.

Wehrle ließ die Tasche sinken und holte seinen Proviant hervor. Die Kinder verfolgten jede seiner Bewegungen genau.

»Was tun Sie da?« Er wandte sich um. Hinter ihm stand Mosley und musterte ihn argwöhnisch. »Es ist nicht erlaubt, die Gefangenen zu füttern.«

Der Doktor presste die Kiefer aufeinander. »Verzeiht Pater, aber meine Christenpflicht veranlasste mich dazu.«

»Mein Sohn, ich verstehe Ihre Tat, so ist sie doch gottgefällig, aber hier leider nicht gern gesehen.« Väterlich legte er ihm eine Hand auf den Unterarm. »Aber Sie werden schon merken, wie alles hier vonstattengeht.« Er bedeutete ihm zu folgen.

Wehrle beeilte sich, schob jedoch noch von allen unbemerkt, seinen Proviant unter dem Zaun hindurch.

☣ ☣ ☣

Neugierig musterte Wehrle Professor Cohen, den Leiter der hiesigen Forschungseinrichtung. Der klein gewachsene Mann nestelte an den runden Brillengläsern, die über einer gewaltigen Nasenkrümmung hervorlugten. Die wulstigen Lippen zuckten unstet.

Und dieser Wicht war nun sein Vorgesetzter - Professor Ezra Cohen, berühmt für seine unfruchtbaren Forschungen auf fast jedem Gebiet der Wissenschaft. Aber auch mit den besten Kontakten zu den größten Bankhäusern Europas. Wehrle verzog die Lippen, als das Männchen ihn ansprach.

»Sie sind also Steenmayr, gut, gut.« Er stand auf. »Kommen Sie, Doktor. Wir wollen einmal das Lager besichtigen.«

Etwa eine Stunde später hatten sie das gesamte Lager abgeschritten, alle Dienstgebäude lagen im inneren Quadrat des Komplexes. So auch die Baracke mit der Aufschrift *Medizinische Forschungsabteilung*, die sie soeben betraten.

Während des Rundganges hatte Wehrle keinerlei nennenswerte Einstiegsmöglichkeit in das Lager gesehen. Das beunruhigte ihn über die Maßen. Sollte Hauser ihm wirklich gefolgt sein, würde er es gewiss nicht leicht haben, hier hineinzukommen.

In Gedanken versunken betrat er eine steril gehaltene und mit Chlordämpfen geschwängerte Baracke. Metallene Arbeitstische standen in langen Reihen zusammen und Menschen arbeiteten mit dampfenden Reagenzgläsern und zischenden Apparaturen.

»Also hier haben wir die Abteilung für *Tropische Erkrankungen*.« Eifrig erzählte und erklärte ihm Cohen die verschiedenen Diensträume, zeigte ihm die Arbeitsräume und Instrumentarien.

Wehrle nahm alles nur zur Hälfte wahr. Seine Gedanken hingen bei den Menschen draußen auf der heißen Ebene. Wie konnte man nur so herzlos sein? Dieser Zwerg von einem Professor erzählte ihm etwas von Heilmitteln für Malaria, während die Häftlinge verhungerten und missbraucht wurden. Er ballte die Fäuste. »Herr Professor, sind die Menschen hinter dem Zaun krank?«, platzte es wütend aus ihm heraus. Sogleich biss er sich auf die Zunge.

Das hätte nicht passieren dürfen! Sein Herzschlag beschleunigte sich unter dem kritischen Blick des Zwerges.

»Lieber Kollege, die Häftlinge sind meinem Forschungsbereich unterstellt. Zu gegebener Zeit werden Sie erfahren, worauf meine Arbeit beruht. Doch bis dahin halten Sie sich mit diesen unbedachten und emotionalen Äußerungen zurück.« Mit einer schroffen Handbewegung wich er weiteren Fragen aus. Er wandte sich ab und geleitete ihn in ein kleines Büro abseits der Tische. Wehrle wischte sich den Schweiß von der Stirn und stieß einen leichten Seufzer aus.

»Und hier kommen wir zu meinem Arbeitsbereich.« Cohen lächelte verzückt und deutete auf eine schwerfällige Tür mit Zahlenschloss. »Hinter dieser Tür befindet sich das Herz unserer Forschungen und nur Wenigen ist es erlaubt, dort hineinzusehen.« Er musste den neugierigen Blick bemerkt haben. »Junger Freund, bleiben Sie ein Jahr bei uns, dann kann ich Ihnen alles offenbaren.«

Wehrle verbeugte sich leicht. »Vielen Dank, Professor. Wenn Sie jetzt entschuldigen, ich bin von der Reise noch sehr geschafft und würde mich gerne etwas ausruhen.«

Der kleine Mann nickte. »Verständlich, verständlich. Doktor Maxwell, zeigen Sie unserem neuen Kollegen die Quartiere!«

Nachdem sich der Doktorand von ihm verabschiedet hatte, ließ sich Wehrle ins Bett sinken.

Das Gittergestell knarrte, sobald er sich bewegte. Verdrießlich schaute er sich in der Schlafbaracke um. Wenn das bei allen Betten so war, konnten die Nächte sehr belebend sein. Aber er hatte ja nicht vor, seinen Lebtag hier zu verbringen.

Mit Blick auf den Lattenrost über sich ging er die Namen der Kameraden von De Jonge durch. Er hatte am vorherigen Tag bis tief in die Nacht hinein die Liste studiert und versucht, sich alles einzuprägen. Nun schwirrten Dienstränge, Einheiten und äußerliche Merkmale in seinem überreizten Verstand herum. Er musste unbedingt einen von ihnen aufspüren, um endlich zu erfahren, was in diesem Lager los war.

☣ ☣ ☣

Sein erster ordentlicher Dienst begann früh um acht Uhr und endete nachmittags gegen sechzehn Uhr. Das, was er in den verschiedenen Abteilungen sah und lernte, hatte keinerlei Verbindung mit dem, was er von De Jonge erfahren hatte. Fast alles drehte sich um die Ausrottung von Tropenkrankheiten, mit Augenmerk auf die Goldvorkommen in der ehemaligen Burenrepublik Transvaal. Denn diese lagen großteils im dichten Dschungel, wie Wehrle wusste. Deswegen wurde der Krieg geführt, der so viele Menschen das Leben gekostet hatte und noch immer kostete. Mehrmals hatte er heimlich an der Tür des verriegelten Laboratoriums gelauscht, doch zu seiner Enttäuschung nichts vernommen.

Wehrle war entmutigt. Hatte er gedacht, schnellstmöglich die gröbsten Ungeheuerlichkeiten in dem Lager aufzudecken, um sich dann aus der Gefahrenzone zu begeben, musste er nun hier verharren.

Mit hängenden Schultern schlenderte er zwischen den Baracken umher und überlegte, wie er mit den Zielpersonen in Kontakt treten, beziehungsweise, sie erst einmal finden sollte.

In Gedanken versunken, trugen ihn seine Schritte zu dem weiten Bereich der Gefangenen. Wie bei ihrer Ankunft drängten sie sich unter den kargen Bäumen. Wie ein Knäuel saßen sie da, reglos, stumm.

Mit aufeinander gepressten Lippen starrte er zu ihnen hinüber. Vor Wut krallte er die Finger um den Draht des Zaunes, schmerzhaft schnitt das Metall in sein Fleisch.

»Sir ... Sir, was ist mit Ihnen, Sir?«

Unbemerkt von ihm war ein blondes Mädchen an ihn herangetreten und musterte ihn mit großen Augen durch die Maschen des Zaunes.

Wehrle schüttelte bloß den Kopf.

»Sir, Sie sind doch anders als die … als die da.« Mit zittrigen Fingern wies das Kind auf einen der Wachtürme, von denen ein Soldat sie beobachtete.

Der Doktor schluckte. »Ja … ich bin nicht wie die.« Seine Stimme klang rau. »Und ich möchte euch helfen.« Genau besah er sich die Narben auf Kopf und Gesicht des Kindes. Sie glichen Verätzungen.

»Sie haben uns doch Essen gegeben!«

Jetzt erinnerte er sich, sie war eines der Kinder gewesen, die er gestern gesehen hatte. Und da kam ihm ein Gedanke. Vorsichtig wandte er sich um und schaute zu dem Soldaten herauf. Dieser hatte jedoch den Blick wieder abgewandt, vermutlich dachte er, dass von dem dünnen Kind keine Gefahr drohe.

Wehrle zog einen Zettel aus der Tasche und schrieb eilig die Namen der Gesuchten darauf.

»Kleine, kennst du diese Männer? Ich bin auf der Suche nach ihnen«, flüsterte er hastig und reichte ihr das Papier.

Das Mädchen verengte die Augen, starrte auf die wilden Symbole. Und da verstand er, es konnte nicht lesen.

»Mein Sohn, Ihre Nächstenliebe ist so strahlend«, ertönte die Stimme des Priesters hinter ihm.

Wehrle zuckte zusammen und wandte sich um. Aus dem Augenwinkel sah er, wie das Kind den Zettel zerknüllte und in den Rockfalten versteckte.

»Ich selbst komme des Öfteren hierher und schaue, ob der Herrgott gut für seine Schäfchen sorgt.«

Als der Priester einen Schritt näher zum Zaun trat, wich das Mädchen zitternd zurück und rannte zu den anderen. Wehrle, der sich soeben dem Priester anvertrauen wollte, stockte. Wieso fürchtete sich das Kind vor dem Mann?

»Sehen Sie, sie haben keinen Respekt vor Gott. Doch er hat ihnen eine große Aufgabe zuteilwerden lassen. Groß sei seine Güte.« Er wandte sich ab und zog Wehrle hinter sich her.

☣ ☣ ☣

»… und wir werfen all unsere Sorgen auf Dich und Du kümmerst Dich, oh, Herr! Amen.« Mosley schloss seine Predigt und die Soldaten, Ärzte und Beamten erhoben sich murmelnd.

Wehrle wollte weg, er hasste diesen Ort. Doch seine Mission war wichtiger, er musste den Häftlingen helfen!

Heute Abend würde er das Lager erkunden, daher begab er sich zur Schlafbaracke, um noch etwas zu dösen. Fast hatte er den kargen Bau erreicht, da hörte er Schritte hinter sich.

Er drehte sich um.

Ein junger Soldat blieb keuchend vor ihm stehen. »Doktor Steenmayr?«

Wehrle nickte. Was wollte der Mann?

»Ich habe gehört, Sie sind aus Kapstadt? Ich komme ebenfalls daher!« Der Soldat lächelte.

Er überlegte krampfhaft, was er antworten sollte. Darum ging er in die Offensive. »Was wollen Sie? Mister …«

»Mister Stevens, verzeihen Sie meine Unhöflichkeit.« Noch immer lächelnd reichte er ihm die Hand. »Ich war schon ewig nicht mehr in der Heimat und hatte mich auf Neuigkeiten gefreut.« Enttäuschung schwang in der Stimme des Mannes mit.

Wehrle fühlte sich ob seiner abweisenden Art schlecht. »Ich komme aus Muizenberg«, log er. »Aber leider kann ich Ihnen nichts Neues berichten, für eine Forschungsarbeit war ich selbst schon viele Monate nicht mehr daheim.« Mit dieser schwammigen Antwort sollte er vor Nachfragen sicher sein.

Das Strahlen des Mannes wurde irritierenderweise breiter.

»Muizenberg? Was für ein Zufall! Ich bin da geboren und zur Schule gegangen. Mein Vater ist dort Kolonialwarenhändler.«

Ach verdammt. Der Doktor schluckte.

»Sie müssen ihn sicher kennen. Walter Stevens, sein Laden ist direkt an der Promenadenstraße.«

»Ja, ja natürlich.« Er spürte seinen Mundwinkel zucken und starrte auf einen Punkt hinter Stevens.

Er war schon immer schlecht im Lügen gewesen, er musste schleunigst weg. »Aber verzeihen Sie, Stevens, meine Schicht war sehr anstrengend und ich sollte ins Bett!« Mit diesen Worten wandte er sich ab und ließ den verwunderten Soldaten stehen.

Erleichtert trat er in die leere Baracke und seufzte. *Ich bin nicht für so was geschaffen.* Ein falscher Satz und schon konnte eine Katastrophe ausgelöst werden. *Zusammenreißen Heinrich!*

Durch das kleine Fenster spähte er nach draußen. Stevens musterte noch immer die Tür. Doch da stand kein Lächeln mehr in dessen Gesicht, jetzt wirkte es eher versteinert. Er wandte sich ab und marschierte straffen Schrittes in Richtung Kirche.

Wehrles Sinne waren auf einmal hellwach. Wieso sollte Stevens nach so einem Gespräch die Kirche aufsuchen?

Vorsichtig öffnete er die Tür und trat in die Abendsonne hinaus. Die länger werdenden Schatten verbargen ihn gut, während er dem Mann folgte.

Zum Glück waren die Gebäude des Lagers dicht an dicht gebaut, so stand die Kirche zwischen zwei Baracken, die enge Straßen zu jeder Seite bildeten. In eine dieser Gassen zwängte er sich.

»Er kommt nicht aus Muizenberg«, vernahm er die gedämpfte Stimme. »Es gibt keine Kolonialwarenhändler dort, auch sein Akzent ist eigentümlich.«

Wehrle schluckte. War er aufgeflogen? Mit wem sprach er?

»Mein Sohn, das haben Sie gut gemacht. Aber kann es nur ein Irrtum sein?«

Mosley! Dieser verdammte Priester. Wehrle ballte die Fäuste.

Nach einer kurzen Pause antwortete wieder die Stimme des jungen Mannes. »Ausgeschlossen, jeder in Johannesburg weiß, dass es dort so was nicht gibt. Aber um sicherzugehen, kann ich ein Telegramm in meine Heimat schicken, um Nachforschungen anstellen zu lassen, Pater. Doch es kann eine Woche oder mehr in Anspruch nehmen.«

»Tun Sie das! Je eher, desto besser.«

Wehrle vernahm Schritte auf dem Dielenboden und das Knarren der Kirchentür. Offenbar war die Unterhaltung beendet. Er hatte nun offiziell Feinde.

Mit finsterer Miene zog Wehrle sich zurück.

☣ ☣ ☣

Die Nacht endete für ihn jäh. Er schob sich soeben das Kissen aufs Ohr, um das dauerhafte Geschnarche aus dem Gehör zu verbannen, da presste sich eine schwielige Hand auf seinen Mund. Erschrocken riss er die Augen auf und schrie, doch die Hand drückte so fest, dass kein Laut seinen Lippen entwich.

Stocksteif blieb er liegen.

»Verdammt, Wehrle! Ich bin es«, drang eine vertraute Stimme an sein Ohr. Der Schock verflog und seine Augen gewöhnten sich an die Dunkelheit.

Hauser schaute ihn durch zusammengekniffene Lider an. Langsam nahm er die Hand vom Mund.

»Was zur …?«, protestierte Wehrle.

»Nicht hier«, flüsterte der Leutnant und wies zur Tür. Wehrle warf sich einen Mantel über und folgte dem Kameraden auf Zehenspitzen.

Als sie die Baracke verlassen hatten, zwangen sie sich in einen dunklen Spalt zwischen den Häuschen.

»Hauser, wie sind Sie hier hereingekommen?« Wehrle schaute ihn erleichtert an, aber der winkte ab.

»Nebensache, was haben Sie bisher herausgefunden?«

Der Doktor erzählte ihm von den Gefangenen, Professor Cohen und seinem geheimen Labor und den Plänen des Paters. Letzteres quittierte Hauser mit einem Stöhnen. »Diese verdammten englischen Priester! Dann ist eben Eile geboten.« Er sah nachdenklich aus. »Was haben Sie jetzt als Nächstes vor?«

»Bevor Sie mir fast einen Herzinfarkt verpassten, wollte ich schauen, ob ich irgendwie in das Labor gelange. Vielleicht könnten Sie mir …«

Hauser hielt ihm den Mund zu.

Schritte ertönten vor ihnen im Sand, eine Wache schob pfeifend ihre Runde, entfernte sich jedoch bald.

Wehrle holte tief Luft. »Verdammt! Eine Warnung hätte es auch getan und verflucht noch eins, haben Sie Zwiebeln geschält?«

Der Leutnant grinste ihn an, dann wurde er wieder ernst. »Ins Labor einzudringen, wird äußerst schwierig. Eine Panzertür, sagten Sie? Das bedeutet, dass wir Sprengstoff benötigen.« Ein diabolisches Funkeln trat in seinen Blick. »Aber die Briten mit ihrem Goldrausch dürften hier sicher irgendwo etwas lagern. Doktorchen halten Sie die Augen offen. Wir sehen uns morgen Abend wieder!« Mit diesen Worten verschwand Hauser in der Dunkelheit.

Wehrle schaute ihm kopfschüttelnd hinterher. *Was für ein seltsamer Mensch.*

Der nächste Tag gestaltete sich wie der vorherige. Professor Cohen arbeitete erneut hinter der dicken Stahltür und Wehrle wurde sein neuer Arbeitsplatz vorgestellt. Er sollte dem Stabsarzt assistieren und war somit mit allerhand Papierkram, kleineren Verbänden und der Versorgung von Brandwunden durch Schießunfälle beschäftigt. Durch diese Arbeit erfuhr er Interessantes von den Patienten. Wie viele Soldaten stationiert waren, wie oft die Ablösungen stattfanden und wo sich das Lager für Sprengstoffe befand. Denn eines seiner Brandwundenopfer war Verwalter für Sprenggut. Er hatte sich eine chronische, nichtheilende Verbrennung zugezogen und kam anscheinend regelmäßig zum Verbandswechsel.

Am Ende der Schicht spazierte Wehrle wie stets durch das Lager, doch dieses Mal drehte er eine besonders große Runde hin zum Sprengstoffdepot. Der Bau war flach, breit und hatte ein Fundament aus Stein. Was ihm auffiel: Die anderen Gebäude bildeten einen geräumigen Sicherheitskreis um die Baracke, selbst die Wachtürme standen hier weiter auseinander.

Interessant.

Als er die Brüstung des Lagers erklomm, sah er, dass genau angrenzend zur Palisade hinter dem Munitionslager die Ebene mit den Gefangenen lag. Er wollte soeben seinen Spaziergang fortsetzen, als er einen leisen Pfiff unterhalb des Walls vernahm. Neugierig schaute er herab. »Sir, Sir! Heute Nacht, am Zaun.« Das blonde Mädchen starrte zu ihm hoch. Dann rannte es fort.

☣ ☣ ☣

»Wer sind Sie?«, fragte ihn die Stimme im Dunkeln.

Wehrle erschrak, als er eine sonore Männerstimme vernahm. Er war wie geheißen zu der Stelle am Zaun geschlichen, wo er das Kind zum ersten Mal getroffen hatte. War es etwa eine Falle? Doch was sollte das Mädchen davon haben?

»Ich bin Arzt hier im Lager«, antwortete er wahrheitsgemäß und vernahm daraufhin ein Schnauben.

»Ich meine, wer sind Sie wirklich?« Der Mann hinter dem Zaun sprach mit holländischem Akzent.

»Mein Name geht Sie nichts an. Mit wem habe ich das Vergnügen?«

Er musste lange auf eine Antwort warten. Die Stille um ihn herum raubte ihm die Nerven, jede Minute wartete er auf die Geräusche einer nahenden Patrouille.

»Also gut, Sie sind kein Bure. Aber auch kein Engländer, das höre ich an Ihrem Akzent. Ich bin einer der Männer, deren Namen Sie Mareike zugesteckt haben. Es kann nur eine Person hinter dem Zaun geben, die all diese Informationen besitzt. Wie geht es dem alten Marinus?«

Erleichtert seufzte Wehrle auf. Endlich funktionierte etwas!

»Herr De Jonge lässt grüßen, wir wollen euch helfen«, offenbarte er ihm.

»Oh, gnädiger Gott! Dann müsst ihr euch beeilen, morgen ist Dienstag. Da holen sie uns wieder.« Die Stimme hinter dem Zaun zitterte und das Gesicht näherte sich dem Draht.

»Euch holen?«

Der Mond brach hervor und beleuchtete die gemarterten Züge seines Gegenübers. Tiefe Falten zogen sich über verbrannte, zerflossene Gesichtszüge, aus denen blaue Augen leidvoll blickten.

Wehrle erschrak.

»Die Schergen des Professors«, setzte der Mann fort. »Sie kommen uns holen, für ihre Experimente. Noch mal halten wir es nicht durch, dann enden wir wie die anderen!«

Wehrle war hellwach. »Was machen die mit euch?«

»Sie spritzen uns irgendwas. Es brennt wie Feuer, fließt durch die Adern wie heißes Wasser. Die Haut, sie … schmilzt. So fühlt es sich an. Wir zerfließen …«

»Zurück!«, schrie jemand und es knallte, Steine spritzten empor. Stiefel trampelten über den Schotter und aus dem Schatten sprang ein Soldat, das Bajonett zum Stoß bereit.

»Flieht!«, rief der Bure und Wehrle stolperte in die Nacht.

In seinem Rücken vernahm er gequälte Schreie, dann erneut schnelle Schritte, die sich ihm näherten!

Wehrle wusste nicht wohin. Panik befiel ihn.

Da brach der Schemen aus der Nacht, das Gewehr erhoben. Doch ehe der Soldat abdrücken konnte, wurde sein Kopf nach hinten gerissen und er kippte lautlos zu Boden.

»Er ist tot.«

Wehrle erschrak und sprang zurück, hinter der Leiche trat Hauser hervor. »Haben Sie das Munitionslager gefunden?« Mit kalter Miene musterte ihn der Leutnant.

Wehrles Herzschlag hatte sich noch immer nicht beruhigt, daher nickte er bloß und deutete in die entsprechende Richtung.

Hauser legte ihm beruhigend die Hand auf die Schulter. »Sehr gute Arbeit, aber wir müssen uns beeilen. De Jonge wurde verhaftet, morgen müsste er hier eintreffen.«

Wehrle riss erstaunt die Augen auf. »Wie?«

Hauser zuckte bloß mit den Schultern. »Er wollte es so. Ich erzählte ihm von dem Verdacht des Priesters gegen euch. Da beschloss er, sich selbst einzubringen. Die letzten Tage habe ich Waffen durch die blinden Stellen zu den Gefangenen ge- schleust, De Jonge mobilisiert sie. Morgen geht es los. Seien Sie bereit, Wehrle!«

☣ ☣ ☣

Wehrle hockte im Schatten einer Baracke. Die Schulter fest ans Holz gepresst, spähte er in die Ebene.

Feiner Nebel zog über die frühmorgendliche Ebene. Die Häftlinge zitterten, ob aus Angst oder vor Kälte wusste er nicht. Aber vermutlich schwang beides mit.

Die Schüsse gestern Abend mussten sie verunsi- chert haben.

Eine Kolonne näherte sich dem Lager unter dem Baum. Soldaten mit Gewehren im Anschlag be- fahlen ihnen sich aufzustellen.

Die Gefangenen schwankten vor Schwäche. Diejenigen, die umfielen, wurden von den Briten solange mit den Gewehrkolben traktiert, bis sie wieder aufstanden oder ganz liegenblieben.

Wehrle ballte die Fäuste. Er hatte alle Mühe, sie nicht auch noch gegen die Holzwand der Baracke zu schlagen.

Ein Zivilist mit Liste stolzierte an der Reihe der Häftlinge vorbei und zeigte auf jeden, der für ihn richtig erschien, auch auf die kleine Mareike.

Die Älteren wurden von den Soldaten rüde aus ihrer Lethargie gerissen und schwankten der Gruppe hinterher. Das Mädchen weinte unablässig und rief nach Namen, die Wehrle nicht zuordnen konnte. Ihre Arme streckten sich hilfesuchend zu den Gefangenen, doch keiner von ihnen konnte ihr oder den anderen helfen.

Wehrle beobachtete das Schauspiel von seinem Versteck aus, seine Kiefer waren angespannt. Er zitterte vor Wut, aber allein durfte er nichts unternehmen. Besonders Mareike tat ihm leid.

Die Gruppe näherte sich den Institutsbaracken. Mareike hatte mittlerweile aufgehört zu weinen und trottete stumm und mit weit aufgerissenen Augen den anderen hinterher. Fast hatten sie den Trakt erreicht, da gab es einen gewaltigen Donnerhall aus der Richtung des Gefangenenlagers. Der Aufstand hatte begonnen!

Die Gruppe blieb stehen und wandte sich um. Wehrle sah den Schrecken auf ihren Gesichtern, als sie erblickten, wie eine Flammenzunge in den Himmel zuckte. Das Wutgeschrei tausender Kehlen folgte. Alarmsirenen erschollen und fluteten mit ihrem schrillen Gekreisch den gesamten Komplex.

Verwirrte Soldaten rannten umher und versuchten, sich zu sammeln.

»Los, verflucht!« Einer der Schergen zerrte an einem alten Mann. Dieser ließ sich einfach fallen. »Was fällt euch ein, ihr verdammter Abschaum!« Befehlend deutete er auf den Häftling. »Erschießt ihn!«

Der Soldat daneben entsicherte die Waffe, aber er kam nicht mehr zum Abdrücken. Denn Wehrle war schneller, obwohl seine Finger zitterten, hatte er gut getroffen. Wie eine überreife Melone platzte der Schädel und der Helm flog davon. Wehrle verzog die Lippen. *Widerlich.*

Blut spritzte dem Schergen ins Gesicht, der schrie gellend auf. Wehrle zielte erneut, dieses Mal traf er den Schreier in die Brust. Lautlos sackte er zurück.

Nun brach endlose Panik aus! Einer der Häftlinge hatte sich die Waffe des getöteten Briten gegriffen und schoss wild um sich. Die Soldaten versuchten zu entkommen, wurden aber von den anderen Gefangenen daran gehindert. Dürre Finger gruben sich in die Kehlen der Peiniger. Wehrle versuchte zu helfen, doch im Wust der ringenden Körper konnte er keinen sauberen Schuss setzen.

Ein gellender Schrei lenkte seine Aufmerksamkeit auf die Baracke. Einer der Forscher hatte Mareike bei den Haaren gepackt und zerrte sie in den Forschungstrakt.

Niemals!

Während sich hinter ihm die Soldaten des Lagers mit den Gefangenen einen Kampf auf Leben und Tod lieferten, rannte er dem schreienden Kind hinterher.

»So nicht, Satan!« Ein schwarzer Schatten sprang gegen ihn und warf ihn zu Boden.

Keuchend rappelte er sich auf, gerade früh genug, um zur Seite zu hechten. Ein eiserner Knüttel bohrte sich just in die Stelle, wo sich soeben sein Kopf befunden hatte.

»Ich wusste gleich, dass mit Ihnen etwas nicht stimmt! Verräter!«

Das Gesicht zu einer Grimasse verzerrt, starrte ihn Mosley an und warf sich sogleich wieder gegen ihn, drohend den Knüppel erhoben.

Da schob sich eine graue Wand zwischen sie.

»Verrecke.« Ein Knall und das feiste Antlitz des Priesters verschwand in einer blutigen Masse.

»Wie ich sie hasse«, murmelte Hauser und wandte sich zum bleichen Wehrle um. Nickend zollte er ihm Respekt. »Gut gehalten, unser Plan funktioniert. De Jonge hat das Munitionslager mit den frischen Kräften erobert und hält es. Die dralle Antje hat Frauen und Kinder mobilisiert und aus dem Drahtverhau geführt.«

»Hauser, wir müssen zum Labor! Sie haben ein Kind!« Der Doktor rannte los und trat die Tür zur Baracke ein. Überall sprangen Laboranten und Ärzte aufgescheucht herum, sie wussten mit den Schüssen und dem Geschrei nichts anzufangen. Daher kamen Hauser und er bis zum Arbeitszimmer mit der Panzertür, ohne dass sich ihnen jemand in den Weg stellte.

»Noch einen Schritt und das Kind stirbt!« Der Forscher, der Mareike entführt hatte, hielt eine Pistole in der Hand und zielte auf ihre Schläfe. Wild wand sie sich, doch ein harter Griff in die Haare und sie wimmerte kläglich.

»Lass die Waffe fallen, Mann! Es ist aus.« Hauser trat näher.

Aber sein Widersacher machte keine Anstalten, ihm Folge zu leisten. Er zitterte. »Ich warne Sie, hauen Sie ab!«

Wehrle bemerkte, wie sich die Augen seines Kameraden verengten, eine Falte bildete sich auf der Stirn. »Ich warne Sie ein letztes Mal«, knurrte er.

Da knallte es, etwas splitterte und der Scherge schwankte schreiend gegen die Tür des Labors. Blut floss ihm aus den Augen. Mareike riss sich los und kauerte sich unter einen der Tische.

Hauser wandte sich ruckartig zu Wehrle. Dieser hielt ein weiteres Reagenzglas mit einer klaren Flüssigkeit in den Händen. Ähnlich dem, das er geworfen hatte.

»Was ist das?«

Wehrle zuckte mit den Schultern. »Ich habe keine Ahnung, aber eine rote Plakette war darauf angebracht.« Schief lächelte er den verdutzt dreinschauenden Leutnant an.

»Na, ein Schönheitstrank wird es wohl nicht gewesen sein, der sieht immer noch wie eine Ratte aus«, scherzte er und begutachtete die Stahltür. »Ohne Weiteres kommen wir hier nicht hindurch, kennt einer von den Pappnasen da draußen die Kombination des Schlosses?«

Der Doktor eilte zu Mareike und versicherte sich, ob ihrer Gesundheit. Aus dem Raum blickten ihm derweil verängstigte Gesichter entgegen. »Leider ist keiner da, den ich zusammen mit dem Professor gesehen habe.« Sein Blick fiel auf ihren Gegner. »Und der sieht so aus, als ob er nie mehr etwas sehen oder gar sagen könnte.« Das Antlitz des Mannes schien wie geschmolzen, sein Mund stand in Fetzen und die Zunge hing verkohlt heraus.

Die Schreie von draußen wurden lauter, ein Mann stürmte in das Institut. Es war De Jonge. »Wir wurden zerschlagen, aber Kinder und Frauen müssten jetzt in Sicherheit sein!« Sein Blick fiel auf sie. »Doktor, was stehen Sie herum, machen sie die Tür auf!« Er schubste ihn grob beiseite. »Lassen Sie mich mal.« Aus seiner Jackentasche holte er eine blassrote, zigarrenförmige Stange hervor und klemmte sie unter die Klinke der Stahltür. »In Deckung!«

Wehrle hetzte zusammen mit Hauser und dem Mädchen in den großen Vorraum, hinter dessen Tischen sich noch immer die Wissenschaftler versteckten. Als sie zu einem eilten und dessen schweren Tisch umwarfen, um sich dahinter zu verschanzen, warf dieser ihnen böse Blicke zu. Doch als er die Pistolen sah, verstummte er.

»Da sind die Verräter! Nehmt sie fest!« Draußen erklangen Schüsse und fünf Soldaten stürmten die Baracke. Im selben Moment rannte De Jonge aus dem Zimmer mit der Stahltür. »Achtung!« Mit einem Sprung hechtete er aus dem Fenster.

Es donnerte! Heiße Luft flutete den Raum, Fensterscheiben zerbarsten unter dem Druck. Wehrle duckte sich hinter den Tisch und klammerte Mareike an sich. Um sie herum riefen Menschen um Hilfe, Schmerzensschreie hallten durch den beißenden Rauch. Es stank nach Phosphor und Schießpulver.

»Los, auf!« Jemand zog ihn und das Kind hoch.

Er brauchte einige Sekunden, um sich in dem mit dichten Rauchschwaden behangenen Raum zu orientieren. Überall lagen Personen und Möbelstücke herum. Die Soldaten, die zuletzt das Gebäude betreten hatten, waren bei der Sprengung vollständig von den Beinen geholt worden. Stöhnend und keuchend wanden sie sich auf den Dielen.

Endlich sah er Hauser, dieser war bereits dabei, zu schauen, ob das Dynamit seine Aufgabe erledigt hatte. Es hatte ganze Arbeit geleistet. Mobiliar, Wände und Fenster waren zerstört, Brand fraß an den Vorhängen. Die Tür war zerborsten. Wehrle kniff die Augen zusammen, um etwas zu erkennen, denn das Licht dahinter war in einem gedämpften Grünton gehalten. Und in diesem Schein zeichnete sich jetzt eine perplex dreinblickende Figur ab. Professor Cohen stand vor einem Tisch und zielte mit einer Pistole auf sie. Wehrle erkannte, dass seine Finger zitterten und die Augen wild umherhuschten. »Einen Schritt weiter und ich knalle Sie ab!«, kreischte der kleine bucklige Greis, vom ehrwürdigen Gehabe war nichts mehr vorhanden.

Der Doktor blieb stehen und hob die Hände. »Professor, es ist aus. Legen sie die Waffe weg.« Sein Blick fiel auf die Vielzahl von Reagenzgläsern und Petrischalen, in denen seltsame Flüssigkeiten standen. Was das wohl war?

Jemand eilte an ihm vorbei, geradewegs auf den verwirrten Cohen zu.

»Weg!«, schrie dieser schrill.

Doch Hauser hatte ihn bereits erreicht und fegte die Pistole aus den faltigen Händen. »Genug!«, donnerte er. »Sie widerlicher kleiner …« Er packte den Professor grob im Nacken und bedrohte ihn nun seinerseits mit der Luger. »Was ist das hier für ein Labor?«

»Ich sage nichts, sie Banause!«, giftete der Zwerg und wand sich in dem starken Griff. Der Leutnant schüttelte ihn hart.

»Wissen Sie, Cohen, darauf habe ich schon lange gewartet.«

»Wer sind Sie, zur Hölle?«

»Sagt ihnen der Name Maria etwas?«

Die Lippen des kleinen Mannes wurden noch schmaler. »Maria wie? Maria wer? Ich kenne keine Frau dieses Namens!« Doch seine wild zuckenden Augen verrieten das Gegenteil.

»Lügner!« Hauser warf ihn zu Boden.

Wehrle mischte sich nicht ein und beobachtete die Szene nur aus den Augenwinkeln.

»Sie kannten sie! Sehr gut sogar, so gut, dass Sie ihr ein Mittelchen gaben, dass sie gefügig machte. Wissen Sie noch, in Heidelberg?« Der Stiefel traf zielgenau gegen die dünne Hüfte und zerschmetterte sie - Cohen jaulte.

»Sie war meine Schwester! Und nach ihrem *Spaß* nahm sie sich das Leben.« Erneut krachte der Stiefel gegen den verkrüppelten Leib. Und Ezra Cohen wimmerte, doch sagte kein Wort.

Wehrle trat unterdessen an einen Schreibtisch, der inmitten des Raumes stand. Unbeteiligt sichtete er die Blätter. Das, was dort geschah, geschah zwischen den beiden Männern. Nun wusste er, weshalb Hauser ihn auf diese Mission begleitet hatte.

Unter dem ganzen Wust an Dokumenten fand er ein Büchlein mit grünem Einband versteckt. Neugierig sichtete er es. Und was er da las, verschlug ihm die Sprache. Seine Finger krallten sich so heftig in den Einband, dass die Knöchel weiß hervor-traten. *Diese Bastarde!*

»Wehrle, was steht da?« Der Leutnant wandte sich zu ihm um, da ertönten Schreie von draußen.

Hastig duckten sie sich und verschanzten sich hinter dem großen Schreibtisch. Der Zwerg schrie und zeterte, bis ihm Hauser den Pistolenkolben über den Scheitel zog.

»Hier spricht Major Baker, wir haben Ihre Kumpane besiegt. Kommen Sie sofort heraus!«

»Was sollen wir jetzt tun, Hauser?« Wehrle zitterte am ganzen Leib, die Aufregung der letzten Stunden war zu viel für ihn. Er hatte noch nie zuvor Menschen getötet, geschweige denn ein Militärlager überfallen.

Der Kiefer seines Gegenübers arbeitete, dann ließ er resigniert die Schultern sinken. »Uns bleibt nichts anderes übrig, als unser Ränzlein zu packen, aber den hier …« Er griff sich den Professor. »… nehmen wir mit!«

Wehrle stand mit erhobenen Händen auf, während Hauser den mittlerweile erwachten Cohen mit sich schleifte. Der Doktor wandte sich zu Mareike um und reichte ihr das Buch. »Sollte uns etwas geschehen, dann muss dieses Buch unbedingt an die Öffentlichkeit gelangen.« Er erklärte ihr in aller Kürze, was sie zu tun hatte.

Langsam durchquerten sie die kaputte Stahltür und den großen Vorraum, ehe sie das Gebäude verließen. Wehrle kniff die Augen zusammen, die abendliche Sonne blendete. Im Zwielicht erkannte er, dass sie umstellt waren, Gewehrmündungen zielten auf sie. Er zuckte automatisch zurück und seine Knie zitterten. Aber ein Blick auf die stoische Gestalt des Leutnants ließ sein Herz ruhiger schlagen.

Major Baker trat vor. »Lassen Sie den Professor frei, Verräter.« Keiner rührte sich. Der Lagerkommandant verzog den Mund und wedelte lässig mit der Hand. »Dann soll es eben so sein, lasst den Gefangenen kommen.« Aus den Reihen zerrte man eine bärtige Gestalt nach vorne, unsanft stieß man sie in den Dreck. *De Jonge!*

Wehrle presste die Lippen aufeinander. Insgeheim hatte er gehofft, dass er entkommen war.

Dem Buren hatte man schwer zugesetzt. Der Bart war an einer Seite verkohlt und das Gesicht zierten blaue Flecken, ein Auge schwoll langsam zu. Der Major ließ ihn neben sich knien und richtete seine Pistole auf dessen Haupt. »Ein letztes Mal, lasst Cohen frei!« Hart und unerbittlich musterte er sie.

Doch ebenso hart und unerbittlich wirkte De Jonges Miene, als er sagte: »Rächt sie.« Bakers Schlag kam plötzlich und warf ihn in den Staub.

»Halt! Mir reicht es jetzt.« Hauser schlang seinen Arm um den Hals des zeternden Professors und hielt ihm die Waffe an den Kopf. Die tief liegenden Augen des Zwerges quollen über. »Major Baker, wissen Sie und Ihre Männer, an was dieser hier geforscht hat?«

Wehrle sah, dass einige der Soldaten sich Blicke zuwarfen.

»Was soll die Frage? Selbstverständlich!« Der Kommandant schien verunsichert.

»Dann erklären Sie es ihnen trotzdem, Major!« Hauser stand nun breitbeinig da. »Erklären Sie, was Sie hier mit den Häftlingen treiben.«

»Ich muss mir von einem Priestermörder nichts sagen lassen!«

Der Schuss kam zu schnell, niemand hätte ihn verhindern können. Die Kugel fraß sich durch De Jonges Kopf, Blut färbte den Sand rot. Zeitgleich explodierte es neben dem Doktor, das Gesicht des Professors verwandelte sich in eine schmierige Masse, die gegen ihn spritzte.

Wehrle reagierte prompt. Mit einem raschen Stoß beförderte er Mareike aus der Gefahrenzone. Da donnerten die Gewehre der Soldaten los. Von mehreren Schüssen durchbohrt sackte er zusammen. Das Letzte, was er sah, war, wie Mareike sich in Sicherheit brachte. Er lächelte.

☣ ☣ ☣

»Mein Gott, Mädchen, was ist denn mit dir geschehen?« Antje bedachte das blonde, mit Blut und Schlamm verschmierte Kind mit einem mütterlichen Blick. »Was hast du denn da?« Vorsichtig löste sie die kleinen Finger von dem Buch, welches es krampfhaft festhielt. Es war ebenfalls ramponiert und beschmutzt. »Dein Tagebuch?« Ihre Frage wurde mit einem Kopfschütteln quittiert.

Die Wirtin öffnete den grünen Einband und blätterte darin herum. Ihre Augen weiteten sich, ihr Herz schlug schneller. Erst seit drei Tagen war sie wieder daheim.

Die befreiten Frauen und Kinder des Lagers hatte sie auf den umliegenden Farmen unterbringen können. Die Bauern freuten sich über die zusätzlichen Arbeitskräfte, noch mehr freuten sie sich jedoch über das zusätzlich gebotene Geld für deren Versorgung. Sie hatte dereinst von De Jonge einen beträchtlichen Teil des transvaalschen Staatsschatzes erhalten, genau zu diesem Zwecke.

Mit feuchten Augen dachte sie an den alten General zurück. Marinus De Jonge hatte einst die Streitkräfte des burischen Freistaates geführt, bis ihn die Niederlage in den Untergrund zwang. Und nun war er tot, genauso wie die beiden Deutschen. Die britischen Besatzer verteilten überall Flugblätter, die all jene verdammten und mit dem Tode bestraften, die mit den Spionen gemeinsame Sache gemacht hatten. Antje fürchtete sich vor der Vergeltung. Daher hatte sie einen Plan gefasst. Sanft streichelte sie dem Mädchen übers Haupt. »Wie heißt du denn, Kleine?«

»Mareike«, antwortete sie mit gesenktem Blick, jetzt konnte sie ihre Tränen nicht mehr unterdrücken. Schluchzend barg sie sich in den Rockfalten von Antje.

»Mareike, wir machen dich erstmal sauber und dann unternehmen wir eine Reise.« Liebevoll lächelte sie sie an.

»Wohin denn?«

»Nach Berlin, zu einem Freund.« Zum Glück hatte sie von Marinus die Kontaktdaten von Professor Friedemann von der Kron erhalten. Das Buch musste dringend zu ihm.

☣ ☣ ☣

»Extrablatt! Briten missbrauchen Gefangene für Experimente! Extrablatt, Gefangene mit Krankheiten infiziert, etliche gestorben!«

»Junge, komm mal her!« Ein Mann mit Zylinder winkte dem Zeitungsträger und warf ihm im Gegenzug eine Münze zu. Er richtete das Monokel, um die Zeitung besser lesen zu können.

»Südafrika 1904, schon lange war es bekannt, dass die britischen Truppen in Südafrika die einheimische burische Bevölkerung in Lager internierte. Doch was jetzt ans Licht kam, ist eine Perfidie sondergleichen.

Unter dem englischen Professor Ezra Cohen fanden in einem der Lager Menschenversuche statt. Den Häftlingen wurden Krankheiten injiziert, um zu evaluieren, in welcher Massenwirkung diese effektiv eingesetzt werden können. Vermutlich mit militärischen Zielen. Nur dank Doktor Heinrich Wehrle und dem Leutnant der Schutztruppe Friedrich Hauser wurden uns die Details bekannt. Leider fanden jene beiden großen Söhne unseres Landes in ihrem Einsatz den Tod.

Unter dem Druck der Weltöffentlichkeit musste das Empire alle Internierungslagerkomplexe in Südafrika schließen und sich einer internationalen Untersuchung unterziehen. Die Verantwortlichen aus dem oben genannten Lager wurden ihrer Positionen fristlos enthoben.«

Professor von der Kron setzte das Monokel ab und lächelte. *Gut gemacht.*

»Onkel, kommst du? Die Schule beginnt!« Unterbrach die helle Stimme eines Kindes seine Gedanken.

»Mareike, lass den Professor«, antwortete eine Frau an seiner statt. Doch er winkte ab und faltete energisch die Zeitung zusammen. »Es ist in Ordnung, Frau Mussert, sie hat ja recht.«

Antje lächelte ihn an und gemeinsam setzten sie ihren Weg zur Schule fort.

 **Adrian R. Stiller** erblickte im Oktober 1995 das Licht der Welt oder vielmehr das düstere Herbstwetter dieser Breiten. Wahrscheinlich schreibt er deshalb Dark Fantasy.

Sein schriftstellerisches Schaffen besteht aus all dem, das ihn wirklich begeistert: die gewaltigen magischen Kräfte um uns herum, die raue und zugleich lebensbejahende Energie der Natur, die Wurzeln in vergangene Epochen und ihr mannigfaltiges Wirken bis in die heutige Zeit hinein.

Lopas Aufstieg

von Tea Loewe

Mein Name ist Lopa. Ich bin eine Rolle Klopapier. Gebleicht, geprägt und abgepackt.

Gemeinsam mit ein paar Kollegen bewohne ich die pinkfarbene Plastiktüte mit der Nummer #4983. Ihr fragt euch, was ich da mache? Ich mich auch.

Ganz ehrlich: Dass mein Leben als Cellulose-Faser-Verbund nach der Wiedergeburt derartig für den Arsch sein würde, habe ich so nie erwartet. Wenigstens trägt unsere Tüte den vielsagenden Titel »Superweich - für den empfindlichen Bereich«. Das ist auch das Mindeste.

Früher hatte ich Träume. Ich war mal ein buntes Werbeblatt, später eine Tageszeitung. Was da auf mich gedruckt stand, setzte mir Ideen in den Kopf. Wünsche. Doch das hier …

Nun stehe ich eingetütet in der hintersten Reihe eines Supermarktregals. Die anderen Packungen vor mir verhindern, dass ich etwas von der Welt sehe. Und das schon seit Tagen. Ich kann mich also nicht mal über die Leute amüsieren, die vorbeilaufen. Immer, wenn vorn ein paar Packungen entnommen werden und ich auf ein wenig Unterhaltung hoffe, kommt ein Supermarktmitarbeiter und versperrt mir aufs Neue die Sicht. Dabei müsste ich eigentlich auch mal dran sein.

Die vorderste Reihe kichert ganz plötzlich so laut, dass die Plastikfolie raschelt und mich aus meinen Gedanken reißt. Ich hingegen sitze festgezurrt zwischen den anderen Rollen der #4983 und sehe nichts. Schöne Kacke. Ich höre lediglich, wie sich Einkaufswagen durch die Reihe schieben - mehr als sonst.

Die verdreckten Plastikräder kratzen nur so über den Fliesenboden.

Plötzlich verschwinden ein paar Kameraden vor meiner Nase. Licht dringt durch die Plastikhülle und blendet mich. Eine Schar Hände wühlt sich durch das Regal und weitere Tüten landen in unterschiedlichen Einkaufswagen. Schon stehe ich in vorderster Reihe, und das, obwohl #4983 die letzte Packung vor der Wand ist.

Die Kunden werden immer energischer, reißen das Plastik der Nachbartüte beinahe auseinander, während sie um den verbliebenen Klopapier-Vorrat kämpfen.

Mir wird anders.

Erschrocken ziehe ich mich zusammen und hoffe, dass die Angstnässe nicht meine Lagen durchweicht. Das Leben an der Front hatte ich mir *so* nicht vorgestellt. Im Werbeprospekt wirkte die Welt der Supermarktprodukte immer so bunt und freundlich. Doch das hier erinnert eher an die Schlagzeilen aus meiner Zeit als Tageszeitung. Fehlt nur noch, dass Schüsse durch die Gänge hallen!

Ich möchte lieber in meine Dunkelheit zurück. Nun bleibt mir nur noch, zu hoffen, dass die Tüten links und rechts von uns zuerst ihrem Schicksal ins Auge blicken müssen.

In rasender Geschwindigkeit füllt sich der Einkaufswagen vor meiner Nase mit meinen Kollegen. Ein älterer Herr tritt an das Regal heran. Seine faltigen Hände greifen Packung #4983. Es knirscht und knistert und die dünne Hülle dehnt sich unter dem gierigen Griff.

Als er uns zu sich zieht, erhasche ich einen Blick auf die Umgebung.

Mittlerweile sind wir tatsächlich die Letzten. Nicht einmal die Rollen, die sonst in saftig grüner Hülle glänzen und angeblich nach Kamille riechen, gibt es noch.

Unsanft plumpse ich auf die Metallstreben im Einkaufswagen. Und schon packt uns eine andere Hand. »Die gehört noch mir, Opi«, raunzt jemand und reißt mit seinen Griffeln #4983 so harsch wieder heraus, dass die Luft zwischen meinen Lagen dünn wird.

»Junger Mann, lassen Sie das!«, konstatiert der ältere Herr und hebt seinen Krückstock in die Höhe. Den kenne ich. Also nicht den Mann, sondern den Stock. Den gab es nämlich mal im Angebot. Stand auf Seite 3.

Sichtlich unbeeindruckt drückt der Riese den Stock zur Seite und brüllt zurück: »Vergiss es, Opi. Die gehört mir.«

Der Alte gibt sich Mühe, am anderen Ende der Tüte zu reißen, hat aber keine Chance. Der bullige Typ, in dessen Wagen wir sollen, ist zu gut trainiert.

#4983 ist zwar nun an einigen Stellen etwas dünnhäutig, doch die Folie hält und diesmal landen wir weich. Unter uns erspähe ich Dutzende meiner Kumpel - säuberlich aufeinandergestapelt.

Dieser Mann weiß offenbar, was gut und wichtig ist.

An der Kasse stapelt der Typ uns auf ein Band. Ein rotes Licht blendet mich und ein Piep registriert Nummer #4983.

Die Kassiererin wirft meinem neuen Besitzer einen Blick zu, als verstehe sie die Welt nicht mehr. Schön. Da geht es ihr nämlich wie mir. Doch während sie es wohl eher verrückt findet, schwebe ich auf Lage sieben. Dass die Welt einmal den Wert von Klopapier erkennt, war im Grunde nicht zu erwarten.

Hinter mir ertönen weitere Piepser. Dann wirbelt mich der Typ durch die Luft. Die Last der anderen Packungen drückt mich gegen das Metall und presst meine Schichten zusammen.

Als er uns nach draußen schiebt, blicke ich mich um.

Überall hasten Menschen durch die Gegend. Ich sehe Einkaufskörbe, deren Inhalt fast hinauspurzelt, weil sie so vollgestopft sind. Andere beschleunigen ihren Schritt in Richtung Supermarkt erst recht, als sie meinen Besitzer und seine Warenladung entdecken.

Ja, nur zu, denke ich. Flitzt rein. Aber für mich kommt ihr zu spät. Ich bin hier, bei Muskelprollo. Er ist so ein starker Beschützer, dass alle einen riesigen Bogen um ihn machen.

Auf dem Parkplatz sehe ich, wie sich zwei Damen um Packung #5713 streiten. Die stand genau neben mir. Mit wutentbrannten Worten zerren sie an der Plastehülle. Eine links, eine rechts, bis die Folie reißt. Meine einstigen Nachbarn verteilen sich auf dem Asphalt. Weitere Personen stürzen hinzu.

Im Eifer des Gefechts tritt jemand auf einen meiner Kameraden. Bei dem Anblick ziehen sich mir alle Fasern zusammen. Verdreckt wird er liegen gelassen. Niemand schert sich mehr um ihn. Und das, obwohl doch vorhin am Regal alle nicht genug Klopapier kriegen konnten.

Ich bin sehr glücklich, weit unten im Wagen zu liegen. Wenn hier einer rausfällt, bin es zumindest nicht ich. Das würde meinem Stand auch nicht gerecht werden.

Wir lassen das Spektakel hinter uns und steuern auf einen metallblauen Schlitten zu. Mit meinem Besitzer möchte sich offenbar wirklich niemand anlegen. Ein Glück. Ich will nämlich nicht zerrissen werden. Jedenfalls nicht so.

Eine Klappe öffnet sich und der Typ stapelt uns in ein Fach, das uns kurz darauf in völlige Dunkelheit hüllt. Der Boden unter mir ruckelt. Ich habe den Eindruck, der Kasten bringt mich und meine Kumpel irgendwo hin. Die Reise ist äußerst unsanft, doch ich plustere mich auf und kuschle mich zwischen die anderen.

Als es wieder hell um uns wird, sehe ich ein Haus. Es steht allein inmitten eines Gartens voller Bäume. Wenn der Wind die Äste rascheln lässt, erinnert mich das an die Dekobilder in den Werbeseiten. Vögel zwitschern und erste Knospen regen sich an den Sträuchern.

Mein Besitzer mit dem Stiernacken und den muskulösen Oberarmen verfrachtet uns ins Haus.

»Helen, ich habe welches bekommen!«, brüllt er zur Begrüßung.

Sehr freundlich, diese Menschen.

»Na ein Glück«, ruft eine weibliche Stimme zurück.

Kurz darauf landet #4983 in einem Regal. Es steht in einer düsteren Kammer, und als die Tür sich schließt, rechne ich schon damit, dass es gleich wieder losruckelt und wir zum nächsten Ort gebracht werden. Doch alles bleibt ruhig.

Na schön. Dann ähnelt das hier dem Lager, in dem ich nach der Herstellung ewig herumliegen musste, ohne dass etwas passierte.

Das ist eine Frechheit. Ich habe mehr erwartet. Ehrlich.

In den Regalen um mich herum stapeln sich Packungen mit Nudeln, Mais- und Bohnendosen. Ich komme mir vor wie in einer realen Welt meines früheren Lebens als Werbeblatt.

Die Zeit vergeht, ohne dass etwas Nennenswertes passiert. Ich kann nicht sagen, wie viel. Doch es zieht sich.

Die Folie von #4983 raschelt, als eine Spinne darüber krabbelt. Als sie auf diese Weise meine Lagen streift, schüttele ich mich kräftig. »Verschwinde, du blödes Vieh«, denke ich, so laut ich nur kann. Wo ist denn mein Besitzer, wenn man ihn mal braucht. Nimm dieses Vieh gefälligst von mir runter. Hmpf.

Endlich öffnet sich die Tür vor uns. Künstliches Licht blendet mich, während #4983 unsanft aufgerissen wird. Kräftige Hände packen meinen Nachbarn und mich und tragen uns ein paar Räume weiter. Mein Kumpan landet in einem kleinen Bad. Geschieht ihm recht.

Ich hingegen werde in ein Zimmer getragen, das prachtvoll ausgeleuchtet ist. Es ist stilvoll eingerichtet und auf dem Boden hat man sogar Teppich für mich ausgerollt. Ja, so lässt es sich Leben.

»Du willst das wirklich durchziehen?«, fragt die Stimme, die zuletzt auf den Namen Helen reagiert hat.

Mein Besitzer platziert mich auf dem Tisch und antwortet: »Logo. In solchen Zeiten kaufen die Menschen echt alles. Das müssen wir nutzen.«

Kurz darauf blitzt mir ein grelles Licht mitten auf die weiße Front. Sterne tanzen durch die Luft. Ein wahrhaft königlicher Empfang. Vielleicht bekomme ich auch eine Parade?

Als ich wieder erkenne, was um mich herum passiert, sitzt der Typ mit dem Stiernacken vor einem flimmernden Kasten. Ein Abbild von mir taucht darin auf und er klimpert mit den Fingern auf einer Leiste herum, die mit zahlreichen Knöpfen gespickt ist.

Neben meinem Bild erscheint eine Zahl. Eine ganz schön hohe Zahl verglichen mit dem Preis, den die Werbeanzeigen für Klopapier sonst so gezeigt haben.

Juchhuuuu! Das bedeutet dann wohl, dass er mich richtig wertvoll findet. Ich komme mir vor, wie die Star-Geschirrspültabs von Seite 7. Die mit den trölfzig Funktionen. Vor Stolz könnte ich platzen. Aber das würde dem Geschäft schaden, also lockere ich meine Lagen wieder und plustere sie nur minimal auf. Das Supersonder-Weichheitsgefühl. Meine Spezialität.

Ein weiterer Mensch betritt den Raum. Er ist nicht einmal halb so groß wie Stiernacken und watschelt auf mich zu, die dreckigen Hände vor sich ausgestreckt.

»Nein, nein«, denke ich panisch.

»Nein, nein«, ruft mein Besitzer, kurz bevor mich der Minimensch erreicht. Er greift mich, wirbelt mich durch die Luft und fängt mich wieder auf. Zirkusreif. Wir sollten eine Tournee planen. Nur er und ich. Bodyguard und Paperman.

Ich lande in einem Regal in höherer Lage. Wird auch Zeit, dass er mich aus der niederen Gefahrenzone holt. Als ich mich jedoch umblicke, sehe ich nur Duftkerzen und dekorativen Tinnef, der bereits Staubflusen ansetzt.

Ist das etwa sein Ernst?

Jetzt bin ich von französischen Angebern und niederem Pöbel umgeben. Wenn der Duft und Dreck in meine Zellfasern zieht, geht das doch nie wieder raus! Da hätte ich auch gleich unten stehenbleiben können. Wie will er mich denn bitte so weiterhin auf den teuren Wert schätzen?

Ich gucke Stiernacken böse nach, doch der spielt mit Minimensch. Toll. Danke auch.

Andererseits … Wenn ich die Dreckfinger dieser Miniversion von Helen betrachte, bleibe ich doch lieber hier.

»Schahatz?«, trällert Helen. »Schaltest du den Fernseher ein? Es geht gleich los.«

Anstatt das Regal um mich herum zu putzen, setzt sich Stiernacken auf die Couch und schaltet einen weiteren Flimmerkasten an. Das muss wohl der ominöse Fernseher sein. Ich kann mich noch gut an die Überschrift »Fernsehprogramm« erinnern. Ob das was mit dem Kasten zu tun hat? Er zeigt bewegte Bilder und eben erscheint eine ältere Dame. Sie legt die Finger in Rautenform, setzt eine ernste Miene auf und beginnt eine Rede.

Super. Und schon bin ich Geschichte oder was? Das ist unerhört. Ich spüre bereits, wie sich die ersten Staubflocken in meine Poren setzen. Wie ekelig!

Die Dame im Fernseher spricht mit strenger Miene. »… Es ist ernst. Nehmen Sie es auch ernst. Seit der Deutschen Einheit, nein, seit dem Zweiten Weltkrieg gab es keine Herausforderung an unser Land mehr, bei der es so sehr auf unser gemeinsames solidarisches Handeln ankommt.« Die Rede zieht sich in diesem Stil über die nächsten Minuten hin. Ich verstehe nicht genau, was sie damit meint, aber es scheint ihr wichtig zu sein. Genauso wichtig, wie ich für Stiernacken bin.

Gerade wechselt er wieder den Sitzplatz und klickt auf dem Feld herum, in das er mein Bild auf so wundersame Weise hineingezaubert hat. Erfreut klatscht er in die Hände und ruft: »Schau mal, Helen. Schon 3700 Klicks und das allein in der ersten halben Stunde. Das wird das Geschäft unseres Lebens.«

So ist es schon besser! Die Fasern meines Zellgewebes plustern sich auf. Ich werde berühmt, habe ich es doch gewusst! Ich habe es verdient. Und zwar mit jeder Pore. So. Wird auch Zeit, dass die Menschheit das versteht. Mein Gott, Stiernacken ist wirklich ein kluges Kerlchen. Und die Welt da draußen scheint noch nicht verloren. Auch sie sieht es langsam ein.

Eine weitere Stunde später sind es bereits über neuntausend Menschen, die mein Bild betrachtet haben. Das fühlt sich verdammt gut an.

Mein Beobachtungsposten ist leider nicht der reinlichste, aber immerhin habe ich von hier den totalen Überblick. Ich kann meinen Blick gar nicht von der steigenden Nummer nehmen, die da über den Bildschirm flackert.

Auf einmal gibt Stiernackens Computer ein Läuten von sich. Mein Besitzer klickt auf ein Brief-Symbol und fokussiert seinen Blick auf ein neues Feld, das sich genau vor mein Bild schiebt.

Helens Stimme schallt durch die Wohnung. »Und?«

Stiernacken knirscht hörbar mit den Zähnen und grummelt: »Blödmann.«

Helen betritt das Wohnzimmer. Besänftigend legt sie eine Hand auf Stiernackens Schulter. »Kein Erfolg?«

»Nein«, antwortet er. »Dieser Lackaffe schreibt, bei dem Preis könne er im Laden auch Blümchen-Klopapier mit Parfüm kaufen. Das wolle sowieso keiner und sei bestimmt noch vorrätig.«

Helen lacht herzhaft auf. »Das glaube ich erst, wenn ich es sehe. Wenn er Glück hat, findet er höchstens noch Öko-Kratzpapier. Aber Hochmut kommt ja bekanntlich vor dem Fall.«

Das finde ich aber auch. Wer will schon Papier mit Blumenduft. Oder diesen Biomist! Der ist so einfach strukturiert, dass es einem die Haut vom Hintern scheuert. Ts.

Die Tasten auf dem Brett vor dem Flimmerkasten klackern, als Stiernacken wie wild darauf herumtippt. Er kommentiert sein Gehacke mit den Worten: »Melde dich wieder, wenn dein Hintern wund ist!«

Richtig so, gib's ihm. Wenn ich könnte, würde ich ihm einen ganzen Roman diktieren. Schlimm, schlimm, dass manche Leute meinen Wert noch immer nicht erkennen.

Klopapier an die Macht!

Kurz darauf piept das Gerät, das mein Bild gefressen hat, erneut. Neben meinem Preis steigt die Zahl der Zuschauer in die Höhe und diesmal stiehlt sich ein Lächeln in das Gesicht meines Besitzers. »Na also, geht doch.«

Helen klatscht in die Hände. »Ich hole gleich einen Karton.« Schon ist sie aus dem Raum verschwunden.

Stiernacken hingegen murmelt: »Vier also«, und erhebt sich. Er wendet sich mir mit einem breiten Grinsen im Gesicht zu. »Klopapier ist das neue Gold.«

Ich platze vor Stolz. Ein Windzug vom angekippten Fenster hilft mir, meine äußersten Lagen freudig vibrieren zu lassen. Endlich ist es so weit. Meine Zeit ist gekommen. Vielleicht war es doch in Ordnung, als Klopapier zu enden. Die Welt begreift, wie wichtig ich bin.

Stiernacken läuft auf mich zu – und geradewegs an mir vorbei.

Verdutzt schaue ich ihm hinterher und erkenne gerade noch, wie Helen ihm #4983 reicht. Stiernacken entnimmt vier Rollen Klopapier und verpackt sie fein säuberlich in eine Box. Darauf heftet er einen Zettel, den er aufgeregt bekritzelt.

Ich bin rasend vor Wut. So sehr, dass der Staub um mich herum ein paar Millimeter weicht. Wie kann er nur? Schließlich ist es mein Bild, das er da in den Kasten transferiert hat.

Meins!

Plötzlich steht Helen vor mir. »Ich räume die hier mal zurück, bevor sie völlig verdreckt.«

Ich sehe Stiernacken nicken und kann es nicht glauben. Was soll das? Ich mache mich so weich und fluffig, wie es nur geht.

»Du hast wirklich gutes Klopapier gekauft«, trällert Helen.

Das finde ich auch. Ein Hoffnungsschimmer wächst in mir, als sie stehenbleibt.

Helens Blick fliegt zu Soßenresten auf der Anrichte und ihre Hand greift mich fest. Als sie an mir reißt, ziehen sich meine äußersten Lagen auseinander. Mit einem Ratsch verliere ich fünf Blatt, die kurz darauf die dunkle Brühe aufsaugen.

Ich möchte am liebsten schreien, kann es aber nicht. Mir bleibt nur, mich noch fluffiger zu zeigen. Sie wird schon merken, wofür ich gemacht bin.

Als ich kurz darauf wieder in der dunklen Kammer zwischen meinen Kumpanen lande, löst sich meine Hoffnung auf wie ein Blatt Klopapier im Wasser.

Nun gut, dann kuschle ich mich wieder an meine Kollegen und sitze die Sache eben aus. Mein Tag wird kommen, ich weiß es genau!

In der kommenden Zeit öffnet sich die Tür zur Kammer hin und wieder. Jedes Mal versuche ich, so hell zu strahlen, wie nur irgend möglich. Jedes Mal greifen die Hände an mir vorbei. Egal ob Stiernacken oder Helen. Nun denn, das Beste kommt ja bekanntlich zum Schluss.

Ich verharre also mit dem letzten Bewohner von #4983 gemeinsam im Inneren des Plastikschutzes. Die anderen vierzehn Rollen sind verschwunden. Doch lange passiert nichts mehr. Fast nichts. Wir hören von außerhalb der Tür laute Stimmen, einmal knallt Holz, später klingt es betriebsam, dann ist Stille. Für eine gefühlte Ewigkeit.

☣ ☣ ☣

Erst nach unsäglicher Zeit öffnet sich die Tür erneut.

»Cloé, hier ist noch eine.«

»Ein Glück, Darlin'. Isch dachte schöhn, isch müss es andörs regeln.« Eine Hand greift mich. Sie gehört zu einem Gesicht, das ich nicht kenne. Das ist weder Stiernacken noch Helen. Aber im Grunde ist mir das egal. Hauptsache ich erlange endlich den Ruhm, der mir zusteht.

Mein großer Tag ist gekommen. Jetzt. Ich spüre es.

Die muskulöse Hand trägt mich ein paar Zimmer weiter.

»Fang«, sagt der Mann und ich fliege in hohem Bogen zu meinem Bestimmungsort.

Ein Paar zarte Hände fängt mich auf und rollt zwei Blätter ab. »Merci, Darlin'.«

»Kein Ding, Cloé. In dem Schrank nebenan stehen auch noch dreißig Rollen. Keine Ahnung, was der Vorbesitzer damit wollte.«

Cloés Hand fährt über meine Oberfläche.

Ich mache mich extra rau und schuppig, damit sie mich in Ruhe lässt. Schließlich ist die Zeit in der Kammer nicht spurlos an mir vorbeigegangen. Aber ich habe keine Chance.

Meine Perforation reißt entzwei und Cloés Stimme erklingt: »Wer, glaubst dü, 'at vor'er 'ier gewöhnt?«

Ihr Darlin' antwortet: »Keine Ahnung. Die Wohnung stand über ein Jahr leer. Bestimmt solche Spinner, die während Corona-Zeiten nicht geschnallt haben, dass man sich den Po auch anders sauber machen kann. Oder die dachten, dass sie mit dem Geschäft reich werden. Die hätten die Monate voller Einschränkungen lieber mit mehr Spaß füllen sollen.«

Cloés akzentuierte Antwort bohrt sich wie Feuchtigkeit in meine weichen Schichten und ertränkt meine Träume restlos.

»Isch bin fröh«, sagt sie, »dass es 'ier Klöpapier gibt.« Mit meinen Blättern wischt sie über ihren

Po, saugt auf, was aufzusaugen ist, und ein Teil von mir verschwindet im Toilettenbecken.

Schlaff hänge ich am Klopapierhalter. Wo ist mein Ruhm? All der Status, den mir das Bild versprochen hatte? Ist Klopapier gar kein Machtsymbol mehr? Ich war am Aufstieg. Auf der Höhe meines Daseins. Und nun?

Da fällt mir ein Spruch wieder ein, den ich hier gelernt habe: Hochmut kommt vor dem Fall. Und ich muss feststellen, er stimmt. Doch in meinem Fall kommt Hochmut wohl vor der Spülung.

[1]Content-Warnung für das Buch „Infiziert - Wir gehen viral".
Folgende Themen sind in diversen Geschichten enthalten bzw. werden erwähnt: Krankheiten, Isolation, verschärftes Pandemieszenario, Substanzkonsum, Glücksspiel, Todesfälle bei Erwachsenen und Kindern, Todesfälle bei Tieren, Menschenversuche, physische Gewalt, Waffengewalt, sexuelle Gewalt, Blut, Mord, Selbsttötung, aggressive Sprache
Wenn du unsicher bist, welche Geschichten du aufgrund einzelner Themen lieber auslassen solltest, kontaktiere uns gern.

Hamsterware

Dieses Buch hat es sich zur Aufgabe gemacht, Kulturschaffende zu unterstützen. Deshalb findet ihr im folgenden Teil Bücher von Autoren und Autorinnen, die mehr Aufmerksamkeit verdient haben. Wir erhalten für diese Form der Werbung keinerlei Gegenleistung. Sie geschieht im gleichen Solidaritätsgedanken, wie das Buch selbst entstanden ist, und ist uns daher ein Bedürfnis und eine Ehre.

Lasst auch ihr euch inspirieren und füllt euer Bücherregal alsbald auf mit den großartigen Geschichten nachfolgender Autoren und Autorinnen.

Diese Form der Unterstützung erhielt in den sozialen Netzwerken übrigens einen eigenen Hashtag während der Corona-Zeit. Er hieß:

#bücherhamstern

Die Farbe der Wahrheit I
Episoden 1-5
von Nina Hamaim

Wenn die Grenzen zwischen Gut und Böse verschwimmen - kannst du einen falschen Weg beschreiten, um das Richtige zu tun?

Elias, von allen immerzu bloß Danny genannt, erlebt die wohl schlimmste Nacht seines Lebens: Bereits von einer handfesten Lebenskrise gebeutelt, wird er auch noch zufällig Zeuge von Ereignissen, die definitiv nicht für seine Augen bestimmt waren. Ehe er richtig begreift, was passiert, wird er bedroht, gejagt, verfolgt - und muss von der Bildfläche verschwinden.

Auf seiner Flucht in ein fernes Land trifft er auf die geheimnisvolle Valeria und droht nicht nur sein Herz an sie zu verlieren, sondern noch viel mehr. Je mehr Elias über sie erfährt, desto tiefer verstrickt er sich in ein undurchschaubares Geflecht von rätselhaften Vorgängen, die weit in die Vergangenheit zurückreichen und ihn zum Spielball zweier mächtiger Gegner machen.

©Alea Libris Verlag | ISBN: 9783945814536

Die Farbe der Wahrheit I
Episoden 6-10
von Nina Hamaim

Wenn die Grenzen zwischen Gut und Böse verschwimmen - kannst du einen falschen Weg beschreiten, um das Richtige zu tun?

In dem verzweifelten Versuch, das Netz von verdrehten Wahrheiten zu durchschauen, geht Elias den Rätseln, die sich um die Vergangenheit ranken, auf die Spur und wird dabei mit einigen essenziellen Gewissensfragen konfrontiert. Als er unversehens auf das letzte Versatzstück stößt, das ihm das Gesamtbild offenbart, deckt Elias nicht nur ein dunkles Familiengeheimnis auf, sondern wird obendrein vom Spielball zum Mitspieler in einem Kampf, von dem er niemals ein Teil sein wollte. Plötzlich droht nicht nur er allein alles zu verlieren, und er muss sich entscheiden: Kann er einen düsteren Weg beschreiten, um andere zu retten?

©Alea Libris Verlag | ISBN: 9783945814550

Die Hüterin der Ordnung
von Philipp Mattes

Die Rebellion tobt in allen Provinzen des Reiches und die kaiserliche Familie kämpft um den Erhalt ihrer Macht. Doch Shangrao, die Nichte des Jadekaisers, flieht vor ihren Pflichten in die alte Stammburg, die abgeschieden in den Bergen des Nordens steht.
Aber kann sie sich ihrer Verantwortung entziehen, wenn die Zukunft der gesamten Welt auf dem Spiel steht?

©Alea Libris Verlag | ISBN: 9783945814673

Vom Homo Sapiens
und anderen Problemen
von Tenja Tales

In meinem Büchlein kannst du sehen,
Wie wir heute unsere Wege gehen.
Wo wir vor Problemen stehen
Und wie wir sie zum Besten drehen.

Mal zeig ich all das mit Humor,
Mal kommt auch Ironie drin vor,
Mal sticht gar die Kritik hervor,
Doch niemals ich den Spaß verlor.

Begleite mich auf eine lyrische Reise durch die heutige
Zeit. Betrachte mit mir die Probleme der Gesellschaft
und lasse sie mit einem Schmunzeln vorüberziehen.

ISBN: 9783751919869

Das Geheimnis von Talmi'il
von Tea Loewe

Zwei Königreiche - eine uralte Fehde -
eine Todeswelle aus Magie

Soohl würde lieber das Leben eines Kampfmagiers führen, als sich mit Novizen an der Akademie zu plagen. Seinen besten Freund Migal quält die Pflicht, für einen Thronfolger zu sorgen.
Als der Norden einen vernichtenden Angriff auf das Zarkonische Reich beginnt, werden beide auf die Suche nach einer längst vergessenen Waffe geschickt. Nur sie kann den Fall des Reiches noch verhindern.
Eine Spur führt die beiden zur Schwesternschaft von Dunali'il, die der Königskrone äußerst kritisch gegenübersteht. Dort begeht Migal einen folgenschweren Fehler, der nicht nur sein eigenes Schicksal verändert.

©Hybrid Verlag | ISBN: 9783946820895

Calior
von Helena Faye

Wie kannst du an dich selbst glauben, wenn dein Leben
nur aus Geheimnissen besteht?

Als die Außenseiterin
Jamie Quinn an ihrem
siebzehnten Geburtstag
erfährt, dass sie eine Hexe
ist, steht ihr bisheriges
Leben Kopf.

Sie wird an der Londoner
Akademie für Magie trai-
niert, um ihre Fähigkeiten
zu entwickeln und auszu-
bauen. Neu geschlossene
Freundschaften werden
jedoch schon bald auf die
Probe gestellt, als Jamies
Tante von grauenvollen Kreaturen entführt wird. Die
zusammengewürfelte Gruppe reist in das magische
Land Calior, um Cornelia aus den Fängen der Althogs
zu befreien.

Doch die Reise birgt nicht nur Gefahren, sondern offenbart auch Geheimnisse aus Jamies Vergangenheit,
und plötzlich befindet sie sich zwischen den Fronten
eines Krieges, der bereits vor Jahrzehnten seinen Ur-
sprung hatte. Wie weit wird Jamie gehen, um ihre
Freunde zu beschützen?

ISBN: 9783751997072

Lovely Faces
von Anna Konelli

Jadelyn Lovelace ist Verfechterin der Makellosen, die 2099 frei von Religionen im Londoner Zentrum leben. Als Gesicht ihrer Gesellschaft unterstützt sie deren Prinzipien Frieden, Disziplin und Perfektion.

Doch ein tragisches Ereignis macht sie zu einer Abtrünnigen und zwingt sie zur Flucht in die Viertel. Mitten in die Fänge ihrer Feinde. Und in die von William D'Lain, der nichts mehr will als Rache. An dem Makellosen, der ihm alles nahm, und an der Regierung, die dabei zusah. Als Sergeant der Viertel und Mitglied einer Geheimorganisation kämpft er für Gerechtigkeit - was es auch kostet. Aber mit dem Auftauchen von Jadelyn, die alles symbolisiert, was er ablehnt, beginnt ein Damoklesschwert auf ihn herabzustürzen.

Gefangen zwischen Vorurteilen, wachsenden Zweifeln und unbekannten Gefühlen müssen sie sich nicht nur fragen, ob sie einander, sondern auch ihrem eigenen Instinkt trauen können.

ISBN: stand bei Veröffentlichung der Anthologie noch nicht fest

Vergessene Pfade
Anthologie für den guten Zweck
Herausgeber: A. R. Stiller und M. Leicht

Du dachtest, sie wären verschwunden?
Vergessen im Nebel der Geschichte?
Du hast Bücher über sie gelesen. Wie sie Menschen locken, in ihren Bann ziehen, töten. Sie hausen in Waldhöhlen, Klüften und Seen, fernab der Zivilisation, fernab der Zeit. Mythen und Sagen aus vergangenen Jahrhunderten. Wir erwecken sie zum Leben, holen sie in die Gegenwart und lassen sie sein, was sie immer waren: Eine Erklärung der Menschen für das, was ihnen unbekannt ist. Sie sind zurück: Rübezahl, Loreley, Winselmutter, Dengelgeist, Roggenmuhme, Erkinger und viele weitere.

Der gesamte Erlös dieses Buches unterstützt: die *Deutsche Stiftung Denkmalschutz* und den *Förderkreis Burg Ranis e.V.*

ISBN: 9783750413153

Tiermenschen
Anthologie für den guten Zweck
Herausgeber: Alea Libris Verlag

Mischwesen aus Mensch und Tier bevölkern seit jeher unsere Fantasie. Mal sind sie uns sehr ähnlich, mal fremdartig oder gar monströs. Wo kommen diese Geschöpfe her und wie leben sie? Wie denken und handeln sie? Was macht sie menschlich, was tierisch? Und wie geht die Menschheit mit ihnen um? 9 Kurzgeschichten beantworten diese Fragen, erzählen von den vielseitigen Leben dieser Kreaturen und bringen uns um zum Nachdenken über uns und unsere Mitlebewesen.

Ein Teil des Erlöses wird an *Animal EQuality* gespendet.

©Alea Libris Verlag | ISBN: 9783945814468

Kürbisgemetzel
Anthologie für den guten Zweck
Herausgeberinnen: R. Bicker und S. Malhus

Halloween, Samhain, Allerheiligen.

In der Zeit zwischen Ende Oktober und Anfang November wird der Schleier zwischen den Welten dünn. Menschen geraten unversehens in die Anderswelt, Geister und Gespenster spuken durch unsere Städte und selbst die Kürbisse fangen an zu sprechen. Was wir in dieser Zeit erleben, ist furchteinflößend und fantastisch zugleich.

15 Autorinnen und Autoren schaffen Gänsehautmomente und geben Einblick in unheimliche Geschehnisse, bei denen nicht nur Kürbisse gemetzelt werden …

Die Erlöse gehen zugunsten des Münchner Vereins *BISS e.V.,* der Bürger in sozialen Schwierigkeiten unterstützt.

ISBN: 9783751980517